LA VIE SUSPENDUE

ISBN : 978-2-36956-311-2

BAPTISTE LEDAN

LA VIE SUSPENDUE

ÉDITIONS INTERVALLES

« Déjà le Grand Khan cherchait dans son atlas les plans des villes que menacent incubes et malédictions : Enoch, Babylone, Yahoo, Butua, Brave New World.

Il dit :

Tout est inutile, si l'ultime accostage ne peut être que la ville infernale, si c'est là dans ce fond que, sur une spirale toujours plus resserrée, va finir le courant. »

Italo Calvino, *Les Villes invisibles*

Chapitre I – L'étranger

Jusqu'à l'âge de quarante ans, Tomas Fischer eut le goût des cimetières. Il s'y promenait comme l'on se rend à la campagne, pour trouver le calme et la sérénité. « Il y fait bon vivre : les gens sont polis, les allées bien entretenues et personne n'y parle trop fort, disait-il. L'endroit résume ce que nous sommes, pas grand-chose, et ce que nous serons, rien. Un mélange de grandeur et de pathétique se dégage des monuments que nous édifions pour nos morts ; insuffisants – comment une pierre et des mots gravés pourraient-ils résumer une vie humaine ? – et excessifs – tant d'énergie consumée pour un cœur qui a cessé de battre. »

Tomas aimait disserter sur les cimetières avec ses amis : ces conversations légères mettaient la mort à distance et donnaient l'illusion de la domestiquer.

La passion de Tomas pour les cimetières s'éteignit lorsque, à quarante ans et trois mois, il assista à l'enterrement de son épouse Céline et de ses deux enfants Elsa et Léo. Trois jours plus tôt, Tomas était en déplacement à Emona lorsque Clarisse Dumas, la sœur de Céline, l'avait appelé. Ils étaient morts tous les trois dans un accident de voiture. Céline avait fait un écart sur le pont de Langrais qu'elle empruntait chaque jour pour aller et revenir de l'école. La voiture avait basculé dans le vide et achevé sa chute trente mètres plus bas. Le conducteur qui roulait sur la voie de gauche et l'avait contraint à donner le coup de volant fatal ne fut jamais retrouvé.

Étienne Servan était ivre au moment des faits, bien qu'il fût seulement seize heures quarante-cinq. Il mourut vingt ans plus tard dans un lit d'hôpital, d'un cancer de l'estomac. Durant ces vingt années, il avait affronté chaque nuit l'image de cette voiture qui l'évitait de justesse puis passait par-dessus le parapet de sécurité, dont l'enquête démontra qu'il ne respectait pas les normes en vigueur. La vie d'Étienne, médiocre avant l'événement, ressemblait à cette chute ; si elle était plus lente et moins spectaculaire, elle était aussi inexorable, désespérante, et son issue était identique. Étienne Servan n'avait personne dans son entourage qu'il aurait pu qualifier d'ami et, pour y remédier, il s'efforçait d'inspirer la pitié aux personnes qu'il croisait. Cette pitié lui apparaissait comme la plus haute marque de considération qu'il pouvait attendre du monde extérieur. Étienne était conscient que l'épisode du pont de Langrais dissuaderait quiconque de ressentir la moindre commisération à son égard. Il n'eut donc jamais le courage de se dénoncer.

Il n'évoqua cette histoire qu'une fois, cinq ans plus tard, lorsqu'il voulut impressionner Élodie Sauttier, rencontrée une heure plus tôt au comptoir du *Memphis* auquel ils étaient accoudés tous les deux, quand il déclara qu'il avait « déjà tué quelqu'un ». Il était encore assez lucide pour ne pas en dire plus, reconnaissant tout juste que « ce n'était pas lui qui l'avait voulu » et que « c'était un événement qui hantait tous ses jours et toutes ses nuits ». Élodie Sauttier, qui avait provoqué cette confession en demandant à Étienne « la chose la plus folle qu'il ait faite », réagit comme tout le monde l'aurait fait. Même si l'homme qui se dressait face à elle représentait sa meilleure chance de sentir un pénis chaud et vivant à l'intérieur de son corps ce mois-ci, elle préféra ne pas courir le risque de se trouver nue dans sa chambre avec un inconnu lui ayant avoué un meurtre. Elle annonça à Étienne qu'elle sortait acheter des cigarettes et « passer à la pharmacie », en lui adressant un clin d'œil et en promettant de revenir vite. Elle rentra dans son deux-pièces, trois rues plus loin, après avoir vérifié qu'elle n'était pas suivie. Elle ne retourna jamais au *Memphis,* dont elle était jusque-là une cliente fidèle. Étienne l'attendit une heure et ne comprit que le lendemain, après avoir décuvé, la raison de la disparition d'Élodie. Il ne revint jamais au *Memphis* non plus et se promit d'emporter le secret de « l'affaire de Langrais » dans sa tombe, ce en quoi il tint parole. Élodie Sauttier, qui n'imagina jamais qu'elle était la seule dépositaire de cette incomplète confession, y repensait lorsqu'elle rentrait chez elle le soir après avoir bu, ce qui n'était pas exceptionnel, ou lorsqu'elle apercevait la devanture du *Memphis.* Elle finit par l'oublier quand elle déménagea pour se rapprocher de sa mère mourante. Elle suivit celle-ci dans la tombe quelques mois plus tard, terrassée par une cirrhose.

Quant à Mourrad Amini, le patron du *Memphis,* il perdit ce soir-là une habituée précieuse et un consommateur plus épisodique mais dont chacun des passages était profitable. Deux ans plus tard, il dut revendre son fonds de commerce à un opérateur téléphonique, sans savoir qu'il comptait parmi les nombreuses victimes collatérales de l'accident du pont de Langrais.

Tomas ne réussit pas à articuler un son tandis que Clarisse lui donnait les détails de l'accident en pleurant. Il lui envoya un sms après avoir raccroché pour la prévenir qu'il arriverait à Joubeville le lendemain matin. Il but ensuite trois litres de bières avant de reprendre la route. Il savait que c'était stupide et qu'il aurait pu tuer une femme et ses enfants. Il aurait pu se tuer aussi, ce qui l'inquiétait moins. Il arriva chez lui au petit matin. Il faisait froid, tout était silencieux. Il avala deux verres de whisky puis se coucha après avoir déposé la bouteille sur la table de nuit.

À l'enterrement, la foule était nombreuse, à cause des enfants. Cela ne le consolait pas. Il y avait beaucoup de gens qu'il ne connaissait pas. Des parents de l'école, des élus du quartier. Les premiers bénissaient le ciel que leurs enfants soient vivants, les autres étaient là pour que l'on ne leur reproche pas leur absence. Tomas les aurait expulsés du cimetière s'il avait été dans son état normal, mais il était resté sobre. Il n'était pas sûr, de surcroît, qu'un scandale l'aurait soulagé.

Les parents de Céline avaient loué une salle pour partager un café après la cérémonie. Il y avait aussi du rosé ; il évita d'en prendre. Les visages lui étaient plus familiers. On le regardait avec un mélange de compassion et de peur. Son malheur terrifiait les convives, comme s'il pouvait être contagieux. Ou que la douleur qu'il ressentait était aussi insoutenable à vivre qu'à observer. C'était un jour de printemps, il faisait beau mais les membres de Tomas restaient gelés. Il avait tellement froid à l'intérieur que les rayons du soleil ne pouvaient rien pour lui.

Tomas était orphelin depuis sept ans. Son père, Philippe, était décédé d'un cancer des poumons peu après son départ à la retraite. Sa mère, Claudine, avait été victime d'un accident cardio-vasculaire dans un lac où elle se baignait seule ; elle s'était noyée. C'était un mois après le mariage de Céline et Tomas. Fils unique, Tomas avait ressenti l'urgence de fonder une famille pour ne pas laisser disparaître sa lignée : Léo était né moins d'un an après, au mois de juin, et sa sœur, Elsa, vingt mois plus tard.

Le reste de sa famille se composait de deux cousins qui étaient venus à l'enterrement. Ils étaient restés dans un coin, embarrassés et isolés, et ils étaient partis tôt. La dernière fois que Tomas les avait vus, c'était à l'occasion de leurs mariages respectifs. Ils étaient venus aux obsèques sans leurs épouses et Tomas ignorait s'il s'agissait d'une forme de délicatesse ou si elles n'avaient tout simplement pas envie d'être là.

En fin d'après-midi, chacun rentra chez soi. Marc, le meilleur ami de Tomas, l'invita à dîner. Tomas n'en ressentait ni l'envie ni le courage mais il accepta. Ce ne pouvait pas être pire que la solitude. Marc avait été son témoin de mariage. Ils s'étaient connus au lycée, où ils passaient leurs soirées ensemble – à jouer aux jeux vidéo, puis à traîner dans les bars. Ils s'imaginaient aborder les filles qui buvaient des Panachés aux tables voisines ; ils inventaient des centaines d'approches différentes, puis ils fixaient l'écran qui diffusait un match de football avant d'avaler un sandwich-frites et de rentrer se coucher. Après le baccalauréat, leurs liens s'étaient distendus, sans jamais se rompre tout à fait. Lorsque Tomas avait commencé à travailler comme routier, après son doctorat, il s'était éloigné de ses camarades d'université et s'était rapproché de Marc. Marc croyait à la fidélité au temps passé et n'en voulait pas à Tomas de « dévaloriser le diplôme » et « d'abandonner la lutte des classes ». Tomas et Marc ne parlaient jamais de politique ou de philosophie. Lorsqu'ils avaient ce qu'ils appelaient « une conversation sérieuse », elle concernait leur rapport aux femmes et, plus tard, à leurs enfants. Ils avaient ainsi pu rester amis sans autre point commun qu'une adolescence partagée.

Dans la salle à manger silencieuse de Marc et Estelle Vidal, Tomas comprit qu'il n'avait pas d'amis intimes. Des camarades d'université étaient présents à l'enterrement, mais il n'avait pas su quoi leur dire et eux non plus. Il lui manquait quelqu'un d'assez éloquent pour se taire et avoir les gestes qu'il faut. Quelqu'un qui lui dirait ce qu'il devait faire. Marc essayait de nourrir la conversation, alternant entre les dernières nouvelles sportives, des considérations météorologiques et des commentaires sur la cérémonie du jour. Estelle lui jetait des regards noirs et les yeux de Marc, imitant ceux d'un cocker, répondaient « il faut bien que je dise quelque chose ». S'il n'avait pas été aussi désespéré, la situation aurait pu faire sourire Tomas.

Il était parti tôt, sans boire de café ni de digestif. La solitude était la seule solution. Non pas tant par désir de se retrouver avec lui-même mais parce que la compagnie des autres était insupportable.

Dans les jours qui suivirent, Marc et d'autres amis l'appelèrent et laissèrent des messages compatissants. Tomas ne décrocha pas. Il envoya à tous le même sms : « Je vais bien. Merci de ton soutien. Besoin d'être seul. Je t'embrasse, à bientôt. » Ses interlocuteurs étaient soulagés de ne pas devoir lui parler ou, pire, le rencontrer, même si les plus curieux auraient aimé voir le malheur en chair et en os, pour le frisson, comme on va au cinéma pour éprouver les émotions des autres sans avoir à les vivre, avant de regagner son foyer.

KWL Walting, l'employeur de Tomas, accordait une semaine de congé en cas de décès du conjoint et dix jours pour le décès d'un enfant. Cela ne pouvait pas se cumuler et qu'il s'agisse d'un enfant ou de deux, avec ou sans leur mère, le congé était identique : dix jours. Le médecin lui avait prescrit un arrêt de travail de trois mois – « c'est renouvelable, revenez me voir pour me dire comment ça va », avait précisé le docteur Cohn en soulevant un sourcil inquiet en direction de son patient. Tomas n'était pas revenu et, à la fin de son arrêt, Frank Meran, le responsable du pôle chauffeur pour la région de Joubeville au sein de KWL Walting, lui expliqua que la meilleure solution était un licenciement qui lui ouvrirait les droits au chômage. Tomas était d'accord : cela ne servait à rien d'attendre.

Tomas s'était interrogé sur l'endroit où il voulait vivre. Où il pouvait vivre. Il habitait dans l'appartement que Céline et lui avaient acheté dix ans plus tôt. Ils l'avaient aménagé au fil des années et des événements – le mariage, la naissance de Léo puis d'Elsa – pour qu'il s'adapte à leur désir – aux désirs de Céline surtout. Il la revoyait, contemplant les étagères qu'ils avaient fixées eux-mêmes. Il repensait à la transformation de la salle à manger en chambre de Léo, puis en chambre d'Elsa et de Léo ou aux travaux qu'ils avaient entrepris pour refaire la cuisine « à l'américaine ». À quatre, ils étaient à l'étroit dans ces 70 mètres carrés mais ils ne souhaitaient pas partir : ils appréciaient le quartier, le voisinage, et cet endroit leur appartenait. C'était *chez eux*. Tomas ne pouvait pas se résigner à le vendre ou à le louer. Il refusait de céder à un étranger la mémoire de Céline, de Léo et d'Elsa. Mais il ne pouvait plus vivre dans ce mausolée où chaque objet le faisait souffrir. Il s'effondrait en croisant un livre que Léo adorait, un cadre que Céline avait acheté lors de leur voyage de noces, une plante à laquelle Elsa aimait faire des câlins pour sentir l'odeur du tronc et les chatouilles des feuilles sur son corps.

Il lui paraissait absurde de déménager ailleurs dans Joubeville. Sa ville natale, celle où il avait grandi, étudié, travaillé, élevé ses enfants, était devenue un piège rempli de souvenirs. Chaque rue contenait une menace et tous les lieux qu'il avait aimés étaient maintenant infréquentables. Il fallait s'en aller.

Tomas écrivit à Marc : « J'ai besoin de partir, de voir du pays pour me reconstruire. Je sais que je peux compter sur toi : veille sur leur tombe, qu'elle soit propre et qu'il y ait des fleurs fraîches toutes les semaines. Je t'enverrai de l'argent tous les mois pour les frais, en attendant mon retour. Prends soin de toi, et surtout d'Estelle et de Lucas, ne t'inquiète pas pour moi, sois heureux. Je t'embrasse, à bientôt. »

Marc Vidal s'acquitta de sa tâche durant les trente-deux années qui suivirent – jusqu'à ce qu'il succombe dans les bras d'Estelle à un infarctus au cours de leur ébat mensuel. Pendant les cinq premières années, il se rendait au cimetière déposer les fleurs, puis il eut recours à une entreprise spécialisée qu'il rémunérait grâce aux virements de Tomas. Il le fit par fidélité à son ami, puis, lorsque le silence de Tomas finit par le blesser, par fidélité à ceux qui reposaient sous la tombe, et enfin par fidélité à lui-même, parce que l'on ne renonce pas à une tâche que l'on a accomplie durant des décennies sans se renier – et Marc ne se renia jamais. Il en fut récompensé de manière posthume. Estelle, qui trouvait que Marc avait donné trop de son temps pour soulager la bonne conscience d'un ami ingrat, eut recours aux versements de Tomas pour demander à la société funéraire de s'occuper de la tombe de son époux. Nul ne sait si Marc Vidal aurait consenti à ce détournement de fonds à son profit. Il est probable que Tomas n'y aurait pas trouvé grand-chose à redire. De toute façon, Tomas n'en sut jamais rien, tout comme il ignora tout du décès de Marc et de ce qu'il advint de tous ceux qui étaient présents à ses côtés au cimetière en ce triste jour de printemps où il avait fait ses adieux à Céline, Léo et Elsa.

Chapitre 2 – La ville invisible

À Lasciate, les avenues sont larges et les voitures roulent lentement. Il y a peu de maisons mais aucun bâtiment ne dépasse six étages. Tout y est propre et calme. Les passants ne flânent pas, se saluent peu et ne sourient que sur les publicités criardes qui parsèment les rues. Le port accueille des cargos de marchandises mais les bateaux de croisière n'y font pas étape. Aucun chemin piétonnier n'a été aménagé pour permettre aux passants de longer la mer, dont les vagues rugueuses et désordonnées offrent un contraste brutal avec le reste de la ville. La nuit tombe tôt et les nuages dissimulent souvent la lumière du jour. Au cœur de l'hiver il arrive que la neige offre un peu de grâce à la ville en décorant les toits et en blanchissant les façades de crépi ; le lendemain elle se transforme en boue et Lasciate retrouve sa teinte naturelle grisâtre.

Les Lascebberotes portent des vêtements bon marché fabriqués en Asie, se nourrissent de légumes importés et de fritures, lisent des romans policiers et regardent des séries télévisées produites aux États-Unis. L'organisation politique constitue la principale originalité de la ville qui est dirigée par un Conseil de Gouverneurs collégial dépourvu de présidence. Isolée du reste du monde par un désert de sel, la ville fut épargnée par les conquérants ambitieux, les empereurs mégalomanes et les armées sanguinaires. Trop reculée, dépourvue d'intérêt stratégique comme de richesses naturelles, elle vit en paix, loin du monde et de son tumulte.

Le théologien Jozef Rachantan, rédigea au XVIIIe siècle une étude intitulée *Lasciate, son Histoire, ses Dieux, son Désespoir.* Avant d'adopter tardivement le catholicisme, les Lascebberotes n'accordaient aucun crédit à l'hypothèse d'une vie après la mort. Selon leurs croyances archaïques, les Dieux lascebberotes, immortels et tout-puissants, avaient bâti le monde et continuaient d'y jeter un œil distrait, mais les hommes qu'ils avaient conçus ne disposaient que d'une durée de vie limitée. La dégénérescence de leur corps était inéluctable et la disparition de leur enveloppe charnelle coïncidait avec celle de leur esprit. Jozef Rachantan condamnait cette vision qui conduisait les autochtones à ne pas distinguer la chair de l'âme. Dans sa parabole sur « l'épine et la douleur », Ernst Moni, un philosophe lascebberote de l'an 1000, prétend que, « si c'est bien le corps qui subit la présence d'une épine de ronces coincée dans le pied, la douleur qu'elle inflige préoccupe notre esprit tout entier : c'est donc en soignant le corps que l'on peut trouver la réponse à toutes les peines de l'âme ». Pour Jozef Rachantan, Ernst Moni incarne l'« immaturité » de la pensée lascebberote et, comme l'enfant, confond la douleur et le malheur. Personne ne répondit à Jozef Rachantan : aucun lecteur de *Lasciate, son Histoire, ses Dieux, son Désespoir* n'avait été au bout des mille deux cent quarante-huit pages qu'il contenait et aucun exemplaire ne parvint jusqu'à Lasciate. Personne ne sut ce qui avait motivé Jozef Rachantan à consacrer plusieurs années de sa vie à l'étude d'un pays inconnu de tous.

Tomas Fischer avait découvert Lasciate quand il était routier. Il se souvenait de son isolement et de la mélancolie qui s'en dégageait. Quand il avait cherché une destination, il avait pensé qu'ici personne ne lui reprocherait sa solitude et sa tristesse. Il se rappelait aussi que l'alcool y était interdit ; c'était la seule chance pour lui de rester en vie.

Il prit une chambre dans l'hôtel où il avait l'habitude de dormir. Situé au sud de la ville, *Le Voyageur* était à l'image de celle-ci : simple, fonctionnel, sans charme ni imagination. On y trouvait tout ce que le confort moderne exige, rien de plus : une réception ouverte vingt-quatre heures sur vingt-quatre, des petits déjeuners à volonté de six heures trente à neuf heures trente, des draps propres, des douches au débit correct, des téléviseurs usés qui retransmettaient les chaînes locales ainsi que les informations internationales. De vieilles photographies du port de Lasciate décoraient les couloirs. La première fois que Tomas était venu au *Voyageur*, Harold Purito en était déjà le gérant. Petit et bedonnant, sa calvitie en forme de tonsure lui donnait l'apparence d'un moine. Le roux éclatant des cheveux qui cernaient son crâne constituait sa seule touche de gaieté. D'une allure juvénile, Harold parlait peu et souriait encore moins. Tomas le trouvait sympathique, bien qu'il ne fît rien pour paraître comme tel.

Tomas arpenta la ville, longue d'une vingtaine de kilomètres. Il marchait six à huit heures par jour. *Le Voyageur* était situé à l'extrémité de « la zone de transit ». Au cours de ses promenades, Tomas traversait la zone industrielle, ses usines, ses entrepôts et son port, puis il longeait la zone commerciale et sa succession de grandes surfaces et de magasins d'ameublement. Il parvenait dans le quartier résidentiel du

Gordola, avec ses parcs, ses immeubles modernes et les premiers magasins alimentaires. Après deux heures de marche, Tomas pénétrait dans le centre-ville, où se situaient les commerces, les bureaux, les cafés modernes et les lieux de divertissement – deux théâtres, un opéra, cinq cinémas et deux musées, l'un sur l'histoire de la ville et l'autre sur les beaux-arts. Plus au nord, le quartier administratif de Torchof accueillait les principales institutions de Lasciate, avant la zone historique, où se trouvaient le *port vieux*, ses barques centenaires et ses rares touristes égarés errant au milieu des rues colorées et des boutiques en torchis. Cette partie était rénovée avec tant de soin qu'elle paraissait factice. Les façades y étaient ravalées tous les trois ans et l'on avait l'impression d'évoluer dans un décor de film.

La propreté régnait partout. Dans les bars, des joueurs de dominos silencieux côtoyaient des machines à sous fluorescentes auxquelles personne ne touchait. Les restaurants s'animaient à midi, lorsque les employés de bureau venaient avaler un plat du jour. Les plus pressés déjeunaient en dix minutes. La plupart des commerces fermaient à la nuit tombée, vers dix-huit heures. Dans les magasins, les clients achetaient des tenues identiques à celles qu'ils portaient. Tomas trouvait cette méthode intéressante. Céline devait toujours le traîner dans les boutiques pour qu'il renouvelle sa garde-robe : il n'aimait pas les essayages et ne prenait aucun plaisir à choisir ses vêtements. La perspective de les retrouver à l'infini chaque année lui paraissait réconfortante.

Tomas passait ses journées à marcher dans la rue. Il était incapable de se concentrer sur un livre ou de regarder un film : les drames le faisaient pleurer et les comédies le mettaient en colère. Il pleurait plusieurs fois par jour et son ventre le faisait souffrir dès que les visages de Céline et de ses enfants s'imposaient à lui. Il était plus facile de ne penser à rien en mouvement.

Deux semaines après son arrivée, Harold Purito s'approcha de Tomas tandis qu'il finissait son petit déjeuner.

« Monsieur Fischer, avez-vous cinq minutes ?

— Bien sûr, j'ai toute la journée devant moi. »

Harold vérifia qu'il n'y avait personne autour d'eux. Il se pencha vers Tomas.

« Comme vous ne m'avez pas indiqué de date de départ, je voulais vous avertir qu'il n'est pas possible de séjourner à Lasciate plus d'un mois. C'est la durée maximale du visa de tourisme.

— Que se passe-t-il ensuite ?

— Le cas est rare. Je n'y ai jamais été confronté depuis que je tiens cet hôtel. J'imagine que vous devrez quitter la ville.

— C'est ennuyeux. J'avais dans l'idée de m'installer ici, de rester quelques années peut-être.

— Vous voulez rester ici *des années* ? Nous n'avons pas d'immigration. Le ministère est très strict et les *Kouffoys* trouvent la ville ennuyeuse.

— Les quoi ?

— Les *Kouffoys*. C'est le terme que nous utilisons pour désigner les étrangers. Ce n'est pas péjoratif, c'est notre façon de marquer une frontière.

— Je comprends. Cette ville m'offre le calme dont j'ai besoin. Quelles sont les démarches à effectuer pour être autorisé à rester ?

— Il faut aller au bureau de l'immigration. À votre place, je commencerais à chercher d'autres pays calmes, mais vous pouvez tenter votre chance. »

Tomas se rendit au Bureau de l'Immigration Légale de Lasciate et des Expulsions, le BILLE. Il fut accueilli par une fonctionnaire d'une vingtaine d'années, blonde aux yeux bleus, qu'il trouva belle même si elle refusa de lui accorder le moindre sourire.

« J'aurais souhaité m'installer à Lasciate plusieurs mois. On m'a dit qu'il était nécessaire de venir vous voir.

— On vous a bien renseigné. On vous a prévenu que votre demande serait rejetée ?

— On me l'a laissé entendre.

— C'est bien. Mieux vaut ne pas laisser prospérer des espoirs qui seraient déçus, vous ne pensez pas ?

— Bien sûr. Mais j'imagine que, si vous prenez la peine de les instruire, certaines demandes sont acceptées ?

La femme leva les yeux pour la première fois vers Tomas. Elle réfléchit avant de répondre.

« Nous n'avons pas beaucoup de demandes, alors nous pouvons les examiner. Êtes-vous médecin ?

— Non, mais j'ai un doctorat en psychologie. J'étais chauffeur routier.

— Hum. Vous êtes religieux ?

— Je suis de culture catholique, mais je n'ai jamais été pratiquant.

— Vous êtes riche ? Rentier ?

— J'ai de l'épargne. J'ai récemment bénéficié d'une assurance-décès. Dire que je suis riche serait exagéré.

— Prenez ce questionnaire. Complétez-le et renvoyez-le nous. Vous perdez votre temps, mais la bonne nouvelle, c'est que vous obtiendrez une réponse sous trois jours. Nous sommes très réactifs.

— Je vous remercie. Quelle chance me donnez-vous d'obtenir un accord ? »

La jeune femme observa Tomas.

« Vous m'avez l'air honnête. Si vous dites la vérité, 0 %. Si vous mentez, 1 %.

— C'est très clair. Merci beaucoup. »

Tomas rentra, découragé. Il avait longtemps été convaincu que tous les problèmes finissaient par s'arranger. Depuis l'accident, il avait revu son jugement. La vérité, c'est que tout finissait mal : il n'y avait que la mort au bout du chemin et, entre temps, une longue errance.

Deux jours après le dépôt de son dossier, il reçut une convocation du BILLE. Il se retrouva en face de la jeune femme blonde, dans le même bureau. Elle lui plaisait et son regard le troublait. C'était la première fois qu'il était excité par une femme depuis l'accident ; probablement à cause de sa dureté à elle et de la faiblesse infinie que lui ressentait.

Alicia Skorda – c'était le nom de la fonctionnaire – le fixa, esquissa un sourire, puis lui annonça que sa demande était rejetée. Il pouvait rester à Lasciate en bénéficiant d'un visa touristique encore une semaine. À l'expiration de ce délai, il devrait quitter le territoire, sous peine d'être emprisonné, puis expulsé. « Au début, on se contentait d'expulser les gens, mais c'était idiot : nous n'avions pas à prendre en charge ce qui aurait dû relever de leur responsabilité. Nous avons donc mis en place une année d'emprisonnement en guise de punition. Cela ne coûte pas plus cher à la collectivité puisque nous facturons le séjour en prison, et la logique est respectée. L'effet dissuasif fonctionne puisque nous n'avons connu aucun cas au cours des dix dernières années. » Elle conclut en indiquant que les services du BILLE se rendraient bientôt à l'adresse qu'il avait indiquée dans son formulaire pour s'assurer de son départ.

Le soir-même, Tomas dressa la liste des pays susceptibles de l'accueillir. Il n'avait jamais cherché à émigrer jusque-là. Il constatait maintenant que tous les États du monde avaient dressé des barrières empêchant aux corps étrangers de s'introduire durablement en leur sein. Les touristes étaient accueillis à bras ouvert mais, au bout de trois ou six mois, chacun était prié de boucler ses valises et de repartir plus loin. Parce qu'il était originaire d'un pays riche, il avait la chance de pouvoir circuler partout ou presque, mais il lui était interdit de s'installer où que ce soit hors de son continent d'origine. Tomas avait toujours trouvé choquant que des hommes interdisent à d'autres de vivre dans leur voisinage et que les malheureux qui avaient vu le jour sur une terre inhospitalière soient condamnés à y demeurer. Il expérimentait concrètement cette limite. Tomas n'avait pas envie de devenir un itinérant perpétuel. La perspective de faire sa valise et de monter dans un nouveau train tous les six mois l'épuisait. Parvenu à la conclusion qu'il était condamné à vivre clandestinement, il alla voir Harold.

« Vous aviez raison, le bureau d'immigration a refusé ma demande.

— Oui, ce sont des fonctionnaires consciencieux. Ils n'ont pas grand-chose à faire, alors ils le font bien et vite.

— C'est dommage, j'aurais tellement souhaité m'installer ici.

— Ce n'est pas de chance, oui.

— C'est le lieu dont j'avais besoin pour me reconstruire après la mort de ma femme et de mes enfants. »

Harold le dévisagea.

« Vous avez perdu votre épouse ?

— Oui. Accident de voiture. Mes enfants étaient à l'arrière.

— Je suis désolé.

— C'est gentil. Vous n'y êtes pour rien. »

Tomas restait planté devant le bureau de la réception, le regard dans le vide. Harold soupira.

« Je peux chercher une solution. Je ne promets rien, si ce n'est que le confort sera rudimentaire.

— Ce serait fantastique ! Ne vous inquiétez pas, je ne suis pas douillet. Je ne le suis plus. »

Chapitre 3 – L'Eldorado

Harold Purito installa Tomas dans un hangar situé non loin du *Voyageur*. Cet entrepôt de pétrole dissimulait cinq petites chambres, une salle de bains partagée et une kitchenette. On accédait aux chambres par une porte cachée dans un placard. Chaque chambre était équipée d'une lucarne. Il était interdit de l'ouvrir en journée, mais elle permettait de renouveler chaque nuit l'air chargé d'essence.

Ses voisins étaient originaires de pays lointains. Ils avaient échoué ici par la faute de passeurs fantasques ou de courants marins inattendus. Ils n'avaient jamais eu l'intention de venir à Lasciate et aucun ne souhaitait y rester : ils ne connaissaient personne et aucune entreprise ne prenait le risque d'embaucher des clandestins à Lasciate.

Deux ans plus tôt, la police avait confié à Harold un groupe de naufragés afin qu'il les loge trois nuits dans l'attente de leur expulsion. Harold les avait traités avec humanité – en les nourrissant aussi bien que ses clients et en offrant un lit à chacun – et cela avait suffi pour que l'adresse du *Voyageur* circule parmi les réfugiés et les passeurs. Harold en avait pris son parti en hébergeant ceux qui passaient à travers les mailles de la police. Ils restaient quelques semaines avant de rejoindre un oncle, une sœur ou des cousins qui les attendaient dans des territoires plus familiers. C'était une activité risquée mais rentable. Il avait aménagé deux hangars qui appartenaient à l'entreprise d'un ami : celui dans lequel vivait Tomas et un autre, mitoyen.

Les clandestins n'avaient pas le droit de sortir de l'entrepôt pendant la journée. Tomas bénéficiait d'une dérogation car il passait inaperçu. Blanc, de taille moyenne, les cheveux châtains et les yeux bleus, il ressemblait à n'importe quel Lascebberote. Il cessa néanmoins de se rendre dans le centre-ville afin de ne pas croiser Alicia Skorda. Il ne s'arrêtait jamais dans les restaurants et les cafés – il y en avait beaucoup moins qu'à Joubeville et que partout où Tomas avait voyagé : son accent *kouffoy* le trahissait. Lorsqu'il avait faim ou soif, il achetait un sandwich ou de l'eau dans un supermarché. Quand il avait besoin de diluer sa solitude dans l'atmosphère d'un café, il se rendait à *L'Eldorado* comme Harold le lui avait recommandé.

« Ici vous serez en sécurité. La police ne vient pas à *L'Eldorado*. C'est une soupape. On peut y jouer de l'argent et certains s'y font servir de l'alcool. Toutes les villes ont besoin d'exutoires et Lasciate encore plus que les autres. Il ne s'y passe rien de violent ou de répréhensible. C'est simplement un endroit plus libre qu'ailleurs. »

Situé dans la zone de transit, à mi-chemin entre *Le Voyageur* et le hangar où dormait Tomas, *L'Eldorado* n'avait rien d'un tripot. Le comptoir en zinc était propre. Un téléviseur éteint décorait l'un des murs latéraux. Des tables rondes en faux marbre accueillaient des habitués et des consommateurs de passage, souvent des routiers. Il arrivait que l'un d'eux reconnaisse Tomas, qui le saluait et discutait avec lui. Tomas aimait y lire *Les Nouvelles de Lasciate*. Chaque numéro des *Nouvelles* semblait identique au précédent. La première fois, Tomas avait cru qu'il lisait l'édition de la veille par erreur. Les titres, les photos et les articles n'avaient pas changé mais la date en première page était bien celle du jour. Le lendemain, le phénomène s'était reproduit. Puis, au fil des jours, Tomas avait perçu les modifications qui intervenaient dans le journal. Les résultats sportifs étaient actualisés le lundi. Pour la vie politique, il y avait un Conseil des ministres le mardi matin et une réunion de l'Assemblée des Représentants du peuple le jeudi. Le premier lundi du mois, le Conseil des Gouverneurs faisait la une du journal. Aucune annonce notable n'en sortait jamais. Dans l'actualité internationale, il n'était question que de tsunamis, de famines, de guerres et d'attentats. Tomas avait toujours trouvé les journaux anxiogènes mais *Les Nouvelles de Lasciate* lui décrivaient l'Enfer sur terre. À l'inverse, les faits divers locaux se révélaient ennuyeux à l'extrême : il s'agissait de vols sans violence dans des supermarchés, de disputes conjugales – les policiers étaient appelés par les voisins dès que les insultes perçaient les murs – ou d'excès de vitesse – il était interdit de dépasser les vingt kilomètres à l'heure dans toute la cité. Leur traitement s'enrichissait au fil de l'enquête et, quand il n'y avait plus d'éléments nouveaux, ils disparaissaient au bout d'une semaine. Après trois mois de lecture assidue des *Nouvelles de Lasciate*, le crime le plus violent repéré par Tomas concernait un cambriolage qui avait mal tourné : les deux voleurs avaient frappé le chien pour le faire taire ; l'animal était blessé mais ses jours n'étaient plus en danger. Enfin, le quart de page consacré aux avis de naissances et de décès était actualisé tous les mois. Lire la nouvelle édition chaque matin, c'était comme jouer au jeu des sept différences ; il fallait être particulièrement attentif pour repérer les articles nouveaux et se souvenir de ceux qui avaient disparu.

Parmi les habitués de *L'Eldorado*, un quatuor se retrouvait sur une grande table en bois, au fond du bar, pour jouer aux dés. Harold les connaissait : « Ce sont des amis. Ils ne te poseront jamais de question. Le mieux est de ne jamais leur en poser. Je suis sûr que vous pourriez bien vous entendre. » Tomas lisait le journal à une table voisine pour observer leur partie de dés. L'un des joueurs arrivait souvent avant ses partenaires. En s'asseyant, il adressait à Tomas un bref mouvement de la tête. Le jour où il ajouta un sourire à ses salutations, Tomas lui demanda quelles étaient les règles du jeu qu'ils pratiquaient. L'homme émit un rire bref :

« Connaissez-vous le Yam's ?

— J'y ai joué avec mes grands-parents, il y a longtemps.

— Vous vous souvenez des figures à réaliser et du comptage des points ?

— À peu près... »

Son interlocuteur se lança alors dans une explication compliquée où il était question de coefficients affectés à des colonnes auxquelles s'attachaient une variété de contraintes – suivre un ordre précis pour remplir les cases, se limiter à un ou deux lancers de dés, réaliser des scores supérieurs à ceux de ses adversaires. Tomas resta stoïque. Il répétait la fin des phrases qu'il entendait sans comprendre. Il sursauta lorsque l'homme lui lança :

« Enchanté, Hernando Soria.

— Enchanté, Tomas Fischer. Merci pour ces explications, Monsieur Soria. Il me faudra encore du temps pour saisir toutes les subtilités de vos règles.

— Bien sûr, nous avons le temps. Nous avons plus de temps qu'il n'en faut. »

Le deuxième joueur arriva à la table. Brun, moustachu, taciturne et ventripotent, c'était le plus petit des quatre.

« Monsieur Fischer, je vous présente Marcel Orsini. Marcel, je te présente Tomas Fischer. »

Tomas serra la main que Marcel Orsini lui tendait sans sourire. Hernando reprit la parole.

« Prenez un siège à côté de moi. C'est la meilleure façon d'apprendre. Vous pourrez observer ma grille. La seule règle à respecter est celle du silence. »

L'haleine d'Hernando empestait l'alcool. Les seules consommations que proposait *L'Eldorado* étaient des jus de fruit, du thé et du café, mais les habitués disposaient d'un régime de faveur. Tomas n'avait rien contre les buveurs, tant qu'ils ne prenaient pas le volant.

Hernando Soria lui présenta Jean Bayle et Pat O'Mailly, les deux derniers joueurs. Le premier portait une moustache blanchie par les années et ses yeux rieurs observaient Tomas avec sympathie. Le second avait le visage anguleux, des cheveux poivre et sel hirsutes et, bien qu'il parût le plus jeune, son front était déjà plissé de milliers de rides. Il sembla ne pas voir Tomas.

Tomas assista à la première partie. Il jugea plus poli de se retirer avant le début de la deuxième manche pour ne pas paraître s'imposer. Jean Bayle et Hernando Soria répondirent à son salut. Hernando lui adressa un clin d'œil : « À demain ! »

En rentrant dans son hangar, Tomas était inquiet. Cela faisait deux mois qu'il vivait clandestinement à Lasciate. Était-il prudent de nouer des relations ? Pouvait-il faire confiance à ces gens ? Une pensée finit par l'apaiser : il avait parlé à des gens et il avait envie de les revoir. Il avait envie de quelque chose, c'était déjà ça.

Chapitre 4 – La métamorphose

Tomas avait reçu de l'argent à la mort de Céline. Ils avaient souscrit une assurance-décès pour Léo et Elsa en cas d'accident mais c'était lui l'orphelin qui bénéficiait de cette prévoyance. Il avait de quoi tenir dix ans avec son niveau de dépense. Il mangeait peu. Il avait déjà perdu deux crans de ceinture. Il ne se pesait jamais et il ne savait pas combien de kilos cela représentait, mais il s'était dit que le prochain cran – le dernier – constituerait le signal qu'il faudrait se remettre à manger. Ses seules dépenses étaient son loyer et ses consommations à *L'Eldorado*, mais cela pouvait évoluer. Surtout, il s'ennuyait. Il décida de chercher un travail et s'en ouvrit à Harold.

« Je ne connais pas d'emploi que puisse occuper un *Kouffoy*. C'est compliqué de travailler sans en référer aux autorités. Et mieux vaut qu'ils ignorent votre existence. »

Harold jetait des coups d'œil à Tomas, comme s'il le jaugeait. Il reprit :

« Si vous voulez être utile, vous pourriez venir en aide à vos colocataires qui se languissent en attendant de trouver un moyen de partir. En comptant les deux hangars, il y a une dizaine de chambres soit une trentaine de destins bloqués qui désirent s'évader. Vous connaissez des chauffeurs routiers. Si vous leur dites que vous n'hésitez pas à embarquer des clandestins lors de vos trajets, vous pouvez les convaincre de vous imiter.

— Passeur n'est pas le métier dont je rêvais, enfant. Exploiter la misère des gens m'empêcherait de dormir.

— Chauffeur-routier, c'était le boulot de vos rêves ? Qui vous parle d'exploitation ? Il s'agit de rendre service. Je suis sûr que vous serez le passeur le moins cher du marché. Et votre sommeil est déjà mauvais.

— C'est parce que je suis triste que je ne dors pas, pas parce que je me sens coupable.

— On dort mieux quand on se sent coupable que déprimé. Vous y gagnerez.

— Cela ne me semble pas une bonne idée, voilà tout. Comment se fait-il que vous n'ayez jamais essayé de la mettre en pratique ? Vous connaissez aussi les chauffeurs.

— Ils ne me feraient pas confiance. Ils croiraient que je suis à la tête d'un réseau et qu'en acceptant ma proposition, ils se feraient complices de la mafia locale. Ils vous considèrent comme un collègue. Vous avez l'air honnête. Le mieux, ce serait de leur dire que vous le faites gratuitement. Et vous proposez un dédommagement, pour le risque pris. Ensuite, c'est à vous de juger s'il faut flatter leur humanité ou leur avarice.

— C'est non. Mes valeurs me l'interdisent.

— Comme vous voulez. Je disais ça pour vous aider. »

Tomas était stupéfait par la proposition d'Harold, mais il ne se sentait pas *assez* en colère. Le jeune doctorant en psychologie qu'il était, il y a une dizaine d'années, aurait été révolté par ce projet. Il aurait dénoncé son meilleur ami si celui-ci avait été un passeur. Plus jeune, il avait travaillé en tant que bénévole au sein d'une association qui venait en aide aux réfugiés, avant d'abandonner au bout d'un an. Par manque de temps, avait-il affirmé sans convaincre grand monde.

Le soir, Tomas se demanda ce que Céline lui aurait conseillé. Quand ils s'étaient rencontrés, à vingt ans, elle l'avait traîné dans toutes les manifestations dont les mots d'ordre étaient « solidarité », « égalité » et « justice ». Il aimait sa passion des luttes et sa capacité à agir pour les causes qui lui tenaient à cœur. Lui rédigeait des articles dans les journaux du lycée et de l'université et marchait sans bruit en queue des défilés, loin des policiers et des fumigènes. Céline, elle, hurlait des slogans provocateurs en tête de cortège et jetait tout ce qui lui passait sous la main en direction des hommes casqués chargés d'assurer le maintien de l'ordre.

Les parents de Céline étaient ouvriers. Quand Tomas avait commencé son doctorat, elle avait cherché du travail car sa bourse d'étudiante n'était pas renouvelée. Elle avait été employée par une association, puis elle avait passé l'examen pour devenir professeur de lettres. C'est elle qui avait insisté pour qu'ils deviennent propriétaires de leur appartement avant d'avoir trente ans – elle était plus âgée que lui d'un an. Au fil des années, Tomas découvrit le pragmatisme de Céline. Elle n'avait pas changé, mais son regard à lui s'était aiguisé et il avait compris qu'elle faisait la part entre ses idéaux politiques et ses objectifs de vie. Ils avaient tous les deux envie d'avoir des enfants, au moins deux, mais c'est Céline qui réfléchissait aux conséquences concrètes et qui définissait les étapes à franchir pour rendre les choses possibles.

C'est elle aussi qui l'avait convaincu de prendre cet emploi de chauffeur routier alors qu'il venait de soutenir sa thèse et qu'il jonglait entre les vacations pour vivre. « Je ne suis pas sûre que tu sois fait pour enseigner. Tu as besoin de tranquillité et de liberté, pas de responsabilité et de confrontation. Tu aimes bien conduire, non ? Le salaire est correct, avec les primes de déplacement tu peux très bien t'en sortir. Un bon emploi fixe, c'est ce qu'il faut pour fonder une famille. » Tomas n'avait pas été difficile à convaincre. Achever sa thèse avait été un accouchement douloureux. Il avait apprécié d'être autonome, voire solitaire, mais il avait détesté toute la diplomatie universitaire qu'elle lui imposait : les participations aux colloques, les articles soumis aux comités de lecture. Et les cours qu'il dispensait à des étudiants de première année le déprimaient : un tiers de la classe avait abandonné au bout de six mois, un autre tiers n'écoutait pas ce qu'il disait et le dernier tiers recopiait en silence. Quand il posait des questions simples, il se rendait compte que personne n'avait compris. La perspective de prendre une voie de traverse réjouissait Tomas. En conduisant, il pourrait aussi travailler sa poésie et coucher sur le papier le soir les vers qu'il composerait en conduisant. Ses parents, qui comprenaient mal ce choix de carrière après de si longues études, avaient été déçus, mais Céline avait eu raison : il était heureux sur les routes. Il voyageait, il avait des heures de libre pour rêvasser et il gagnait correctement sa vie. Il aimait la camaraderie qui régnait dans cette profession et l'atmosphère des restaurants de bord de route. Les conversations y étaient variées et il avait progressé en mécanique. Il ressentait une satisfaction intense lorsqu'il réparait une panne et son plaisir était décuplé quand il venait en aide à un collègue en détresse sur le bas-côté. Personne ne lui faisait de reproches ou ne lui dictait ce qu'il devait faire ; il ne devait flatter personne ni contraindre personne à l'écouter ; en revanche, il aimait converser avec les autres chauffeurs et recueillir leurs commentaires sur l'actualité, leurs confidences sentimentales ou leurs questionnements métaphysiques.

Il découvrait un monde qui lui paraissait plus *réel* que celui de l'université qu'il avait fréquenté pendant dix ans. Il essaya de comprendre cette impression : l'université était aussi peuplée d'êtres humains *réels* dont les préoccupations étaient similaires à celles des routiers. La différence résidait dans le positionnement de ses interlocuteurs. Les uns considéraient que leurs problèmes étaient les mêmes que tout le monde et que les avis de chacun méritaient d'être entendus. Les autres étaient persuadés d'aborder des problèmes importants, d'y apporter les réponses les plus pertinentes. Contrairement à ce qu'il craignait, aucun routier ne se moqua de ses études de psychologie ; ses anciens camarades d'université furent en revanche nombreux à lui faire le reproche de son choix de carrière. C'était pourtant l'une des meilleures décisions qu'il avait prise de sa vie, il en était convaincu.

Dix ans plus tard, il s'imaginait Céline face à lui. « Tu as besoin de travailler. Pour te changer les idées et pour gagner de l'argent. Tu ne vas pas attendre d'avoir dépensé toutes nos économies avant de te préoccuper de l'avenir ? Ces réfugiés, il faut bien qu'ils partent d'ici. Mieux vaut que ce soit toi qui les aides plutôt que des criminels. Si l'argent que tu reçois en échange te dégoûte, donne-le à ceux qui en ont besoin. On trouve toujours. Et puis, il faut que tu continues de payer les fleurs du cimetière. Il n'y a qu'elles qui nous rappellent que tu nous as aimés. Tu nous as abandonnés, tu ne vas pas nous laisser passer l'éternité sous des bouquets fanés ! »

Une semaine plus tard, il proposa aux quatre hommes qui partageaient l'entrepôt où il vivait de les aider à atteindre leur destination finale. Ils voulaient rejoindre l'Europe. Ils le regardèrent avec suspicion quand il indiqua qu'il n'y aurait pas besoin de le payer. Pour les convaincre, il leur expliqua qu'il faudrait verser de l'argent aux chauffeurs pour les dédommager. Les quatre hommes reprirent confiance : cela ressemblait davantage aux transactions dont ils avaient l'habitude.

Tomas n'obtint pas un succès immédiat auprès des routiers qu'il sollicita à *L'Eldorado*. La crainte du danger – l'arrestation, l'amende ou le licenciement – et l'hostilité (« qu'ils se démerdent, ils n'avaient qu'à rester chez eux ! ») dominaient. Seul Nils Lörgstren, un Suédois, accepta, à condition de ne pas se faire rémunérer. Nils expliqua que le réfugié n'aurait pas à se cacher au milieu de son chargement, il pourrait s'asseoir sur le siège avant : son Gouvernement était compréhensif dans ce domaine et son patron était un ancien réfugié. Il espérait obtenir une prime. C'est donc Tomas qui récupéra l'argent que les passagers de Nils Lörgstren tenaient à verser.

Il se servit de cet argent pour convaincre d'autres collègues de participer à ce projet « humanitaire et lucratif ». Il définit une grille tarifaire en fonction de la distance parcourue, de l'attractivité du pays de destination et du risque encouru en cas d'arrestation. Pour rassurer les chauffeurs, il leur recommandait de prétendre que le clandestin s'était glissé dans leur camion à leur insu. Le conducteur et son passager ne se voyaient pas avant de parvenir à destination. Tomas prélevait une commission de 10 %. Cela lui paraissait assez bas pour ne pas heurter ce qu'il appelait encore « ses principes », et suffisant pour rester crédible auprès de ses différents interlocuteurs. Au bout de deux mois, il avait constitué un réseau de douze chauffeurs-volontaires. Il dut se résoudre à ne plus faire appel aux services de Nils Lörgstren, qui continuait de refuser de se faire payer.

« Tu comprends, les réfugiés ne se sentent pas en sécurité s'ils n'ont pas donné d'argent : ils pensent que tu ne te sentiras pas responsable d'eux et que tu pourrais les abandonner plus facilement.

— Explique-leur que ce ne sera pas le cas.

— Ils ne me croient pas. »

Les pratiques de Nils créaient aussi une distorsion de concurrence : de nombreux réfugiés, ayant appris qu'il était possible de faire le trajet à moindre coût, décalaient la date de leur départ pour voyager avec le Suédois. Cela bloquait le *turnover* des chambres dans le hangar et diminuait donc l'ampleur du projet caritatif de Tomas. Pour continuer d'avoir recours à ses services, il aurait fallu que Tomas prélève l'intégralité du montant qu'auraient dû payer les clandestins sur ce trajet, pour son propre bénéfice. Il avait renoncé à ce stratagème : il aurait eu l'impression de tromper un ami et de voler des réfugiés.

Harold remarqua que ses « clients » de l'entrepôt où vivait Tomas quittaient Lasciate plus vite qu'auparavant. Il se demanda si le silence de ce dernier était dû à ses scrupules ou s'il voulait conserver l'intégralité des profits. Il pensait que, si les deux explications étaient crédibles, il ne fallait pas exclure qu'elles soient toutes les deux vraies.

Un matin, en venant lui réclamer son loyer hebdomadaire, il lui dit :

« Si vous avez finalement choisi d'exploiter la misère, ne limitez pas votre champs d'action à vos seuls voisins. Moyennant un modeste dédommagement, je peux vous mettre en contact avec les occupants de l'autre entrepôt. »

Pour la première fois depuis six mois, Tomas éclata de rire.

« Je serais ravi de travailler avec vous, Harold, puisque vous le proposez si gentiment. À condition que vous consentiez à une diminution du loyer exorbitant que je vous verse.

— Échange de bons procédés : 25 % de commissions sur les deux entrepôts permettront à votre loyer de diminuer de 10 %.

— Évitons les discussions de marchand de tapis, quand il est question de vie humaine. Un loyer diminué de 50 % et 10 % de mes commissions pour vous. Vous y gagnez.

— Je vous aime bien, mais je ne vendrai pas ma chemise pour vous permettre de vous enrichir sur mon dos : 25 % de commission et 25 % de baisse ?

— Marché conclu. Vous êtes dur en affaire.

— Vous n'avez encore rien vu. »

Harold assena une grande tape dans le dos de Tomas, qui sourit malgré la douleur infligée par son bailleur et nouvel associé. Tomas se dit que la malhonnêteté ne rendait pas antipathique.

Chapitre 5 – Le meilleur des mondes

Un an après son arrivée à Lasciate, Tomas était toujours un étranger. La ville se refusait à lui. Il était admis à la table des joueurs de dés mais il ne participait pas à leurs parties ; Hernando Soria et Jean Bayle étaient les seuls à lui adresser la parole. Parfois, Harold Purito venait lui rendre visite dans le hangar pour « parler affaire », comme il disait, et il restait bavarder, mais Tomas ne parvenait jamais à percer son intimité. Il était venu ici pour que personne ne le dérange et ne s'apitoie sur son sort et il avait réussi au-delà de ses espérances.

Un soir qu'il était resté plus tard que d'habitude à *L'Eldorado*, il fut interpellé par Hernando Soria depuis la table voisine. Ils étaient les deux derniers clients et la patronne de *L'Eldorado* rangeait les chaises sur les tables. Le regard d'Hernando était embrumé et mélancolique :

« Qu'est-ce qui vous a fait échouer ici, Monsieur Fischer ? On ne voit jamais de nouvelles têtes, et cela fait bientôt un an que l'on aperçoit la vôtre. Il paraît que vous avez monté votre affaire. Vous avez l'esprit d'entreprise. Mais il y a mille lieux plus accueillants pour gagner de l'argent. Qu'est-ce qui fait venir un *Kouffoy* ici ? Et qu'est-ce qui le fait rester ? C'est le plus mystérieux. »

Tomas observa Hernando. Son articulation était traînante et il butait sur certains mots.

« Cette ville m'est apparue comme le refuge dont j'avais besoin. Ma vie s'est arrêtée et, ici, c'est la vie de tout le monde qui paraît arrêtée. Tout est propre et lisse et tout fonctionne au ralenti. Vos journaux publient tous les jours les mêmes articles, les conversations tournent en boucle. Rien ne se passe. Je suis presque surpris que les aiguilles de vos horloges continuent de tourner.

Hernando soupira : « Oui, il m'arrive d'en douter aussi. »

Un soir, Harold invita Tomas dans sa chambre, la plus spacieuse du *Voyageur*, qui était située au rez-de-chaussée, derrière la réception. Les murs étaient couverts de tableaux et les meubles pliaient sous le poids d'objets hétéroclites : le portrait d'une jeune femme habillée à la mode de la fin du XIXe siècle, une gravure du port de Lasciate datant de cette époque, une photographie de Winston Churchill, une mappemonde vieille de deux cents ans et des cartes postales défraîchies du monde entier. Les deux étagères, qui semblaient sur le point de s'effondrer, contenaient un casque militaire de la Seconde Guerre mondiale, des médailles, un service à thé fleuri, une voiture miniature, une maquette de Notre-Dame-de-Paris et des bibelots à l'utilité indéfinissable. Ce capharnaüm était chaleureux comme un musée oublié ou le grenier d'un vieil oncle.

« Excusez-moi pour le désordre. Ce n'est jamais rangé, cela dit. Je reçois peu. Vous voulez boire quelque chose ? Vous êtes sûr ? » Il cligna des yeux. « J'ai quelques boissons alcoolisées en réserve si cela vous intéresse. Voilà. Une bière chacun. J'en remonte quatre, comme ça nous pourrons nous resservir, cela évitera les interruptions. Je reviens. »

Harold réapparut les bras chargés de six bières. Il en plaça quatre dans son mini-frigo, décapsula les deux autres.

« C'est gentil à vous de m'inviter. La solitude me pèse parfois. J'étais venu la chercher mais j'ai réussi au-delà de mes espérances.

— Nous avons tous besoin de distraction. Et de solidarité. Vous vous êtes bien intégré. C'est rare de voir un *Kouffoy* rester aussi longtemps à Lasciate. Cela ne doit pas être facile tous les jours.

— C'est une expérience nouvelle. Pas désagréable, mais étrange. J'ai l'impression de ne pas en savoir beaucoup plus sur cette ville que depuis mon premier jour dans votre hôtel.

— Lasciate est une ville différente. Je suis bien placé pour le confirmer puisque je fais partie des rares Lascebberotes à avoir voyagé au cours des dernières décennies. Nous sommes isolés du monde. Nous n'avons ni allié ni ennemi, ni même de voisin si ce n'est le désert. Mais ce n'est pas cela qui nous rend unique. Ce n'est pas non plus cette météo insupportable. Ce qui fait de Lasciate une cité à nulle autre pareille, c'est que l'on n'y meurt plus, ou presque. »

Harold fixa Tomas pour s'assurer qu'il comprenait bien ce qu'il venait de lui dire. Tomas eut un sourire gêné. Il crut avoir mal entendu.

« Nous avons toujours disposé des meilleurs médecins du monde. Il y a deux cents ans, ils ont réussi à ralentir, puis à stopper le vieillissement de nos cellules. Les premiers traitements n'étaient pas parfaits, notamment pour le cerveau. Les membres de la « première génération » – nous les appelons les *Pionniers* – sont gâteux. Ils sont un millier à avoir dépassé les deux cent cinquante ans. On a envisagé de les abattre, mais les autorités ont renoncé. Après tous les efforts consentis pour les maintenir en vie !

Le traitement est désormais au point, la mort ne survient plus que par accident. C'est pour cela que les voitures roulent si lentement. Un jour, ils parviendront à rendre nos corps invulnérables. Le processus est irréversible. Nous ne vieillissons déjà plus. C'est frustrant. Au début, l'on est heureux de conserver des cheveux, d'échapper à l'incontinence et à l'arthrose, mais à la fin, on se dit que l'on n'aura pas tout connu. On aura vécu plus longtemps mais n'aura-t-on pas vécu *moins* ?

Je vais sur mes cent soixante-dix ans. Je ne suis pas le plus ancien. Les quatre joueurs de dés ont dépassé les deux cents ans. On les appelle les *Patriarches*. Hernando a deux cent vingt-cinq ans. Comme moi, il est veuf. Je me suis fait « immuniser » – c'est le terme que l'on utilise – il y a cent trente ans. Élisabeth, ma femme, avait hésité. Il y avait encore des complications. Lorsqu'elle s'est inscrite pour l'opération, les examens préliminaires ont révélé une sclérose en plaque. Ils ne pouvaient plus rien pour elle. Elle a agonisé pendant dix ans. C'est une maladie terrible.

Il faut conserver ce que je vous dis pour vous. Nos autorités font beaucoup d'efforts pour que la nouvelle ne se répande pas. C'est pour cela que l'immigration est interdite. Elles y sont si bien parvenues que tout le monde a oublié que nous existons. »

Tomas écoutait Harold sans l'interrompre. Il ne pouvait pas croire ce qu'il entendait. Ce devait être une forme de bizutage étrange. Une blague un peu surréaliste. Pourtant, aussi invraisemblable fût-elle, cette explication éclairait soudain tous les phénomènes étranges qu'il avait observés depuis son arrivée.

« Quand j'ai voyagé, j'ai été surpris de constater à quel

point, chez vous, l'hypothèse de vaincre la mort n'existe pas. La mort fait partie de la vie, comme une fatalité. Vos médecins manquent d'imagination ou d'ambition. Ou bien ils tiennent à conserver leur gagne-pain.

— Je ne sais pas comment vous croire. Comment prouver ce qui n'existe pas ? »

Harold se saisit d'une vieille boîte en métal qu'il rangeait sous son lit et en sortit une photographie dans laquelle il apparaissait en uniforme militaire aux côtés de soldats britanniques et américains dans le décor du Paris de la Libération. Ce soldat roux souriant était en tout point identique à l'homme qui se tenait face à Tomas, plus de soixante-dix ans après l'arrivée des troupes alliées dans la capitale française.

« En 1940, j'ai eu cent ans. Il était temps de vivre. La guerre était partout dans le monde et j'ai écrit au Conseil des Gouverneurs pour leur proposer de constituer un contingent de volontaires lascebberotes pour combattre aux côtés des Alliés. Je n'ai reçu aucune réponse. Ils ne voulaient pas intervenir dans un conflit où personne ne leur demandait rien. Trois ans plus tard, à la fin de l'année 1943, le ministre de la Défense m'a convoqué dans son bureau. Maintenant que l'on devinait l'issue du conflit, il ne voyait plus d'un si mauvais œil l'idée d'apporter notre contribution aux vainqueurs. Nous avons organisé une expédition avec une cinquantaine de combattants. Nous sommes douze à être revenus vivants. Nous étions inexpérimentés et nos alliés ne nous ont pas donné les postes les moins dangereux. Mais nous avons connu la gloire et l'aventure. Je ne regrette rien. Regardez. »

Harold montrait un second cliché sur lequel Winston Churchill serrait la main d'Harold, au garde-à-vous, solennel et fier.

« Il nous a remercié d'avoir risqué nos vies alors que notre patrie n'était pas menacée. Le Général de Gaulle n'a pas daigné en faire autant.

— C'est incroyable, c'est vraiment incroyable. »

C'est tout ce que Tomas parvenait à articuler en finissant sa troisième bière. L'alcool l'assommait : il n'avait pas bu depuis un an. Mille questions lui venaient, mais il ne savait pas par où commencer. Il se résolut à les poser plus tard. Il avait le temps.

Chapitre 6 – Tristes tropiques

Les parties de Yam's débutaient à seize heures. La revanche s'achevait autour de dix-neuf heures. Parfois, la soirée se poursuivait autour d'une belote. *L'Eldorado* fermait sa porte à vingt-deux heures. Tomas avait attribué l'absence de vie nocturne à Lasciate et l'ennui qui se dégageait de la ville à la prohibition mais il comprenait maintenant que la cause résidait plutôt dans l'immortalité des habitants. Quand il était étudiant et qu'il se couchait au moment où l'aube pointait, il avait le sentiment d'avoir grignoté un peu de vie. On fait la fête pour oublier que l'on va mourir et pour vivre aussi intensément que possible. Lorsque les jours et les nuits deviennent infinis, cela ne présente plus d'intérêt.

Tomas reconsidérait tout ce qu'il avait observé sous un autre jour. Le brouillard se dissipait. Ce n'était pas seulement sa vision de Lasciate qui s'était transformée, mais aussi le regard que l'on portait sur lui. Il se sentait moins transparent. Hernando Soria lui proposa de se joindre à leurs parties et Tomas fut heureux d'accepter. Incapable de maîtriser toutes les subtilités du jeu, il se contentait de lancer les dés et d'écouter ce qu'il se disait autour de lui. Il finissait souvent dernier.

Les Patriarches étaient heureux d'avoir agrandi leur cercle. La présence d'un nouveau visage leur offrait l'occasion de répéter les histoires qu'ils connaissaient par cœur. Marcel Orsini raconta à Tomas le destin de son grand-père Dominico, qui s'était enfui de son village natal de Sartène avec sa fiancée, Fiora Santoni, pour s'installer en Campanie. Le clan bourgeois des Santoni ne consentait pas à cette union avec un fils de paysan à laquelle ni Dominico ni Fiora n'était prêt à renoncer. Cinq ans après son départ, le père et le frère de Dominico avaient été tués par Alberto Santoni, le frère de Fiora. Quand il l'avait appris, Dominico avait pris un bateau pour Bonifaccio afin de laver l'honneur de sa famille, abandonnant sa femme et son fils d'un an, Pietru, à Naples. Dominico Orsini n'était jamais revenu. Quand il avait été à son tour en âge de se venger, Pietru avait cédé aux prières de sa mère et renoncé à accomplir son devoir. Il avait voyagé pour oublier sa lâcheté. Il adressait des lettres menaçantes à ses grands-parents maternels et à son oncle en provenance du monde entier. Un jour, il s'était arrêté à Lasciate et il était tombé amoureux, en dépit du climat. Un an plus tard, Marcel Orsini était né. Pietru Orsini se montrait rarement à la maison mais, dès qu'il voyait son fils, il lui faisait répéter « Santoni, je vais te tuer ». À quinze ans, Marcel avait vu son père embarquer pour la dernière fois. Ida, sa mère, n'en avait plus jamais parlé, comme si elle savait qu'il n'était pas nécessaire d'attendre son retour. Marcel Orsini avait oublié les traits et la voix de son père, mais le nom des Santoni était resté inscrit au fond de son crâne. Devenu immortel, il avait compris tout le profit qu'il pouvait tirer de cette situation. Chaque année, il envoyait une photo de lui devant une édition du *International Herald Tribune* du jour accompagnée d'un billet sur lequel il écrivait

« Je ne vous oublie pas. Marcel Orsini ». Le jeu durait depuis cent ans. Il commandait des annuaires de Sartène : chacun des foyers Santoni de la ville recevait sa correspondance. « Je me demande ce qui se passerait si je m'y rendais un jour. M'abattraient-ils dès mon apparition, ou bien resteraient-ils tous pétrifiés comme face à un fantôme ? Ce qui compte, c'est qu'ils pensent à moi. » Hernando, Pat et Jean n'écoutaient plus Marcel ; ils avaient entendu cette histoire trop souvent. Tomas, lui, était fasciné. Il aimait se représenter le retour de Marcel dans ce village inconnu qu'il habitait comme un fantôme depuis un siècle sans jamais y avoir mis les pieds.

Jean Bayle était le plus jovial et le plus bavard des Patriarches. Il aimait célébrer ses victoires régulières aux dés. Il ne se lassait jamais de gagner. Tomas l'imaginait tenant le compte des parties remportées lorsqu'il rentrait chez lui : il devait en être à plusieurs milliers. Un jour, il atteindrait le million. Et il continuerait à gagner pendant des siècles tandis que sa progéniture proliférerait dans Lasciate. Jean avait perdu cinq descendants mais il lui en restait encore deux cent trente-huit. « Mes morts me rappellent que j'ai de la chance d'être en vie », disait-il.

Hernando Soria et Pat O'Mailly se confiaient moins. Hernando était ivre à partir de dix-huit heures et il finissait toujours dernier de la deuxième partie. Pat O'Mailly s'exprimait par monosyllabes.

Après six mois de pratique intensive, Tomas finit deuxième d'une partie de Yam's. Ce soir-là, alors qu'il s'apprêtait à partir, Pat O'Mailly l'arrêta : « Attends. Reste un peu plus tard ce soir. Nous avons quelque chose à te proposer. »

Pat continuait d'intimider Tomas : sa froideur le rendait nerveux. Il se rassit. La partie de belote dura jusqu'à vingt-deux heures. Tomas observait à peine le déroulement du jeu, préoccupé par la suite de la conversation, que les Patriarches ne semblaient pas pressés de reprendre.

Lorsque les autres tables furent vides, Sarah la patronne baissa le rideau de fer. C'était la fille de Pat O'Mailly. Elle avait ouvert *L'Eldorado* cent quarante ans auparavant. Elle habitait à l'étage. Elle leur rappela de fermer la porte derrière eux et leur souhaita une bonne soirée en fixant Tomas avec un sourire amusé. Pat O'Mailly alla chercher une bouteille de whisky cachée derrière le comptoir. Hernando Soria leva son verre : « Messieurs, à la vôtre ! À cette vie qui n'en finit pas ! »

Pat O'Mailly prit la parole.

« Vous avez un travail, Monsieur Fischer, je crois. Vous rendez service aux clandestins et vous gagnez de l'argent. Tout le monde est content. Ne vous inquiétez pas, vous ne risquez rien. Nous ne sommes pas adeptes de la délation et la police nous rirait au nez si nous allions leur dénoncer une activité illégale. En somme, vous êtes courageux et vous aimez vous rendre utile.

— On peut le dire comme ça.

— Nous avons pensé que vous pourriez faire un usage encore plus, disons, fructueux de ces qualités. »

Tomas fronça les sourcils.

« Vous le savez, nous ne mourons pas. C'est un problème. Beaucoup de gens le souhaiteraient. Ils n'ont pas la force de passer à l'acte. C'est mal vu. Le suicide est le pire des crimes pour un Lascebberote. Notre Gouvernement craint qu'une épidémie de suicides se propage. Les médias traînent dans la boue tous ceux qui ont eu le courage de franchir le pas. L'homme qui se tue jette l'opprobre sur les siens : son corps finit dans la fosse commune et sa descendance se voit interdire certaines aides sociales et l'accès aux emplois publics. Nos désespérés sont donc piégés, sans issue. Vous pourriez les aider. Vous seriez un médecin qui les accompagnerait vers la mort. Vous soulageriez des âmes en peine et vous seriez payé pour ça. Très bien payé. Les gens qui vont mourir peuvent se montrer généreux.

— Je ne suis pas docteur, je ne sais pas endormir les gens en douceur.

— En l'occurrence, il faudrait que cela ressemble à des meurtres, pas à des suicides. Il est essentiel de préserver l'honneur du client.

— Je ne suis pas un assassin.

— Bien sûr ! Un assassin ne tue pas ses victimes avec leur consentement. Vous seriez un assistant de fin de vie, en somme. Il y a des pays où cela existe, paraît-il.

— C'est absurde !

— C'est très sérieux. Nous vous fournirons les clients.

— Dans ce cas, pourquoi ne les tuez-vous pas? Cela vous éviterait de partager les bénéfices. Et vous avez l'air de connaître le métier. »

Les Patriarches se récrièrent bruyamment. Pat O'Mailly poursuivit :

« Détrompez-vous. Vous ne jouez pas aux dés avec un ramassis d'assassins à la retraite. Jean et Hernando sont doux comme des agneaux. Ils n'ont jamais tué, et cela n'a aucune raison de changer. Marcel ne tue que la nuit, lorsqu'il rêve de la Corse. Moi, j'ai 210 ans et je mérite le repos. Je touche même une pension. Vous êtes jeune, vous avez besoin d'argent et d'action.

— Surtout, la première commande que nous voulons vous confier, aucun de nous ne pourrait la réaliser.

— Pourquoi ? »

C'est Hernando Soria qui avait pris la parole.

« Il s'agit de moi, Tomas. J'ai deux cent vingt-cinq ans. Cela fait cent quarante-trois années que j'habite le corps d'un vieillard. J'ai été immunisé trop tard. Mon dos me fait souffrir, mes articulations se disloquent, mes jambes ne me portent plus. Mon corps et mon esprit sont rongés par la douleur. Je suis veuf depuis un siècle et demi, mon fils est certainement mort et je n'ai aucune famille. J'ai fait ce que j'avais à faire, vu ce que je voulais voir et ressenti ce qu'il était possible de ressentir. Seuls l'ennui et la tristesse m'accompagnent. Mes amis sont ma dernière source de joie, mais cela ne suffit plus. Je veux me reposer.

— Je comprends cette sensation. »

Le verre de Tomas avait été rempli. Il se sentait fatigué et l'alcool l'engourdissait. Il ne savait pas comment se sortir de cette situation, comment quitter cette table sans accepter de tuer un homme.

« Nous plaçons beaucoup d'espoir en vous. Il s'agit d'un geste de charité, d'une aumône qu'un malheureux vous mendie.

— Que se passe-t-il si je refuse ?

— On ne pourra pas vous en vouloir. Nous sommes nous-mêmes incapables d'accomplir ce que nous vous demandons.

— Laissez-moi réfléchir quelques jours.

— Bien sûr.

— Cela va sans dire.

— Évidemment.

— Nous attendrons votre réponse. »

Tomas avala son whisky, se leva et sortit du bar. Marcel Orsini posa sa main sur l'épaule d'Hernando.

« C'est un brave petit. Il va accepter.

— Je suis sûr qu'on pourra compter sur lui, ajouta Jean Bayle.

— J'espère. »

Pat O'Mailly rassura aussi Hernando.

« Il aurait trop de remords à te laisser en vie. »

Tomas convoqua à nouveau le fantôme de Céline pour qu'elle lui prenne la main. Il revoyait son sourire apitoyé le jour où il l'avait interrogé sur la suite à donner à son doctorat. Il avait appris que son directeur de thèse, l'éminent professeur Laraze, le citait en exemple des étudiants « qui constituent 10 % des effectifs, 1 % du talent mais prennent 90 % de [son] temps par incompétence ». Partagé entre désespoir, humiliation et colère, il voulait tout arrêter. Commencer une autre thèse, suivre de nouvelles études ou travailler, mais surtout être *ailleurs*. Céline n'avait pas voulu se prononcer.

« C'est une décision trop importante. Elle t'appartient. C'est ton avenir, tes émotions. Demande-toi ce que tu veux faire et ce dont tu te sens capable. Ton choix sera courageux, quel qu'il soit. » Il avait choisi l'option la moins difficile : ne rien faire et poursuivre son travail sous la tutelle d'un homme qui le méprisait. Le résultat de ce mauvais compromis avait été médiocre. Sa thèse avait obtenu les félicitations les plus élevées – accordées à tous – mais assorties de commentaires suffisamment peu enthousiastes pour que sa carrière universitaire soit vouée à demeurer subalterne. La morale qu'il en avait tirée était que lorsque Céline refusait de lui donner son avis sur une décision importante, il fallait insister.

Mais en cette journée de printemps, tandis qu'il errait dans les rues désertes de la zone industrielle de Lasciate, Céline n'avait plus de chemin à lui indiquer. Depuis deux ans, il était seul et il était incapable de déterminer s'il s'était bien débrouillé. Il avait survécu. Il avait mis de la distance entre sa douleur et sa vie quotidienne. Il pensait à eux tous les jours, il rêvait d'eux chaque nuit, mais il avait construit un quotidien où il passait plusieurs heures sans être obsédé par les images du bonheur perdu et par celles de la voiture basculant dans le vide. Céline aurait été fière de ses progrès, même si cela signifiait les oublier un peu. Que pouvait-il faire d'autre que de s'habituer à vivre sans eux ?

Tomas comprit pourquoi il restait à Lasciate, pourquoi il menait cette existence de fantôme au milieu de tristes immortels. C'est la curiosité qui le maintenait en vie. Il pensait avoir tout connu, le meilleur – l'enfance heureuse, l'amour, la parentalité – et le pire – le deuil, le deuil et le deuil. Ici, il découvrait un monde dont il ne soupçonnait pas l'existence, dont personne ne soupçonnait l'existence. C'était la seule échappatoire pour lui. Explorer de nouveaux horizons, dépasser la frontière, aller le plus loin possible. Il n'avait pas brûlé ses vaisseaux : la fatalité, la malchance ou le hasard les avaient coulés pour lui. Mais il était dans la même situation : tout retour en arrière lui était impossible. Le monde qu'il avait connu pendant quarante ans était devenu invivable, rempli par l'absence. Ici, sa souffrance s'allégeait. Elle continuait de l'habiter mais elle prenait moins de place. Tout était tellement nouveau, étrange, déconcertant que son passé lui semblait lointain, presque irréel. Tomas ne parvenait pas à savoir s'il devait se réjouir que sa douleur s'apaise ou s'il devait regretter de moins penser à Elsa, Léo et Céline.

Sa situation demeurait précaire. Il était clandestin dans une ville où la pluie et la brume régnaient en maître et où le froid le glaçait. Il avait constamment les mains et les pieds gelés. Il n'avait pas d'amis mais des connaissances qui lui demandaient de devenir un assassin. C'était inattendu. Pourtant, il se sentait à sa place : ni la plus confortable, ni la plus joyeuse, mais la seule où il pouvait finir.

En fin de journée, il retrouva Harold au milieu de son capharnaüm, d'humeur plus légère que d'habitude. Tomas lui détailla la proposition des Patriarches et lui fit part de ses hésitations. Comme Céline dix ans plus tôt, il ne voulait pas décider à la place de Tomas. « C'est un choix trop grave pour le remettre entre les mains d'un autre. Je suis honoré que vous soyez venu m'en parler. Le problème est réel et concerne nombre de nos concitoyens. L'éternité est longue, surtout à la fin, dit-on. Nous sommes beaucoup à avoir déjà atteint cette fin. Si vous décidez d'accepter, attendez-vous à un carnet de commandes bien rempli. »

Harold n'avait sorti qu'une bière. Tomas le prit comme une invitation à ne pas s'éterniser. En sortant, il se demanda comment Harold occupait ses soirées éternelles.

Chapitre 7 – La pitié dangereuse

Dès qu'Hernando ouvrit la porte, Tomas fut saisi par l'odeur de l'appartement. « Une odeur de vieux », pensa-t-il. Le papier peint jauni, arraché par endroit, se décollait à chacune des extrémités du mur.

« Je ne suis pas une fée du logis, sourit Hernando. J'ai embauché une femme de ménage mais quand j'ai constaté que, trois jours après son passage, l'appartement retrouvait le même état, je me suis accommodé de la saleté et du désordre. C'était une erreur. Ce décor n'est pas bon pour le moral. Retenez cela : je me suis accommodé de beaucoup de chose au fil des années. Aujourd'hui, je suis arrivé au bout de ce que je pouvais tolérer. Pour continuer de vivre, il faudrait encore s'abaisser, viser plus bas, marcher plus lentement, finir par ramper. Cela fait déjà trop longtemps que je suis courbé. »

En s'habituant à la pénombre, Tomas constata que le logement n'était pas aussi sale qu'il l'avait cru. Ce qui frappait surtout, c'était le désordre. Des objets inutilisables s'entassaient, posés au hasard sur les meubles et abandonnés à leur sort depuis des décennies. Plus nombreuses encore étaient les bouteilles vides qui avaient envahi le salon et parsemaient tous les supports imaginables – guéridon, étagère, table basse, frigo – sans jamais être posées sur le sol.

« Tu veux boire quelque chose ? J'ai fait des courses en prévision du grand jour. Je n'ai que le meilleur dans toutes les catégories : vin, whisky, vodka, rhum, gin, cognac, calvados, genièvre, absinthe. Ou de la bière, si tu préfères. J'ai sollicité tous mes fournisseurs. Je suis sûr qu'il n'y a plus une goutte d'alcool disponible à Lasciate hors de cette pièce. Cela m'a coûté une fortune et pourtant aucune de ces bouteilles n'est bonne. Je me souviens des alcools raffinés que l'on trouvait avant. Avec la prohibition, il n'y a plus que de la piquette inférieure et de la piquette supérieure.

— Je prendrai comme vous.

— Alors ce sera du vin pour commencer. Ce n'est qu'un début. On va passer une bonne soirée.

— Je ne suis pas certain que l'on aura le temps de tout boire.

— Tant mieux, il faut m'en laisser ! Tu ne comptes pas me tuer ce soir ?

— Je ne sais pas si je compte vous tuer, Hernando.

— Déjà, commence par me tutoyer. Il faut qu'une intimité se crée entre un assassin et sa victime. Pour cela, j'ai ce qu'il faut. »

Hernando se leva et revint du cagibi qui lui servait de cuisine avec une bouteille, deux verres-ballon, un tire-bouchon et un cendrier.

« C'est du cabernet franc. Des vignerons en produisent encore au sud de la ville, avant le désert de Lasci. De pauvres vignes rabougries mais qui font ce qu'elles peuvent. Ils n'ont pas le droit d'en vendre ici mais il est trop mauvais pour s'exporter. Il faut bien quelqu'un pour le boire. »

Hernando servit son hôte, puis remplit son verre à ras-bord. Il alluma un cigarillo. C'était la première fois que Tomas voyait quelqu'un fumer à Lasciate, en dehors des réfugiés qui partageaient son hangar.

« C'est le moment que je préfère. Le début de la nuit. Entamer une soirée avec un ami autour d'une bouteille remplie, le cendrier vide, le paquet de tabac plein. L'éternité devant nous. Et puis au bout d'un moment, tu te rends compte que l'éternité n'est pas aussi parfaite qu'on le voudrait. Ce n'est pas un cercle harmonieux où l'on retrouverait ses petits bonheurs et ses grandes joies là où on les a laissés. Non, c'est une spirale, qui se rétrécit à chaque tour de cadran. L'horizon devient plus étroit, chaque expérience prend un sale goût de déjà-vu. Tu noteras que l'adjectif qu'on accole à « spirale », c'est « infernal ». Ce n'est pas pour la rime. C'est rassurant, au début, de retrouver ce que l'on connaît déjà : un ami fidèle, un bon livre, une fleur enivrante, une maison familière. Puis l'ami devient ennuyeux, le livre perd ses mystères, la fleur se fane, la maison décrépit. Certains chérissent leur routine. Ce sont des lâches. La nouveauté, pour eux, c'est le danger. Ils n'ont pas tort d'ailleurs. Mais fuir le danger c'est se réfugier au cœur de la spirale, là où l'air manque, là où l'on ne voit pas à trois centimètres devant soi. Comme ils les aiment, ces trois suffocants centimètres-là !

Tu as déjà dû constater que tout se ressemble ici. Pas un bâtiment qui dépasse, pas un mur qui ne soit recouvert du même crépi hideux, pas une chaussée plus large que l'autre. Nous n'en sommes qu'au début ! On peut encore distinguer un quartier d'un autre. Demain il n'y aura que des cubes identiques, chacun disposant d'un nombre de pièces en fonction de sa richesse. Car s'il est une chose qui résistera longtemps à l'uniformisation, c'est celle-là. Mais que les riches ne se fassent pas d'illusions, je leur donne un siècle avant de devenir aussi pauvre que nous – ou avant que les pauvres ne deviennent aussi riches qu'eux, ce qui revient au même

Tu sais ce que l'on a perdu, avec la mort ? Le goût de l'absolu. Le goût du sacré. Il reste trois prêtres à Lasciate, et un pasteur. Les derniers rabbins et les derniers imams se sont entretués. Quatre bergers des âmes pour une ville où elles sont plus d'un million à se morfondre ! Nous avons créé notre Enfer en croyant inventer le Paradis. Quels imbéciles nous avons été ! Au début, les catholiques se sont réjouis de l'expulsion de la mort hors de notre ville. Ils n'en ont jamais référé au pape. Il était interdit d'en parler aux *Kouffoys*, d'accord, mais la question de l'éradication de la mort concernait directement le Royaume des Cieux, qui voyait son vivier se tarir. Une mission d'information secrète au Vatican aurait semblé la moindre des choses. J'avais proposé mes services à Monseigneur Corban. C'était un poltron, un de ceux qui sont trop heureux d'être réfugié au cœur de la spirale et qui ne veulent en sortir à aucun prix. Il s'imaginait évêque à vie, un pape en plus petit. Il trouvait trop risqué de se rendre à Rome. Il aurait mieux fait de verrouiller sa porte lorsqu'il accueillait sa maîtresse. Il y a encore des maris jaloux à Lasciate. Comme quoi, Dieu sait tout et se venge des traîtres. Il suffit de lire l'Ancien Testament pour s'en convaincre. Je fais partie des derniers catholiques de la ville. C'est aussi pour cela que je ne veux pas me suicider. On ne se retire pas soi-même la vie que Dieu nous a donnée. Mais j'ai bien le droit de mourir, comme tout le monde. »

Hernando avait déjà fini le cabernet franc et il alla chercher une bouteille de whisky et deux nouveaux verres. Tomas avait à peine bu. Il voulait rester concentré sur le discours du vieillard, dont l'élocution ralentissait mais qui restait lucide. Après son long monologue, Hernando s'était tu. Il observait Tomas. Il lui adressa un large sourire, empreint d'empathie plutôt que de tristesse.

« Tu as dû traverser des épreuves terribles pour en arriver là. Je veux dire, pour venir t'enterrer dans cette ville.

— Le malheur finit toujours par s'installer dans nos vies. Dans mon cas, il était en avance, mais cela ne change pas grand-chose. Et vous, que vous est-il arrivé ?

— Je commence à peine à le comprendre. Il faut beaucoup de temps pour avoir des certitudes. Il m'a fallu cent ans pour savoir qui j'étais – un brave pochtron un peu poète –, ce que j'aimais – boire et lire –, ce qu'il me fallait pour continuer de vivre – faire ce que j'aimais. Il m'a fallu cinquante années de plus pour être certain que je ne m'étais pas trompé. Et les soixante-quinze qui ont suivi m'ont convaincu que cela ne suffisait plus. Maintenant, je sais que je veux mourir. Mourir, ça peut n'être qu'une idée un soir de déprime. Cela devient une obsession pendant des mois de dépression. Mais après plusieurs décennies, c'est avant tout un besoin.

Je n'ai pas toujours été triste. J'avais un tempérament mélancolique, ça oui. Mais j'aimais ce sentiment. J'étais détaché du quotidien et cette distance me conférait une sorte de supériorité. Cela ne m'empêchait pas d'être drôle, ni de rechercher la compagnie de mes semblables. Schopenhauer et Cioran écrivaient des textes qui donnent envie de se pendre mais ils étaient des convives drôles et avenants. J'étais comme ça, à l'époque, avec moins de talent, dans l'écriture comme dans l'humour, mais enfin, chacun fait de son mieux. J'écrivais des poèmes sur des amours chastes et impossibles et je couchais tous les soirs avec ma femme, dans toutes les positions et avec le plus grand bonheur. Je peignais des paysages brumeux, des landes désolées, et j'adorais me baigner dans les plages alentours, sous le soleil radieux qui régnait alors. Je me sentais un imposteur, mais je ne m'en souciais guère. À vrai dire, je ne savais pas où était l'imposture : étais-je un homme qui jouait à être comblé, ou bien un artiste qui jouait à être mélancolique ? J'étais en tout cas un visionnaire : mon spleen, qui s'effaçait dès que je quittais ma table d'écriture, s'est un jour installé au cœur de mon quotidien et a pris toute la place. Quand mes journées sont devenues déprimantes, j'ai commencé à écrire sur l'espoir, je suis retourné à l'église, j'ai relevé la tête de mon nombril. Il n'y a que lorsque l'on est heureux que l'on peut s'amuser à jouer au désespéré. Quand le malheur surgit, il n'est plus question de flatter notre peine, il faut la combattre !

Pour cela, il y a un bon remède, qui est comme l'alcool : il n'y a qu'à haute dose qu'il se révèle efficace. C'est le souvenir. Laisse-moi te montrer. »

Hernando se souleva pesamment. L'âge, le vin et le whisky le maintenaient calé au fond de son fauteuil, mais il parvint à se redresser et se dirigea en chancelant vers le buffet, dont il sortit un album rempli de papiers et de photographies.

« Avec Sophie, nous nous écrivions des lettres. Avant le mariage et plus tard aussi, parce que j'aimais écrire et qu'elle aimait me lire. Les lettres sauvent de l'oubli. Une journée que l'on ne décrit pas ressemble à n'importe quelle autre. Face à la feuille blanche, on déroule le fil des heures avec précision. Tu te souviens du chien qui a failli te mordre, du voisin qui t'a payé un verre parce que sa fille va se marier, du sandwich de la pause-déjeuner qui t'a fait penser à ta femme car tu t'es dit qu'elle était bonne avec toi. Il y avait des collègues dont les femmes ne préparaient pas le casse-croûte, ou qui mettaient les ingrédients dans une boîte, à charge pour leur mari de tartiner leur pain tout seul. Sophie, elle, se réveillait la première pour découper les tomates, les concombres, et les glisser entre deux tranches de pain, encadrant mon morceau de jambon préféré. C'est quand tu écris à ta femme que tu te rends compte qu'elle a occupé ton esprit toute la journée et que tu es amoureux d'elle. Écrire, c'est la seule façon de ne pas oublier. Les jeunes n'écrivent plus, alors ils oublient leurs journées et, à la fin, ils oublient qu'ils s'aiment. C'est triste, tu ne penses pas ?

— L'oubli, c'est parfois la seule façon de survivre.

— Bien sûr, il faut oublier ce que l'on a perdu pour poursuivre son chemin. Ce n'est pas le plus facile. J'avais un fils, Ferdinand. Il est né il y a deux cents ans. Il a quitté la maison à vingt ans. Il nous méprisait, Sophie et moi. Nous manquions d'ambition et nous ne lui accordions pas assez de liberté. Une mère au foyer et un fonctionnaire des postes, il trouvait cela médiocre. Lui se rêvait aventurier : il voulait conquérir le monde. Ce sont des aspirations banales à vingt ans, j'avais les mêmes. C'est ce que je lui ai dit, comme un idiot : j'ai dû le terrifier. Nous ressemblons tous à notre père, mais personne ne veut l'entendre. Lui est passé à l'acte. Un matin, il est parti et on ne l'a jamais revu. Il ne nous a pas écrit. Peut-être est-il mort au bout d'une semaine, dans un naufrage ou du scorbut. Ou il n'a jamais osé. Ou il n'avait pas envie. Cent ans après son départ, j'ai organisé une cérémonie. On a lu des textes et on a trinqué. Une sorte d'enterrement. Il fallait bien mettre un terme à l'attente. Sophie ne l'aurait jamais accepté, mais elle était déjà morte.

Ferdinand avait raison. Notre existence était minable. N'ayant pas atteint mes ambitions, je les avais enfouies. Les poèmes que je commettais étaient publiés dans des revues que personne ne lisait. C'est tout juste si je ne devais pas payer pour y figurer. Je pouvais faire mieux, je valais mieux que cela. On pense tous que l'on vaut mieux que ça, pas vrai ? J'ai décidé de me remettre à l'ouvrage pour *laisser une trace*. J'étais plein d'ardeur mais sans idée. Je voulais faire naître quelque chose de mes mains mais je ne trouvais pas *quoi*. Je commençais des sculptures, des tableaux, des meubles même, mais je n'achevais rien. J'en parlais à Sophie, qui m'encourageait – elle m'encourageait toujours. Il a fallu qu'elle meure pour que je comprenne. En voyant son cercueil disparaître dans un vilain trou creusé dans la terre, recouvert par une dalle en pierre grise, je me suis dit que je ne pouvais pas la laisser là-dessous à m'attendre. Nous ne pouvions pas passer l'éternité dans un lieu aussi sinistre. J'ai commencé à bâtir un tombeau. J'avais soixante-treize ans, il était plus que temps de m'y mettre si je voulais finir à temps. Je travaillais lentement. Mon corps me faisait souffrir mais je ne me décourageais pas. Neuf ans plus tard, je me suis fait immuniser. C'était un miracle : j'allais disposer du temps nécessaire pour achever mon œuvre ! Mais avoir l'éternité devant soi, c'est la pire des incitations au travail. Ce que j'aurais pu réaliser en vingt ou trente ans, il m'a fallu un siècle et demi pour en venir à bout. C'était l'année dernière. Cela m'a pris six mois supplémentaires pour obtenir l'autorisation d'y déplacer le cercueil de Sophie. L'administration est méfiante quand il est question de la mort. Après avoir vaincu mon incompétence, ma paresse et les fonctionnaires, je ne suis pas mécontent du résultat. Tu vas voir. »

Hernando se leva et noua son écharpe autour du cou. Il saisit son manteau. Tomas le regardait, les sourcils écarquillés.

« Vous voulez aller au cimetière ? Maintenant ?

— Pour me connaître, il faut avoir vu l'œuvre de ma vie. »

Tomas aurait préféré continuer d'écouter les histoires d'Hernando, ou rentrer chez lui dormir. Mais il n'avait aucun argument à lui opposer. C'est lui qui avait insisté pour cette rencontre.

Hernando avait placé deux nouveaux verres et une bouteille de cognac – celle de whisky était finie – dans un sac.

« J'espère t'avoir convaincu de ma motivation.

— Nous n'avons pas évoqué les détails pratiques...

— Je te fais confiance. Peu m'importe la forme tant que je suis enterré dans mon tombeau. Nous trinquerons pour célébrer notre petit accord. Si cela peut t'aider, je t'offre ça. »

Hernando déposa un Beretta 92 dans les mains de Tomas.

« C'est Pat qui me l'a donné. Si tu as besoin d'information sur son maniement ou sur les recharges, c'est à lui qu'il faudra poser tes questions, je n'y connais rien. Il te sera plus utile à toi qu'à moi. Prends ce sac pour le transporter. »

Tomas n'avait pas la force de protester. L'ivresse et la fatigue le rendaient incapable de la moindre décision. Ils quittèrent l'appartement en silence, Hernando avec son cognac, Tomas avec son pistolet.

Pour pénétrer le cimetière de Robermont, ils passèrent une porte en bois branlante dont le loquet se poussait depuis l'extérieur. Dans l'obscurité, Tomas distinguait l'étonnant décor qui l'entourait : les dalles étaient fissurées, les pavés des allées disjoints ; les herbes folles qui envahissaient les tombes constituaient la seule trace de végétation. Aucune sépulture n'était fleurie et de vieux pots gisaient au sol, répandant leur terre sur les sépultures. Le tombeau où reposait Sophie Soria était à l'opposé de l'entrée. Ils marchèrent pendant une dizaine de minutes, éclairés par la lune. Hernando se retourna vers Tomas : « Je nous ai installés à l'écart pour pouvoir travailler sans être dérangé. »

Le mausolée de Sophie Soria se distinguait par sa taille, par sa propreté et par l'originalité de sa construction. À mi-chemin entre le temple et le château médiéval, la construction faisait cinq mètres de haut. On y pénétrait en traversant une rangée de colonnes tandis que des tourelles émergeaient à l'arrière. Des sculptures d'animaux – éléphants, chevaux, tigres, chiens, chats et une tortue – étaient disséminées sur les façades. Au centre de la pièce principale se trouvait un bassin surmonté d'une fontaine représentant un couple âgé, main dans la main. L'ensemble était somptueux et de mauvais goût. Tomas signifia son admiration à Hernando.

« Je comprends qu'il vous ait fallu un siècle et demi.

— Ce sont surtout les finitions qui prennent du temps. On se dit toujours qu'on pourrait fignoler. Il faut savoir dire stop. Viens, prenons un verre pour fêter ça. »

Face au bassin, deux chaises en pierre encadraient une table en marbre. Hernando leva son verre de cognac.

« À l'accomplissement d'une vie ! À la mort ! »

Tomas se demanda s'il y avait là deux toasts ou un seul.

« Je ne t'ai pas encore parlé de Sophie. C'est pour elle que j'ai fait ça. C'est aussi pour elle que je veux mourir. Nous n'avons pas eu une vie facile. On travaillait dur, on n'était pas riche et elle était souvent malade. Et puis, il y a le départ de Ferdinand, qui l'a rendu folle de douleur, ou folle tout court. Pourtant, je ne regrette aucune seconde que j'ai passée avec elle. Nous nous sommes fait la cour, timidement, en nous montrant aussi prudes que l'époque l'exigeait. Ça nous plaisait de ne nous voir qu'une ou deux fois par semaine, à la messe, tous les dimanches et, parfois, au détour d'une rue ou à un bal. Cela a duré un an. Ça faisait travailler l'imagination de ne pas pouvoir se toucher, d'échanger des regards muets. Dès que je l'ai vue, j'ai décidé que je voulais vivre avec elle. Je me suis dit, « il me la faut ». Elle pensait la même chose, je le savais. Quelqu'un qui tient ton regard aussi fort, cela ne peut être que la femme de ta vie. À partir de là, tout était simple. Se passer des mots griffonnés à l'église pour convenir d'un rendez-vous. Se voir en secret, puis accepter d'être vus. Se *fréquenter*. En parler à nos parents. Trouver un travail. Demander sa main. Trouver notre futur logement. C'était une si douce attente. On dit que le bonheur, c'est l'attente du bonheur. Ce qui est miraculeux, c'est qu'il n'a pas disparu lorsque nous l'avons tenu entre nos mains. La peur continuait de m'étreindre à chaque fois que nous étions séparés plusieurs heures. C'était une souffrance animale que compensait la joie intense que je ressentais en la voyant revenir saine et sauve du marché le matin ou en la retrouvant dans son fauteuil le soir. Tous les moments difficiles que nous traversions, les brimades que je subissais au travail, la maladie qui ne la laissait pas en paix, s'effaçaient lorsque nous nous retrouvions. Notre amour a évolué : les premiers émois, la passion puis la tendresse mais jamais les gros nuages lourds. Pas de disputes ni de bouderies.

Je n'ai jamais rencontré personne qui m'ait fait part d'une harmonie aussi parfaite. Nous avons eu beaucoup de chance et nous l'avons méritée. Les gentils sont récompensés à la fin. Cela fait deux cents vingt-cinq ans que je m'accroche à cette conviction. Ton arrivée dans la ville, par exemple, c'est ma récompense pour avoir fini ce travail.

Il y a une dernière chose, qui nous a permis de connaître un amour éternel et sans orage, c'est qu'elle est morte. Ça a été très dur, je te le promets. Elle souffrait depuis des mois. Elle avait toujours été malade, mais là c'était la fin. Je ne l'ai plus quittée des yeux. Elle n'avait plus la force de se lever du lit, mais elle avait encore le courage de me sourire et l'énergie de m'embrasser. Quand je m'absentais faire des courses ou préparer son repas dans la cuisine, je revenais essoufflé. Je n'ai jamais autant couru que cette année-là. Dès que je n'étais pas dans la même pièce qu'elle, je trottinais. Cela la faisait rire de me voir arriver haletant, en sueur. Pour rien au monde je ne me serais privé de ces rires-là.

La dernière année de sa vie fut la plus heureuse de toutes. Nous avons retenu le temps. Chaque instant passé dans les bras l'un de l'autre, nous le savourions comme s'il était le dernier. Il avait le goût de l'éternité. La vraie éternité, celle qui est éphémère. Nous avons fait l'amour six fois, cette année-là. C'étaient les six dernières fois pour moi et ce furent les plus belles. Nous faisions l'amour comme s'il s'agissait d'un miracle. C'était lent et intense. Nous avions l'impression de jouir cent fois. Vu de l'extérieur, ça ne durait que cinq minutes. Il n'y avait pas de montre ni d'horloge dans notre chambre. Ces douze mois ont duré toute une vie, une vie d'amour, une vie de vieux, la meilleure de mes vies. Alors quand ça s'est arrêté... »

La voix d'Hernando s'étrangla. Ses pensées dérivaient vers ce jour du début de l'été où Sophie ne s'était plus réveillée. Elle était morte dans son sommeil, sans s'en rendre compte, sans le prévenir non plus. Devant Tomas, il pleurait comme il avait pleuré ce jour-là et les sept qui avaient suivi.

Ses sanglots donnaient l'impression qu'il ne pourrait jamais reprendre sa respiration.

Tomas ne disait rien. Il pleurait aussi. Il pensait à Céline, à cette année qu'il n'avait jamais connue, cette année qu'ils auraient pu vivre, blottis l'un contre l'autre. Il voyait Hernando hoqueter, il était triste pour lui, et envieux. Ce n'était pas de la jalousie, c'était un sentiment plein de tendresse. Après un long moment, Hernando ferma les yeux. Sa voix devint plus faible.

« Je ne pensais pas que je survivrais. J'étais abruti par la douleur. Je ne pouvais plus quitter cette chambre où nous avions été si heureux. Nos amis m'ont aidé. Ils me tenaient le bras le jour de l'enterrement, ils venaient me voir tous les jours, pour m'obliger à boire du vin et à avaler quelque chose. Ils disaient que Sophie n'aurait pas aimé me voir comme ça, qu'elle aurait voulu que je continue à me battre. C'est alors que j'ai repensé à cette œuvre que je n'avais jamais réalisée. J'ai revu sa tombe si triste, si solitaire. Je lui devais bien ça. J'y ai consacré ce qu'il me restait d'énergie, jusqu'à ce que l'on annonce que la mort était repoussée, que l'éternité nous tendait les bras. J'ai accepté pour elle, en songeant qu'il y aurait bien un moyen de la rejoindre quand j'aurais achevé mon travail. Ce moyen, c'est toi. Vois l'aurore. C'est la fin d'une longue nuit. J'ai connu une belle journée de ciel bleu et cent cinquante années de nuit. Je suis content que le jour se lève à nouveau, tu sais. »

Les rayons du soleil émergeaient au-dessus du muret du cimetière et se reflétaient dans l'eau du bassin. La ville était silencieuse. La bouteille de cognac était vide. Hernando avait fermé les yeux, il s'était endormi. Tomas vida son verre et grimaça ; l'alcool lui brûlait la gorge. Il observait le corps d'Hernando. Sa poitrine se soulevait régulièrement, il souriait, son être semblait apaisé. Il émit un ronflement spectaculaire. Tomas fut pris d'un rire nerveux. Il sortit le pistolet de son sac. Sa main tremblait. Il ne voulait pas rater son coup. Il se calma en inspirant lentement. Il tendit son bras, le pistolet touchait le cœur d'Hernando. Il tira.

Chapitre 8 – De sang-froid

Au moment où la détonation retentit dans le cimetière de Robermont, celui où Hernando Soria avait passé un siècle et demi à construire le tombeau sur lequel il gisait, Pat O'Mailly se leva de la terrasse des *Petits Tonneaux*, le seul bar du quartier ouvert sans interruption. Il demeurait désert, mais son fondateur, Édouard Schwartz avait pris l'habitude de passer ses insomnies à son comptoir. Son fils, Julien, qui avait repris l'affaire une trentaine d'années auparavant, laissait son père tenir le bar durant la nuit : cela ne faisait de mal à personne et les rares clients de passage remboursaient les frais d'électricité.

En payant son café, Pat O'Mailly demanda à Édouard s'il avait entendu une détonation. Édouard Schwartz hésita, puis il répondit que oui. Par expérience, il valait mieux répondre oui à Pat O'Mailly. Malgré sa surdité naissante, il lui avait bien semblé distinguer un bruit sourd, inhabituel à cette heure.

Satisfait, Pat O'Mailly repartit dans la direction opposée du cimetière, vers l'appartement d'Hernando. Il gravit les marches de l'immeuble, se servit du double qu'Hernando lui avait remis et inspecta les lieux. Il fronça les sourcils face au désordre. Il passa l'aspirateur et enfouit les cadavres de bouteille dans la poubelle qu'il avait apportée. Il nettoya les verres posés sur la table basse et les deux fauteuils où Hernando et Tomas s'étaient assis. Il s'attaqua aux toilettes, à la salle de bains et aux poignées des portes. Puis il sortit sans bruit avant midi, la poubelle sous le bras, le visage dissimulé entre son écharpe et son feutre.

Lorsqu'il se coucha, Pat O'Mailly se sentit heureux. Tout s'était déroulé, comme il l'avait prévu et son ami avait enfin trouvé le repos. Il était fier de lui et confiant en l'avenir.

Chapitre 9 – Sur la route

Dans les jours qui suivirent la mort d'Hernando Soria, Tomas ne parvint pas à se soulever de son lit. Il somnolait toute la journée et, dès que son cerveau reprenait conscience, les images de Céline, de Léo et d'Elsa s'imposaient à lui. C'était la première fois depuis son arrivée qu'il pensait à eux avec autant d'intensité. Son esprit dérivait ensuite vers Hernando et Sophie. Il imaginait Hernando la veillant durant une année entière. Son histoire n'avait rien à voir avec celle d'Hernando et de Sophie : Céline et lui avaient connu les disputes, l'ennui et les colères, l'amour imparfait. Cela n'atténuait pas sa douleur. Il était ébranlé dans sa conviction que ça finirait par passer. Cent cinquante ans après, le désespoir d'Hernando était intact.

Au bout d'une semaine, Harold vint dans sa chambre.

« La police a fini d'interroger les clients de *L'Eldorado*. On n'a pas vu autant d'uniformes dans les rues depuis vingt ans. Un immeuble avait explosé à cause d'une fuite de gaz et tout le monde avait cru à un attentat. Un meurtre, c'est tellement rare qu'ils sont heureux d'avoir de quoi s'occuper. L'avantage, c'est qu'ils ont oublié comment mener une enquête. Il vous suffira de ne pas vous faire remarquer. Ce que vous savez très bien faire. »

Tomas n'avait pas réfléchi à ces considérations matérielles – l'enquête, le risque d'arrestation, la condamnation qu'il encourait – depuis qu'il avait appuyé sur la détente. Son geste était si naturel qu'il n'y avait jamais pensé sous l'angle du danger qu'il courait. Il avait eu de la chance de ne pas se rendre à *L'Eldorado* ou à l'enterrement d'Hernando comme il avait envisagé de le faire. La souffrance l'avait empêché de se déplacer alors que c'est la prudence qui aurait dû le faire renoncer.

« L'un des doyens de Lasciate tué d'une balle en plein cœur dans le cimetière, au pied du tombeau qu'il avait lui-même bâti. Vous avez fait la fortune des journalistes locaux, on parlera de cette histoire pendant cinquante ans ! C'est une magnifique publicité pour votre nouvelle activité.

Tomas se redressa sur son lit

« Je n'ai rien accepté.

— Vous avez honoré un premier contrat. »

Ce soir-là, Tomas marcha jusqu'au *port vieux* en longeant l'océan afin de contourner le quartier administratif de Torchof. La mer était noire et il songea que cela ferait un bon endroit pour se débarrasser d'un cadavre. Il frissonna. Il n'aimait pas imaginer un corps se transformer en plancton. Il lui paraissait plus naturel de nourrir les vers de terre que les crustacés. Pourtant, une sensation de bien-être l'envahissait. Il avait trouvé sa place. Une place unique, entre deux mondes. Il connaissait les mystères de l'univers. Il était le seul mortel à connaître le secret de Lasciate. Il était celui qui allait permettre à la mort de réapparaître à Lasciate. Il avait une mission.

Sur le chemin du retour, rendu pénible par la bruine, des images de Carthage, Babylone et Persépolis s'imposaient à lui. Ces cités mythiques, capitales opulentes d'empires puissants, avaient perdu le combat de la longévité contre la ville grise et triste qui l'avait recueilli. Il ne savait pas quelle conclusion en tirer.

Quand il pénétra dans *L'Eldorado*, Tomas eut l'impression que tous les yeux convergeaient vers lui. C'est normal, pensa-t-il, quelqu'un rentre, cela attire les regards. La scène est insignifiante : un habitué franchit les portes de son établissement préféré. Ou : un assassin entre dans le bar. Difficile de distinguer l'une ou l'autre de ces situations. Il était venu tôt, après le déjeuner, bien avant l'heure du Yam's.

Pourtant, peu après, Jean Bayle fit irruption dans le bar. Il adressa un petit signe de la main à Tomas et le rejoignit.

« Comment allez-vous ?

— Mieux qu'il y a quelques jours. Et vous ?

— C'est triste de perdre un ami, mais je suis heureux de le savoir aux côtés de Sophie, dans la demeure qu'il avait bâtie de ses mains. Il faut aimer. Je trouve ça un peu chargé, mais cela donne du cachet à l'enterrement. En tout cas, vous pouvez être fier de vous. »

Il avait ajouté cette dernière phrase à voix basse – bien que personne ne leur prêtât attention – en posant sa main sur celle de Tomas.

« J'ai une conviction qu'Hernando partageait. Le but de la vie n'étant pas clair – son sens, je veux dire –, il faut l'employer à des choses simples, parmi lesquelles la plus gratifiante et la plus utile consiste à faire le bien. Cela demande des efforts, voire des sacrifices, et cela peut prendre des formes inattendues mais c'est la seule manière de ne pas se tromper.

— C'est une saine façon de raisonner et d'agir. Qu'en pensent Marcel et Pat ?

— Nous ne parvenons pas à nous mettre d'accord sur les termes du débat. Ils préfèrent faire ce qui est juste et ils estiment que cela équivaudra à ce qui est bien. Je crains pour ma part que ce qui est juste ne soit pas bon par essence. Mais ils sont têtus.

— Je n'aurais pas cru que vous ayez des conversations de ce genre.

— Quand le temps s'étire à l'infini, la sagesse devient à la portée de tous, même des caniches que nous sommes. Pourtant je ne crois pas que nous l'ayons atteinte, ni que nous cheminions dans sa direction. Que voulez-vous, immortels ou non, nous ne sommes que des hommes. »

Jean Bayle serra la main de Tomas, vida son verre d'un trait et se leva. Il devait aider son épouse dans les préparatifs du déjeuner de famille du lendemain. Leur union avait fait naître deux cent quarante-trois descendants, dont deux cent trente-huit étaient encore en vie. Ils tenaient à les réunir une fois par an. Seuls les morts et les marins pouvaient être excusés sans craindre de subir les foudres maternelles. Ernestine Bayle était devenue institutrice à quarante-deux ans, quand son mari avait pris sa retraite de la marine militaire et que le benjamin de ses cinq enfants, Maurice, avait atteint l'âge de dix ans. Chacun était assez grand et les deux aînées avaient la charge de veiller sur leurs trois petits frères. La famille Bayle donnait à voir les troubles qu'avait engendrés l'immunisation précoce ayant sévi dans les premières années. L'immortalité avait commencé d'apparaître à Lasciate au moment où naissaient les derniers des dix-huit petits enfants d'Ernestine et Jean Bayle. Certains avaient été immunisés clandestinement peu après leur puberté par des mères anxieuses. Aussi certains petits-enfants, désormais arrière-arrière-arrière-arrière grands parents, avaient conservé les traits de leurs quatorze ans tandis que leurs descendants présentaient des traits plus mûrs. Ernestine avait affiché sur l'un des murs de l'appartement familial un immense arbre généalogique. « Quoi de plus vexant, disait-elle, que d'être pris pour le fils de son propre petit-fils ? » À partir de la quatrième génération, Jean Bayle se contentait de retenir les prénoms et les professions. Il ne se trompait jamais quand il était face aux huit marins, aux deux patrons de bistrots, aux trois boulangers, aux quatre bouchers ou à son arrière-arrière-petit-fils qui était devenu footballeur professionnel. Pour ce qui est des autres, il comprenait moins bien l'objet de leur métier et il retenait le mot qu'on lui avait donné sans en percer le sens : consultant, directeur de projet, chef de cabinet, *community manager*, chargé de contrats. C'étaient les plus contents d'eux-mêmes, ceux avec lesquels il bavardait rarement.

Jean Bayle était fier de la famille qu'il avait bâtie. Il l'appelait « le village » en imaginant qu'un jour ils coloniseraient tout un quartier de la ville. Ce qui le chagrinait était l'impossibilité dans laquelle il se trouvait d'aimer autant tous ses descendants. Il essayait de se montrer aussi impartial que possible avec ses enfants, ainsi qu'avec ses petits-enfants, mais à mesure que le nombre gonflait, il lui était de plus en plus difficile de ne pas observer que ses sentiments variaient. Comment traiter de la même façon les capricieux et les fainéants quand leurs frères et sœurs se montrent travailleurs, patients, attentionnés ? Il avait du mal à se résoudre à accorder des préférences – même dans le secret de son cœur – car il était convaincu qu'en aimant moins les méchants, on aggravait leur méchanceté. Alors il redoublait d'efforts envers eux puis s'en voulait d'être injuste envers les plus méritants.

Sa femme avait conservé de son passé d'institutrice l'habitude de distribuer les bons et les mauvais points et elle n'avait aucun scrupule à récompenser les meilleurs élèves et à punir les autres. Jean lui reprochait sa sévérité, mais il le faisait avec tant de douceur qu'Ernestine ne comprenait pas qu'il aurait aimé qu'elle change de comportement. Même après cent quatre-vingt-dix ans de mariage, la communication restait un défi pour eux.

Pendant que Jean Bayle révisait les fiches qu'il avait constituées sur sa descendance, Tomas buvait une bière que Sarah lui avait offerte, sans qu'il ne demande rien, dans une grande tasse de thé. Si tuer Hernando avait été une bonne action, tuer d'autres personnes pouvait aussi constituer un acte vertueux. Quand il était étudiant, il avait eu l'occasion de disserter sur l'euthanasie et, comme la majorité de ses amis, il était favorable à son autorisation, considérant que recevoir la mort était un droit de l'homme, au même titre que la sécurité, la liberté ou l'égalité civique. Il était maintenant en mesure de mettre en application cette conviction théorique. Son seul doute concernait sa capacité à affronter la mort au quotidien et à la donner.

À seize heures, Marcel Orsini et Pat O'Mailly s'assirent aux côtés de Tomas.

« C'est bien, ce que vous avez fait.

— Si vous le dites.

— Je vous assure. Vous avez du cran. »

Après un silence, Pat reprit :

« Vous seriez prêt à recommencer ?

— Je ne sais pas.

— Ça veut dire oui.

— Hernando, je le connaissais. Son histoire était touchante. Cela a rendu les choses plus faciles.

— Vous deviendrez ami avec vos clients. Il y a plein d'autres désespérés dans cette ville qui ont besoin de vous.

— Pourquoi faites-vous cela ? Par charité ? Pour l'argent ?

— Un peu des deux. Nous sommes comme les gens qui travaillent dans l'humanitaire. Nous avons besoin d'argent pour vivre, et si l'on peut en gagner en rendant service, c'est mieux.

— Comment comptez-vous trouver nos clients ? Vous n'allez pas déposer une petite annonce dans le journal, je suppose ?

— Si. Nous allons faire paraître une publicité qui dira : « Fatigué, déprimé, usé ? Confiez-nous vos désirs les plus intimes et nous vous permettrons de réaliser votre rêve ! » Il y aura de tout, mais je suis persuadé que l'on aura un grand nombre de demandes de suicides. Il vous reviendra d'apprendre à les connaître pour estimer si vous êtes prêt à les tuer. C'est simple.

— Comment recevra-t-on les sollicitations ?

— Nous nous en chargeons, ne vous en faites pas. Nous sélectionnerons vos clients.

— Et que ferez-vous de ceux qui ne veulent pas mourir ? Vous essayerez de satisfaire leurs désirs aussi ?

— Nous ne pouvons pas tout, nous ne sommes pas Dieu.

— Donner la mort, c'est une prérogative divine.

— Dans ce domaine, les hommes font concurrence à Dieu depuis des siècles. Vous êtes d'accord pour vous lancer dans l'aventure ? »

Tomas soupira. Il avait noté ses conditions sur une feuille de papier. Il les récita d'une traite.

« Je veux un entretien avec chacun des commanditaires. J'évaluerai leur désespoir et j'essaierai de les faire renoncer. Toute commande pourra être refusée. Je choisirai le mode opératoire. J'en discuterai avec l'intéressé, mais je resterai le décideur en dernier recours. Il pourra toujours renoncer si la méthode ne lui convient pas. C'est moi qui fixerai le tarif. Votre commission sera de 10 %.

— 10 %, c'est peu.

— Tais-toi, Pat, ordonna Marcel.

— Comme vous voulez. Mais je prends la moitié des 10 % dans ce cas-là », ajouta Pat.

Marcel Orsini leva les yeux au ciel, mais ne dit rien.

« Sans compter que c'est lui qui négocie les tarifs.

— Exactement.

— Si tout le monde est d'accord, ajouta Marcel Orsini, nous pouvons lever notre verre à la santé de notre petite entreprise de charité ! »

Il tendit sous la table une enveloppe à Tomas.

« C'est votre salaire. Vous pourrez recompter chez vous. »

Tomas enfouit l'enveloppe dans son manteau. Il se leva.

« À bientôt pour une partie de Yam's. »

Dans sa chambre, il plaça l'argent au fond de sa valise et se promit de ne jamais s'en servir. Pour Hernando, il avait travaillé gratuitement.

Chapitre 10 – Capitale de la douleur

Trois ans plus tard, Tomas était riche. Grâce à Harold, il avait trouvé un logement plus confortable. En échange d'un loyer prohibitif, il habitait un joli deux-pièces situé dans un bâtiment en brique attenant à l'hôtel des *Voyageurs*. Tomas croisait rarement ses voisins, qui répondaient à peine à ses salutations. Harold lui avait assuré que personne dans l'immeuble n'aurait l'idée de contacter la police ou les services d'immigration pour signaler l'arrivée d'un *Kouffoy*. Tomas ne savait pas ce qui lui permettait d'être aussi affirmatif, mais il fit confiance à Harold. Le montant qu'il lui versait chaque mois constituait la meilleure des garanties qu'Harold ferait tout pour protéger son locataire.

Tomas était satisfait de sa nouvelle vie. Nulle part ailleurs il n'aurait trouvé le courage de se lever chaque matin. S'il avait dû continuer de conduire des camions, il aurait depuis longtemps fini sa route dans un fossé ou en contrebas d'un pont.

Il avait cessé de s'occuper des migrants et Harold l'avait remplacé dans son rôle d'intermédiaire. Tomas consacrait tout son temps à son nouveau métier. Même en s'occupant de deux clients par semaines, la liste d'attente constituée par les Patriarches s'allongeait chaque jour et le délai de traitement des demandes dépassait un an. Les Lascebberotes étaient habitués à patienter.

Aucun de ses clients ne se ressemblait. Le premier d'entre eux fut Robert Espalio. Il s'était brisé la colonne vertébrale à la suite d'une chute de vélo trente ans auparavant. Son handicap avait aggravé son mauvais caractère et il était devenu obèse. Son épouse l'avait quitté et il n'avait plus le courage d'attendre un miracle de la médecine pour retrouver l'usage de ses membres. Un pic à glace lui perça le cœur. Le mari et le fils de Charlène du Péant étaient morts noyés, le premier en essayant de sauver le second. Elle était restée prostrée un an pendant que ses amies s'assuraient qu'elle se nourrissait. « Elle finira bien par s'en remettre, pensaient-elles. Elle a tout le temps ». Mais le temps n'avait rien fait à l'affaire. Quand Charlène avait entendu parler de Tomas, elle avait été parmi les premières à le contacter. Trois semaines plus tard, elle était morte, pendue. Luc Dupichot vivait seul depuis cent-vingt ans. Il était bossu, le corps couvert de verrues et il louchait. Il se lavait peu et son haleine empestait. Aucune femme n'avait jamais voulu de lui, et peu d'hommes toléraient sa compagnie. Tomas avait demandé aux Patriarches de se rendre à son enterrement, car il était convaincu qu'il n'y aurait personne. Ils avaient refusé, prétextant que ce serait trop dangereux et pourrait attirer l'attention sur eux. Jean Bayle y était allé, seul. Quand Pat lui en avait fait le reproche, Jean Bayle avait répondu : « C'était mon arrière-arrière-petit-fils. »

Tomas admirait ceux qu'il tuait. Eux osaient se confronter au néant et le devancer. Ils étaient capables de dresser un bilan de leur existence, de peser les avantages et les inconvénients, d'estimer que la mort était la solution la plus raisonnable avant de tirer la leçon de ce constat et de la mettre en pratique. Mais ils avaient tous disposé de beaucoup plus de temps que lui pour aboutir à cette conclusion. Lorsqu'il était de bonne humeur, il pensait que, dans sa situation, le plus courageux était de continuer à vivre.

Tomas repensait à Joubeville. Son activité favorite consistait à regarder passer les gens en terrasse, une bière à la main, en attendant Céline. Ses retards ne le dérangeaient pas. Il était jeune et amoureux et il aimait contempler la rue. Il appréciait le goût âcre de la fumée de cigarette dans sa gorge, adoucie par l'amertume de la bière. Il observait en souriant les Pakistanais qui vendaient des roses aux fêtards les plus éméchés. Il avait arrêté de fumer à la naissance de Léo. Pendant la grossesse en réalité. Céline l'avait supplié. Il avait accepté en pensant qu'il pourrait continuer de fumer en cachette. Il s'était vite aperçu de sa naïveté. L'odorat d'une femme enceinte est infaillible. Il avait dû mettre sa promesse à exécution. Il s'était posé la question de recommencer après l'accident. Il avait racheté un paquet. À quoi bon se priver désormais ?

Il n'avait pas allumé cinq cigarettes et le paquet entamé traînait encore au fond de l'une de ses valises. Le goût lui était désagréable et, surtout, chaque bouffée faisait réapparaître le regard courroucé de Céline, qui lui disait « Tu as craqué, c'est cela ? » ou bien « Tu en avais *réellement* besoin de celle-là ? » Si le cancer ne lui faisait plus peur, il ne se sentait pas prêt à affronter ce regard durant le restant de ses jours. À Lasciate, personne ne fumait. Le Gouvernement avait interdit la cigarette cinquante ans plus tôt, trente ans après l'alcool. Les dommages qu'elle causait étaient trop coûteux, et trop complexes à soigner. La mesure avait suscité l'unanimité. À Lasciate, personne ne disait « il faut bien mourir de quelque chose ».

C'était Marie Langlade qui avait ressuscité ces souvenirs lointains. Tomas ne parvenait pas à se défaire de l'image de cette femme de cent dix ans enfermée dans le corps d'une fillette depuis un siècle. Il la revoyait, cigarette à la main, la peau sèche malgré son allure enfantine, lui faisant le récit de son calvaire de sa voix éraillée. Les parents de Marie étaient trop inquiets pour leur fille et ils avaient eu recours à un médecin sans scrupule qui pratiquait les immunisations avant l'âge légal. Plus personne n'acceptait de faire cela. L'appât du gain avait disparu.

Elle s'était enfuie de chez ses parents le soir de sa dix-huitième année. Elle avait déjà compris le pathétique destin auquel ils l'avaient condamnée. Au début du siècle dernier, un certain nombre d'enfants avait connu le sort de Marie en dépit de l'interdiction de se faire immuniser avant dix-huit ans. Par une triste ironie, la plupart de ces enfants, plus frêles et fragiles, finissaient pas mourir d'un accident – l'hypothèse du suicide était parfois évoquée, mais la famille et les autorités démentaient. Marie avait survécu, à son corps défendant, même à cent ans de tabagisme. Son récit avait tiré des larmes à Tomas. Sa vie amoureuse était un désastre. Avec les garçons ayant connu la même malédiction, les difficultés de la vie quotidienne étaient nombreuses et la vie sociale douloureuse. Avec les hommes plus âgés – car elle n'était pas vierge – les coïts étaient trop douloureux et elle était rabaissée et infantilisée. Sa carrière n'avait pas été plus heureuse. On refusait de l'embaucher. Elle avait voulu devenir professeur mais on lui avait fait comprendre lors de l'examen oral qu'elle ne serait pas admise et qu'il n'était pas souhaitable qu'elle retente sa chance. Elle avait intégré le service des Archives de la ville. Elle n'aimait pas les vieux papiers, mais il fallait bien travailler. Elle devait se déplacer avec un escabeau pour ranger les dossiers qui lui était confiés. Cet objet était source d'humiliation et d'épuisement. Ses cauchemars étaient remplis d'escabeaux dont les barreaux se dérobaient sous ses pieds.

Comme les autres clients de Tomas, Marie avait perdu toute espérance. Depuis l'âge de ses dix ans, sa vie était un condensé de déception, de frustration et de colère. Au cours de son récit, elle ne cessait de répéter à Tomas, de sa voix fluette et geignarde, « Vous comprenez, hein, vous comprenez ? » Elle fumait en ayant recours à la contrebande, dans l'espoir d'en mourir. Cela n'avait pas fonctionné.

Marie fut la première cliente à qui Tomas laissa le choix du mode opératoire. Elle choisit la strangulation. Le souvenir de ce cou d'enfant sous ses mains terrifiait encore Tomas. En regardant le corps sans vie de la jeune fille, Tomas avait songé que c'étaient ses parents qui auraient mérité cette fin. Ils vivaient toujours, croyait-elle.

Il fut longuement hanté par cette idée. Jusque-là, la compassion pour ses victimes prévalait sur tous les autres sentiments. Dans le cas de Marie, la détestation de ses tortionnaires, des responsables de sa détresse, l'emportait sur le reste. Tomas n'avait pas ressenti une telle haine depuis la mort de Céline et de ses enfants.

Un mois plus tard, Tomas tua Hervé Kiel, sans la moindre pitié. Hervé était alcoolique ; son foie et la moitié de ses organes vitaux étaient remplacés tous les cinq ans. Il battait sa femme, Julie, et ses enfants, Anna, Liz et

Dick. Lorsque ce dernier l'avait dépassé en taille, il avait remplacé les coups par les insultes. Dick ne répondait pas. Il effectuait des exercices de musculation dans sa chambre tous les soirs. Quand il fut sûr de sa force, il profita d'une énième démonstration de violence de son père contre sa mère, pour se jeter sur lui et lui briser plusieurs côtes, le nez et les os des doigts. Julie, Anne et Liz sauvèrent Hervé Kiel d'une mort certaine ce jour-là. Le lendemain, les trois enfants et leur mère quittèrent l'appartement, sans lui dire où ils allaient. Il ne les revit jamais. Au début, il ne réagit pas, convaincu qu'ils avaient trop besoin de lui, surtout elles. Quand il comprit qu'il les avait perdus, Hervé dessaoulait trop rarement pour mener des recherches.

Depuis, il vivait seul grâce à une petite pension que le Gouvernement accordait aux plus nécessiteux, terré dans un appartement à la puanteur insupportable. Il mangeait à peine, tout son argent partant dans l'achat d'alcool à un tarif prohibitif sur le marché noir. Il n'avait pas dit grand-chose de sa vie ; il n'y avait rien de plus à raconter que ce jour où son fils l'avait remplacé et condamné à un isolement éternel. Il se plaignait et pleurnichait. Il se justifiait : il avait été malheureux toute sa vie, et c'est pour cela qu'il était devenu méchant. Et parce qu'il était méchant, son malheur n'avait cessé de s'aggraver. Au bout d'une heure, Tomas ne l'écoutait plus. Alors que la nuit commençait à tomber, il entendit Hervé ronfler. Il se leva et il lui transperça le cœur avec un couteau de boucher.

Tomas n'avait éprouvé aucune compassion pour Hervé, mais la nausée que suscitait en lui l'odeur de l'appartement, un mélange de renfermé et de vinaigre, l'accompagna durant des jours. Tomas se demanda pourquoi l'assassinat de son client le plus antipathique le poursuivait aussi longtemps.

Il finit par comprendre que rien ne prouvait qu'Hervé avait voulu recourir à ses services. Au cours de son monologue, il n'avait pas exprimé son souhait de mourir. Il disait qu'il était malheureux et inutile et qu'il souffrait, mais c'est tout. Sur le moment, Tomas était persuadé qu'Hervé savait ce qui allait se produire. Il lui avait ouvert la porte sans surprise (« *Ah, c'est vous* », avait-il simplement dit) et s'était endormi paisiblement, apaisé par l'alcool qu'il avait ingurgité. Mais jamais il n'avait fait allusion à ce qui allait se dérouler *ensuite*. Peut-être l'ignorait-il.

En sortant de chez Hervé, Tomas n'avait rien ressenti de particulier, à part le soulagement de quitter un lieu suffocant. Ce n'est que quelques jours plus tard qu'il songea que, en passant ce palier, il venait de franchir une frontière. Les frontières sont toujours floues ; lorsque l'on réalise qu'on les a traversées, elles sont déjà loin derrière.

Chapitre 11 – Le cher disparu

« Je suis désolé que nous ne puissions pas nous rencontrer ailleurs. Je comprends bien que la sécurité soit essentielle ; les gens sont fouineurs. Il y a trop peu de distractions. Je le dis souvent : « Si la mère est la paresse, c'est l'ennui qui est le père de tous les vices ! » C'est lui le procréateur, la mère se contente de le nourrir au sein. Lasciate, capitale du vice et de l'ennui. Le paradoxe n'est qu'apparent. Le vice prend son véritable visage – pas celui de l'alcool, de la drogue, de la luxure, non, ça c'est le visage de la vie – mais celui de l'envie, de la jalousie, de la médisance. Celui de la méchanceté, en vérité. Les gens n'ont plus de raison d'être gentils, ils n'ont plus de bénéfices à en tirer, ni sur terre ni après leur mort. Ils se laissent aller à leur penchant naturel. Ils se vautrent dans leur veulerie.

— Excusez-moi, je finis par devenir comme eux, par critiquer inlassablement mes semblables en oubliant les devoirs les plus élémentaires de la politesse. Prenez place, choisissez le fauteuil que vous préférerez. Vous voulez à boire ? Un café, un thé ou un jus ? J'ai aussi de l'alcool si vous voulez. J'imagine que certains de vos clients en boivent. C'est devenu de plus en plus difficile de s'en procurer, hélas.

Ils veulent nous empêcher de mourir et ils interdisent tout ce qui rend la vie tolérable. Étrange, n'est-ce pas ?

— On parle beaucoup de vous en ville. Vous le savez, je suppose ? Pas vraiment ? Je ne vous crois pas. Vous ne lisez pas les journaux ? Ils contiennent la chronique quotidienne des exploits du *Suicitueur* puisque c'est ainsi qu'ils vous ont baptisé. Ce n'est pas un surnom très heureux mais je n'attends ni créativité, ni sens esthétique de nos journalistes. Vous représentez un magnifique sujet de conversation. Du mystère, du scandale, et puis cet ingrédient indispensable à tout récit, devenu si rare : des morts. Vous déchirez les familles et vous animez les conversations du dimanche ; elles sont si mornes ! Êtes-vous mû par l'appât du gain ? Par la pitié ? Êtes-vous un esprit vengeur ? Un assassin qui a déguisé le seul meurtre qui comptait au milieu d'une série dépourvue de sens ? Ce meurtre a-t-il déjà eu lieu ? Êtes-vous un seul individu ou des dizaines d'assassins qui s'imitent les uns les autres ? S'agit-il de suicides déguisés ou de victimes non-consentantes ? Cela s'arrêtera-t-il un jour ? Et il y a la question décisive : qui êtes-vous ?

— Rassurez-vous, je ne suis pas journaliste. Je suis un client comme les autres et un homme d'un naturel curieux. J'ai entendu une histoire étonnante vous concernant. Il paraîtrait que ce premier entretien que nous avons aujourd'hui doit vous permettre de cerner mes motivations, de savoir si je suis un candidat sérieux au suicide, si je ne suis pas un grossier simulateur. Si cette rumeur est exacte, que se passe-t-il si vous jugez que je suis un imposteur ? J'imagine que vous me laisserez en vie, sinon l'entretien est inutile. Mais n'avez-vous pas peur des dénonciateurs ? De ceux qui voudraient vous piéger ? Un journaliste, une veuve éplorée ou un policier ? Le Gouvernement continue de réfuter la thèse des suicides mais j'imagine qu'ils n'ont pas été stupides au point de ne pas explorer cette piste. J'avoue avoir été surpris de constater que vous ne dissimulez pas votre visage.

— Le plus simple serait de tuer tout le monde. Les uns, délicatement et comme convenu, les autres, une fois la supercherie démasquée, par surprise. Ce n'est pas moralement irréprochable, mais cela se justifie.

— Vous pouvez ne pas me répondre, mais je serais déçu de mourir sans savoir comment vous avez résolu ce dilemme. Vous pouvez avoir confiance dans la discrétion de mon cadavre. »

Pat O'Mailly sourit.

« C'est une excellente question et je n'ai aucun problème à vous répondre. Ce n'est pas moi qui me charge de vous fournir l'aide que vous sollicitez. Celui qui excite votre curiosité est l'un de mes amis, un homme qui a meilleur cœur que moi. Son sens moral est irréprochable. Il ignore tout de la conversation que nous avons en ce moment. Il ne sait pas que nous nous rencontrons. Je me charge de sélectionner les candidats. Ce que vous dites est vrai : il ne rencontre que ceux dont nous avons éprouvé la détermination. Notre tri préalable lui permet d'éviter les fâcheux, les importuns. Notre ami est un idéaliste, c'est une âme noble. Il pense que nous séparons le bon grain de l'ivraie en nous fondant sur l'analyse des courriers reçus et grâce aux renseignements que nous collectons. Comme vous le soulignez, ce serait d'une imprudence criminelle. Les imposteurs sont inventifs et retors. Seule une rencontre en chair et en os permet de connaître – un peu ! – un être humain et de sonder son âme. C'est là que nous déterminons le degré de confiance que nous pouvons accorder à nos interlocuteurs. »

Après un long silence, Pat reprit :

« Je vous ai tout dit, je crois. Cet entretien a donc pour objet de me convaincre de votre bonne foi, pas de la vigueur de votre désir de mourir. Quant aux conséquences que nous en tirons, je vous laisse les déduire. »

Le sourire de Pat O'Mailly s'était transformé en rictus ironique, qui était l'expression qui lui barrait le plus souvent le visage. Évariste Quinn sourit.

« Vous me voyez rassuré, Cher Monsieur. Ne le prenez pas mal, mais j'imaginais notre bienfaiteur différemment. Je dois vous confesser que j'étais déçu par votre apparence. Mais comme sbire, vous êtes parfait. Le physique de l'emploi. En vous voyant à travers le judas, j'ai pensé : « Celui-là, il ne tue pas par pitié, il tue par devoir, voire par plaisir. » Mon intuition me trompe rarement. Je dois donc vous persuader de mon honnêteté. C'est un exercice difficile. J'ai toujours menti, trompé, biaisé. La franchise me terrifie, voyez-vous. Je la trouve froide et laide. Sans imagination, nous manquons d'attrait. Ce n'est pas la meilleure des plaidoiries, n'est-ce pas ? Pourtant, croyez-moi, je n'ai aucune intention de vous dénoncer, ni vous, ni vos amis, ni votre justicier. La police ne me croirait pas. Pour eux, je suis un suspect, pas un témoin. Je suis l'objet d'une enquête qui ne les incite pas à m'accorder un grand crédit. Le crédit, c'est ce qui me manque le plus. Je suis à sec, mon vieux, pas un kopeck, pas un radis, aucun sou vaillant en poche. Cela fait un siècle que je survis en empruntant aux uns et en remboursant les autres à crédit. J'ai appris de mes prédécesseurs. Le premier s'appelait Charles Ponzi et le dernier Bernard Madoff. C'était plus difficile pour moi, mes débiteurs ne mourraient jamais. Je devais proposer des rendements moins spectaculaires, dérober des sommes plus modestes. C'est un travail d'orfèvre et d'équilibriste. C'est épuisant, en réalité. J'ai même songé à placer l'argent en banque pour récolter des intérêts. À faire ce qu'ils attendaient de moi. Gagner honnêtement ma vie m'aurait demandé moins d'énergie. J'étais comme ces cancres qui prennent davantage de temps à réaliser leurs antisèches que les bons élèves n'en ont besoin pour apprendre leur leçon. Mais ce n'est pas le temps gagné ou perdu qui compte, c'est le risque. Franchir les frontières et vaincre l'interdit. Je n'ai aucun regret de ce côté-là. Je me suis amusé. Je vis dans le corps d'un bel homme d'une trentaine d'année depuis plus de cent ans, je dîne dans les meilleurs restaurants, roule dans les voitures les plus spectaculaires, tout cela sans avoir jamais travaillé. J'ai aussi une femme magnifique. Nous nous sommes follement aimés, nous n'avons jamais perdu le désir l'un pour l'autre, nous n'avons jamais manqué de rien. J'ai eu une belle vie, j'en suis fier et heureux.

La vie suit un cycle, il est normal que les choses aient une fin. Les constructions de sable ne sont pas éternelles. Même les pierres se fissurent. Ce n'est qu'une question de temps. Depuis plusieurs mois, les procès pleuvent. J'en ai quinze dans les deux mois qui viennent. J'ai fait le compte, j'encours plus de mille cinq cents ans de prison. Avant que je n'en purge la moitié, ils auront rétabli la mort naturelle, ils auront compris la bêtise qu'ils ont faite de se prendre pour des dieux, et moi je croupirai seul dans ma cellule, s'ils ne m'ont pas encore euthanasié. Pendant ce temps-là, pendant que je me ronge les doigts jusqu'au sang et que j'appelle mon avocat dix fois par jour – en vain, il ne me prend plus au téléphone – ma femme pleure, seule dans son lit, en ne m'adressant plus la parole et en refusant que je la touche. Ce ne sont pas mes procès qui l'ont mise dans cet état, c'est la mort d'Alexis, il y a deux mois. Notre fils avait dix-sept ans. Il est tombé d'un balcon, au quatrième étage, lors d'une soirée chez des amis. Il est tombé ou il a sauté, c'est difficile à dire. Les témoins sont restés évasifs. Ils ont tous peur d'évoquer l'hypothèse d'un suicide alors ils ont parlé d'une bousculade. Bref, il est mort. C'est moi qui refusais qu'il se fasse immuniser clandestinement avant ses dix-huit ans. Pour une fois que j'ai insisté pour respecter la loi ! Je trouvais idiot de le condamner à disposer d'un corps pas encore formé. Mes parents m'ont laissé libre de choisir l'année où je m'immuniserai, et je leur en suis reconnaissant. Clara aussi, ses parents l'ont laissé vieillir jusqu'à ses vingt-cinq ans. Clara, c'est ma femme. C'est ce qui fait tout notre charme de jeune couple dans la force de l'âge au milieu de ces sexagénaires au visage d'adolescents. Clara m'en veut pour ça. Je peux la comprendre. Il n'est pas sûr que, immunisé, Alexis aurait survécu. Il paraît que si. Quatre étages. Et puis, si c'est un suicide, il aurait trouvé un autre moyen. On ne sait jamais. On ne sait jamais rien, pas vrai ?

Vous, par exemple, comment allez-vous déterminer si vous pouvez me faire confiance, ou s'il vaut mieux me tuer sans attendre ? Ça ne changerait rien pour moi. Dans un cas, vous recommandez à votre ami de me tuer ; dans l'autre, vous le faites à sa place et sans délai. Je dois vous avouer que tout ça m'est égal, tant que c'est sans douleur. Je ne sais pas lequel est le plus agréable des deux. Le pragmatique ou l'idéaliste ? Le criminel ou le saint ? Je n'ai qu'une exigence : que mon corps disparaisse et que l'on ignore que je suis mort. Ma femme pourra m'imaginer disparu, cela sera un peu plus supportable pour elle. Et cela lui évitera d'hériter de mes procès.

— Nous verrons si c'est possible. Il y a une différence selon que vous voyez mon ami ou non, l'interrompit Pat.

— Laquelle ?
— Lui essayera de vous faire changer d'avis, s'il estime que vos raisons de mourir ne sont pas suffisantes.
— Il a déjà réussi à dissuader quelqu'un ?
— Pat O'Mailly ne répondit rien. »

Évariste Quinn ne fit pas exception. Tomas l'écouta raconter la mort de son fils, la beauté de sa femme, ses escroqueries spectaculaires. C'était un bel homme qui donnait l'impression d'être évanescent. Sa conversation était d'autant plus agréable que Tomas savait qu'il pouvait l'interrompre à tout moment. Il l'avait observé se vider de son sang, les veines tranchées, la douleur anesthésiée par les somnifères. Évariste exigea que son corps soit jeté au fond de la baie de la Chaise, au nord du port de Lasciate, là où personne ne s'aventurait jamais.

Le lendemain, Tomas comprit pourquoi Évariste avait fait appel à lui. Il n'avait pas peur de mourir. Il ne craignait pas non plus la damnation éternelle ou les ragots – il était déjà ruiné, honni et maudit par tous ceux qui l'entouraient – et il semblait courageux. Il avait besoin de Tomas pour mentir une dernière fois et faire croire à sa disparition plutôt que d'admettre qu'il s'était résigné à mourir. Son ultime imposture, celle qui le rendait hors d'atteinte de la vérité et du monde. Immortel.

Chapitre 12 – Le passe-muraille

Dans l'arrière-salle du *Belvédère*, des boxes étaient réservés aux clients les plus fidèles et les plus puissants – des hommes politiques, des hauts-fonctionnaires ou des policiers – pour lesquels les règles de la prohibition ne s'appliquaient pas avec la même sévérité qu'ailleurs. L'inspecteur principal de police John Hastings était un habitué des lieux.

Il commanda sa cinquième bière. C'était l'avant-dernière. Il s'arrêtait toujours à six. Il voulait être en état de réfléchir en rentrant chez lui le soir et en forme le lendemain – pas trop en méforme du moins. Depuis trois ans, l'inspecteur principal John Hastings allait mieux. Son travail l'obsédait comme lors de ses débuts dans la police de Lasciate. Il ne se plaignait plus de ses insomnies : elles lui étaient utiles pour résoudre l'énigme posée par le meurtrier le plus prolifique de l'histoire de Lasciate, celui que les médias avaient affublé du sobriquet de *Suicitueur*.

John Hastings avait intégré la police de Lasciate cent dix ans plus tôt alors qu'il avait vingt-deux ans et achevait ses études de droit. En choisissant de passer le concours d'inspecteur de police, il avait suscité la désapprobation de son père avocat et de son oncle juge.

Quand on lui demandait pourquoi il avait trahi la tradition familiale et renoncé à un statut social avantageux et à une vie confortable, John Hastings répondait qu'au pouvoir et au prestige, il préférait la satisfaction d'agir pour le bien de la communauté. Les décisions des juges sont soumises à des aléas – qualité de l'enquête, prestations du procureur et de l'avocat de la défense, personnalité de l'accusé, subjectivité des jurés – qui les rendent faillibles. Le juge possède le pouvoir d'un aveugle surpuissant : la force sans la maîtrise des éléments. Quant à l'avocat, son action se réduit à des mots dont il est difficile d'évaluer l'impact qu'ils ont sur la réalité. Le policier, lui, se fonde sur des preuves pour démasquer des coupables qui sont arrêtés et, s'il a bien fait son travail, condamnés. Son action est concrète, rationnelle et utile. Ainsi philosophait John Hastings pour justifier son désir d'exercer un métier « ancré dans le réel ».

Lorsque l'on suggérait qu'il y avait une part d'opposition à ses parents et à sa famille, il rétorquait qu'il n'était pas devenu criminel. Pourtant, enfant déjà, il détestait la suffisance de son oncle et son incapacité à admettre l'existence d'autres opinions que les siennes. Il déplorait aussi la versatilité de son père qui défendait des points de vue contradictoires avec verve et, ce qui était plus grave, avec la conviction d'avoir raison. Adolescent, John Hastings se demandait si son père et son oncle avaient fait preuve d'une grande lucidité en choisissant le métier idéal au regard de leur personnalité ou si, à force de l'exercer, leur personnalité s'était transformée au point de devenir des caricatures de leur profession. John Hastings avait rejeté la première solution car elle n'offrait aucune réponse à la seule question qui importât, « pouvaient-ils faire un choix différent ? » Hastings croyait que l'on choisit librement sa profession et sa personnalité.

Il entra donc dans la police. Il voulait devenir un homme efficace, discret et lucide, un homme en prise avec la réalité, un homme qui doute parfois mais qui agit toujours. Cet homme-là, il ne l'était pas encore à vingt ans et s'il décidait de passer son examen d'avocat, il ne le serait jamais ; il deviendrait aussi inconséquent et indifférent au monde que son père.

Sören Knauskart, son meilleur ami, lui rétorquait que, pour confirmer son hypothèse, il aurait fallu qu'il devienne avocat afin de vérifier si cela le rendait versatile et malheureux. Il fallait être avocat pour avoir la certitude qu'il n'aurait pas dû l'être. Sören Knauskart considérait que les hommes sont confrontés à des décisions structurantes – métier, conjoint, lieu de résidence, nombre d'enfants – qui façonnent leur vie mais, parmi ces décisions qui leur incombent, certaines sont bonnes et d'autres mauvaises. Les hommes sont libres mais tout ne se vaut pas ; il faut faire les *bons choix*. Pour cela, expliquait-il, la seule solution est de comprendre qui l'on est. Cette première étape est longue. On doit ensuite en déduire les directions à prendre. Nombreux sont ceux qui, en dépit d'une introspection de qualité, se fourvoient ensuite, soit par défaut d'analyse – « l'homme se trompe plus souvent par bêtise que par méchanceté » répétait Knauskart – soit par pusillanimité – « la bonne décision n'est jamais la plus facile, on peut la reconnaître à cela », ajoutait Knauskart, qui aimait les aphorismes. Une difficulté supplémentaire sur le chemin du bonheur résidait dans le fait qu'il existait *plusieurs* choix à effectuer au cours de sa vie, soit autant d'occasions de se tromper. John Hastings avait coutume de le lui rappeler.

« Je suis flic et j'étais fait pour être flic. Bien. Je n'ai pourtant pas nagé dans le bonheur toute ma vie. Quatre mariages, quatre divorces, quatre mauvais choix. Penses-tu que ceux qui sont heureux sont des types qui ont fait *tous* les bons choix dans la vie et qui atteignent un état de béatitude complète et éternelle ? »

Knauskart profitait de son dernier verre de vin. Son épouse lui fixait une limite de trois verres par semaine. Il dépensait ce quota chaque semaine en compagnie de son ami Hastings. C'était la rançon du mariage.

« Ceux qui font tous les bons choix sont plus heureux, c'est un fait. Le bonheur résulte d'une succession de décisions et d'événements qui nous satisfont. Mais ce n'est pas un état, un patrimoine dont on pourrait jouir tranquillement. Le bonheur est une direction, un mouvement. C'est pour cela qu'il est si difficile d'être heureux ici où tout est figé. Au cours de chacun de tes quatre mariages tu as été plus heureux que tous ceux qui sont demeurés avec leur première épouse depuis plus d'un siècle sans amour ni complicité, par habitude et par peur du scandale. »

Les divorces étaient devenus rares à Lasciate et l'histoire conjugale de John Hastings constituait un cas exceptionnel. Les populations mortelles, depuis qu'elles vivent jusqu'à quatre-vingts ans, ont repoussé l'âge de leur premier mariage autour de trente ans et le rompent quinze ou vingt ans plus tard, effrayées à l'idée de passer toute leur vie avec la même personne – angoisse qui se matérialise sous la forme d'une autre aventure sentimentale, souvent clandestine. À Lasciate, lorsque « passer toute sa vie avec un autre » s'était transformé en « passer l'éternité en sa compagnie », une frénésie de divorces s'était emparée de la ville. Les premiers immunisés étaient nombreux à souhaiter, non pas se remarier, mais devenir célibataires pour profiter sans entrave de l'éternité. Ils démissionnaient et se comportaient comme des gagnants du loto – sans la fortune. Ils finissaient plus rapidement encore pauvres, malheureux et suicidaires. À la longue, l'immortalité devint un pilier du lien conjugal. L'urgence qui sous-tendait le divorce, le dégoût face à l'amour ancien, le besoin de vivre une nouvelle jeunesse, tous ces sentiments disparaissaient. Les belles maîtresses et les jeunes amants ne vieillissant pas, il était possible de les conserver par devers soi un certain temps, jusqu'à ce que la passion – si elle avait existé – se lasse. Les infidélités n'avaient pas disparu, elles étaient nombreuses et tolérées, mais elles conduisaient de moins en moins à des séparations. Elles faisaient figure de distractions du quotidien et personne ne recherchait de bouleversement qui renverserait le cours de son existence. Les divorces étaient perçus comme des déménagements : des désagréments inutiles qui mobilisent beaucoup d'énergie pour reconstruire la même chose un peu plus loin. Les Lascebberotes l'avaient bien compris : rien ne pouvait changer le cours de leur vie.

Lorsque l'on évoquait les hommes qui, comme John Hastings, continuaient de vouloir connaître des amours intenses, c'était avec un sourire en coin où se mêlaient ironie et nostalgie face à ces « incorrigibles idéalistes ». Sören Knauskart, qui vivait avec sa femme depuis quatre-vingt-deux ans et qui, comme tout philosophe sérieux, n'appliquait pas ses propres leçons, admirait son ami pour cela.

Après son divorce avec Sue, sa quatrième épouse, Hastings avait renoncé au mariage. Il atteignit la moitié de sa dernière bière, celle qui le rendait le plus sentimental :

« Le pire ennemi du couple, c'est la comparaison. Nos ancêtres étaient heureux de passer toute leur vie avec la même personne, car ils avaient appris à la connaître et à l'aimer, et surtout ils n'en avaient pas connu d'autres.

Lorsque la société nous a fait comprendre qu'il était acceptable de tester l'adultère, nous nous y sommes adonnés, forcément. Nous descendons d'Adam et Ève, nous résistons mal à la tentation. Ce fut le début de la catastrophe. Nous nous sommes trouvés malheureux avec chacune de nos femmes, en pensant à la précédente qui faisait mieux l'amour, à celle-là qui était plus intelligente, à celle-ci que l'on a rencontrée au bureau, qui est plus drôle, et à celle que l'on croise tous les jours dans notre immeuble, qui est plus belle que les précédentes – mais dont on s'apercevra bientôt qu'elle n'est ni intelligente ni drôle et qu'elle fait l'amour en fixant stoïquement le plafond. Nous finissons par vivre avec celle qui cuisine le mieux, mais moins bien que notre mère. C'est un long cheminement pour un bilan globalement négatif.

— Elles font toutes mieux l'amour que notre mère : ce n'est pas rien.

— C'est cher payé. Surtout quand on peut acheter ça. »

Ses quatre enfants – deux du premier mariage et un de chacun des deux suivants – étaient des adultes désormais. Ils entretenaient peu de relation avec lui, le jugeant coupable de leur situation peu enviable d'« enfants de divorcés ». Hastings en ressentait une forme de honte, comme une maladie dont il serait le seul responsable. Ils avaient grandi sans lui. Quand ils étaient petits, il laissait leur mère s'occuper d'eux puis, vers leurs dix ans, il quittait le foyer et ne les voyait plus qu'un week-end sur deux. Il se souvenait surtout de l'anxiété avant d'aller les récupérer et de la tristesse lors de leur départ. Pour ne rien oublier, il recopiait dans un cahier tout ce qu'ils lui racontaient – les noms de leurs amis et de leurs professeurs, les notes qu'ils obtenaient, les chanteurs qu'ils aimaient – et il apprenait par cœur ces fiches. Pour qu'ils ne s'ennuient pas, il prévoyait toujours des activités – aller au cirque, au stade ou au musée. Parfois, il était appelé en urgence pour aller travailler et c'était sa compagne du moment qui les gardait. La situation s'était souvent produite avec Alice, sa deuxième épouse, qui devait s'occuper de Victor et Germaine, ses deux premiers enfants, en plus d'Alma, leur fille. Lorsqu'il rentrait, Hastings devait essuyer les critiques de ses deux aînés, puis, après qu'il les avait déposés chez leur mère le dimanche soir, celles d'Alice. Le lundi, il était soulagé d'avoir douze jours de tranquillité devant lui avant de devoir à nouveau s'occuper de ses enfants. Il s'était ainsi formé une solidarité entre Victor, Germaine, Alma et Richard Hastings, qui reprochaient à leur père ses absences tout en maintenant avec lui des liens filiaux dans le cas où son poste dans la police pourrait leur être utile.

Hastings consacrait maintenant tout son temps à son travail. Il menait les enquêtes – de moins en moins nombreuses – qu'on lui confiait et il restait tard au bureau. Tous les actes de violence étaient sévèrement punis à Lasciate : une blessure volontaire pouvait conduire à une condamnation à plusieurs années de prison. Il n'y avait ni appel ni sursis et chaque affaire nécessitait la constitution d'un dossier d'une centaine de pages. Il y consacrait toutes les soirées où l'épouse de Sören Knauskart exigeait qu'il restât chez lui. C'est à ce travail fastidieux qu'il devait sa promotion, il y a dix ans, au titre d'inspecteur principal de première classe, le plus haut niveau de la police de Lasciate. Mais la criminalité était devenue si résiduelle que ce titre prestigieux dissimulait une activité de greffier.

C'est l'un des paradoxes auxquels étaient confrontés les policiers les plus zélés. Ils mettaient toute leur énergie et leur talent au service de la traque des délinquants.

Leur vie était consacrée à l'éradication du crime mais dès lors que le crime disparaissait, ils devenaient les plus malheureux des hommes, désœuvrés et inutiles. Comme ces champions qui, après avoir conquis la médaille d'or qu'ils convoitaient depuis des années, sombrent dans la dépression et se perdent dans tous les excès. Il ne fait pas bon réaliser ses rêves d'enfant.

Le *Suicitueur* avait mis un terme à cette cruelle consécration.

Parce qu'il lui redonnait une raison de vivre, John Hastings s'était pris d'affection pour ce mystérieux assassin. Contrairement aux déclarations officielles qu'il transmettait à la presse, il ne doutait pas qu'il agît sur commande et que les victimes fussent volontaires. Toutes les scènes de crime semblaient factices. C'était bien imité mais cela sonnait faux. Deux verres nettoyés à côté de l'évier qui laissaient penser que l'assassin et sa victime avaient trinqué ; ou l'absence de trace de boue un jour pluvieux, comme si l'assassin s'était essuyé les pieds sur le paillasson avant de laisser ses chaussures dans l'entrée. Tout cela nourrissait son intuition. Il percevait la différence subtile entre un verre brisé lors d'une dispute et un verre cassé pour faire croire à une bagarre mais il ne parvenait pas à la prouver. L'inspecteur principal Hastings était persuadé que son adversaire donnait le change pour que la police continue de parler d'assassinats, tout en conservant des éléments qui lui permettraient, si nécessaire, de prouver que les victimes étaient consentantes. C'était un homme prudent.

Si Hastings mentait à tout le monde – aux journalistes, aux proches des victimes et à son ami Knauskart –, ce n'était pas pour protéger les victimes et épargner à leurs proches l'infamie d'un suicide, mais pour éviter qu'une vague ne se répande dans toute la République de Lasciate. La rumeur était impossible à éteindre, mais si la police avait officiellement admis qu'un homme vendait ses services pour tuer les Lascebberotes les plus désespérés, l'appel d'air serait incontrôlable. Hastings n'avait rien contre le suicide, mais il estimait qu'il devait relever d'un acte personnel et ne pouvait pas être délégué. En le commettant pour d'autres, on déresponsabilisait les citoyens et on guidait vers la mort des gens qui n'auraient jamais eu le cran de se tuer, et dont on peut donc dire qu'ils ne souhaitaient pas *vraiment* mourir. Il aurait aimé discuter de ces questions avec l'assassin. Son avis personnel importait toutefois peu : le ministre de l'Intérieur le convoquait toutes les semaines pour lui reprocher la lenteur de l'enquête et lui rappeler que, sous aucun prétexte, la piste d'un *serial-suicideur* ne devait être évoquée. Il fallait continuer d'apporter des démentis à la presse. Hastings s'assurait de son côté qu'il était bien autorisé à mener secrètement l'enquête dans cette direction.

« Tu ne veux pas me tuer ? » Hastings sursauta en entendant ces mots à la sortie du *Belvédère*. Il aperçut un couple sur la terrasse. La femme paraissait agitée. Il ne voyait pas bien l'homme, qui portait un chapeau et dont le visage était dissimulé par celui de sa compagne. Hastings hésita. Il se cacha derrière Knauskart et prit une photo avec son téléphone. C'était peut-être une phrase hors de son contexte, mais Hastings avait une expérience plus que centenaire de son métier : il savait que le hasard était son meilleur allié.

Chapitre 13 : Tendre est la nuit

Lorsque la police de Lasciate établit le décompte des morts imputables à Tomas Fischer, le nom d'Évariste Quinn n'apparut pas. Clara Quinn, qui fit appel aux services de Tomas deux mois après son mari, n'y figurait pas non plus.

Comme la police, Clara Quinn était convaincue que son mari avait disparu sans laisser d'adresse. Elle reçut Jean Bayle dans son salon, là où son mari avait accueilli Pat O'Mailly, ignorant qu'elle suivait les traces de son époux. Jean écouta Clara raconter son histoire. Il la consolait maladroitement. Jean Bayle était mal à l'aise face à la tristesse, comme la plupart des gens heureux.

« Pensez aux gens qui vous aiment. Ils ont encore besoin de vous. Vous avez de la famille ?

— Mon père est un cynique. Il se contentera d'un mot d'esprit pour évacuer la douleur. C'est ce qu'il a fait quand ma mère s'est suicidée il y a trois ans. Cela faisait vingt ans qu'elle menaçait de le faire. Quand il l'a retrouvée morte, il a dit : « Si elle a autant hésité, c'est parce qu'elle ne supportait pas l'idée de me faire plaisir ».

— C'est un homme qui doit penser que la souffrance est puérile.

— Le reste du monde est sans importance pour lui. Son seul impératif est le confort. Il s'est assuré que le médecin déclarerait que la cause du décès était accidentelle pour protéger sa réputation. Il l'a payé cher.

— Vous n'avez pas de frères et sœurs ?

— Non.

— C'est cruel de priver un père de son unique descendance. Même un père insensible.

— La vie est cruelle. Elle m'a privée de mon seul enfant.

— Votre fils n'a pas choisi de mourir. Il ne vous a pas fait souffrir en connaissance de cause. Il n'y a que le destin qui est à blâmer. Cela ne sert à rien de maudire le destin, il ne nous entend pas.

— La sagesse est le privilège des gens heureux. Je n'y ai plus accès. Sa voix est trop lointaine et j'ai l'impression qu'elle se moque de moi.

— Vous raisonnez à l'envers. La sagesse est ce qui permet aux hommes d'être heureux. Elle n'est pas une conséquence du bonheur, elle en est sa source. J'ai perdu deux fils et trois petites filles. Cette sagesse – ou plutôt ce *détachement* – m'a aidé à supporter chacune de ces pertes. Il m'a permis de ne pas me résigner à la tristesse et de continuer d'être présent pour ceux qui restent. Nous n'oublions pas nos morts, mais la priorité va à ceux qui ont encore besoin de nous.

— Je suis moins forte que vous. Moins courageuse, plus lâche. Je ne rêve que de repos. L'éternité de souffrance qui m'attend me terrorise. »

Clara Quinn détourna le regard tandis que des larmes lui coulaient sur les joues.

C'était la première fois qu'un couple sollicitait Tomas sans se concerter. C'était aussi la première fois qu'il avait le sentiment, après que Pierre lui avait décrit leur entretien, de connaître une cliente avant de la rencontrer. Jean lui montra une photographie ; Évariste Quinn ne mentait pas lorsqu'il parlait de sa beauté.

Depuis la mort de Céline, cinq ans plus tôt, Tomas n'avait connu aucune femme. Pat O'Mailly et Marcel Orsini avaient bien essayé de lui présenter des amies prostituées et Jean Bayle ses arrières-arrières-arrières petites filles encore célibataires. « Elles savent garder un secret, et même plusieurs », avait-il insisté. C'était ce qui lui faisait le plus peur. Sa présence était précaire. Il exerçait la profession d'assassin et il demeurait clandestin dans cette ville qui rejetait tous les corps extérieurs.

Tomas craignait plus que tout de devoir rentrer *chez lui*. Quand il pensait à Joubeville, c'était son cimetière qui s'imposait à son esprit. Rien ne le pressait moins que de rejoindre sa terre natale. Il adoptait la plus extrême prudence au quotidien et limitait ses contacts au petit cercle qu'il s'était bâti. Ses clients n'étaient pas bavards. Quand il avait commencé cette activité, il pensait qu'il dissuaderait ceux qui le solliciteraient d'avoir recours à ses services. Puis il avait craint qu'en convaincant un de ses clients de rester en vie, celui-ci, par malveillance ou par maladresse, tienne des propos qui le trahissent. Ses protestations face au désir de mourir se faisaient de plus en plus molles. « S'ils le veulent, c'est leur affaire. Ils n'ont pas sollicité un psy, mais un assassin. Je fais le travail pour lequel je suis payé. »

Clara Quinn attendait Tomas dans un café du vieux Lasciate, *Le Belvédère*. Il détestait ce quartier trop propre. Clara l'interpella bruyamment :

« Viens-là, sauveur !

— Ne dites pas ça. Et ne parlez pas si fort.

— Je te tutoie pour donner le change. Personne ne tutoie son assassin.

— N'utilise pas ce mot-là. Ne dis pas des choses comme ça.

— Tu n'es pas drôle.

— Je n'aime pas les complications.

— Je me fiche de demain.

— C'est le problème des gens comme toi.

— On se ressemble tous ?

— Vous avez des points communs. Mais toi, tu as l'air en forme.

— Je suis tellement soulagée. J'ai envie de fêter ça. On ne meurt qu'une fois, pas vrai ?

— Il paraît. Tu n'as pas peur ?

— Peur de quoi ? J'ai peur de me réveiller. Bientôt, je n'aurai plus de raison d'avoir peur.

— On n'a pas toujours besoin de raisons.

— Tu connais mon histoire ?

— Dans les grandes lignes.

— Les *grandes lignes*, voilà le problème. Ce sont les détails qui comptent. Un enfant qui saute dans le vide, un mari qui disparaît, une femme qui décide de mourir. C'est ce que retiendraient les dictionnaires si ma vie devait y figurer. Pourtant, ce n'est pas une vie, c'est à peine une épitaphe. Moi, ce que j'aime, ce sont les histoires. À condition qu'elles soient vraies. À quoi ça sert d'inventer des choses qui n'existent pas ? Il y a déjà tant d'événements *réels* qui sont extraordinaires. C'est pour cela que je suis tombée amoureuse de lui. Il possédait un stock incroyable d'histoires à raconter. Il y avait les loufoques – le rhinocéros élu maire d'une grande ville – ou celles qui racontent nos folies quotidiennes – l'homme qui espionne ses voisins durant des années, qui les imite pour gagner leur amitié et qui finit par les tuer le jour de leur déménagement. Mon histoire à moi, ce serait celle d'une brave fille qui aimait trop les histoires d'amour et qui rêvait de consacrer sa vie à cette passion. Dans mon histoire, il y aurait une mère qui passe ses journées à pleurer et à se mettre en colère, et un père qui la regarde avec un sourire ironique et n'ouvre la bouche que pour prononcer des plaisanteries humiliantes. Il y a mille façons de raconter son histoire. Je pourrais aussi parler d'un père philosophe qui cite Blaise Pascal et Friedrich Nietzsche – les légendes de mon enfance – et de ma honte quand j'ai ouvert leurs livres et que je n'ai rien compris. Ou d'une mère musicienne qui casse le violon de sa fille le jour de ses treize ans, avant de le brûler dans le jardin pour bien lui signifier que la musique était un Enfer où l'on ne pouvait que répéter les mêmes thèmes. Ce serait des histoires plus vivantes et plus vraies aussi, que « Clara B., née à Lasciate le 20 juin 1906, mariée à Évariste Quinn en 1979, disparu le 2 avril 2007, mère d'Alexis Quinn, mort le 13 février 2007 à Lasciate. Profession : vendeuse. Décédée le 17 mai 2007. » Ce ne serait pas comme ça, la date de décès est annoncée juste après celle de la naissance dans les dictionnaires. Aucun suspens. Ils ne savent pas raconter des histoires dans ces gros livres. J'aimais bien les feuilleter quand j'étais petite. J'aimais les interstices qui se glissaient entre ces deux dates, la naissance et la mort : la vie. Qu'y avait-il dedans ? En plus, cela incarnait un monde ancien, cette époque où les gens naissaient, grandissaient, devenaient célèbres et mouraient. Cela paraissait archaïque, cette idée de mort. Il m'a fallu cent ans pour comprendre que cela existait toujours. Des mois ensuite pour saisir tout son intérêt. Quand est-ce que tu as compris, toi, que la mort était bien réelle, et qu'elle pouvait se vendre ? Mon mari parlait souvent de toi. Il disait que tu avais eu la meilleure idée possible et que tu devais être riche comme Crésus.

— J'ai toujours su que la mort était réelle. Je viens d'un pays où les gens meurent aux alentours de quatre-vingts ans, quand ils ont de la chance. Mes enfants sont morts quand ils avaient cinq et trois ans. Ma femme venait de fêter ses quarante ans. Ça la déprimait. Elle disait « Je suis déjà à la moitié de ma vie ; je n'ai encore rien fait, il faut que je me dépêche d'accomplir mes rêves. » Elle ignorait qu'il lui restait trois semaines. La mort m'est familière. Elle a incarné le mal absolu mais aujourd'hui, j'ai compris qu'elle était nécessaire et qu'elle pouvait être libératrice. Cela ne signifie pas qu'il faille en abuser.

— Tu penses que c'est une solution de facilité que de mourir ? Pourquoi ne l'as-tu pas fait dans ce cas ? Parce que tu es plus courageux que les autres ?

— Pas forcément. J'ai un avantage sur vous : pour mourir, il me suffit d'être patient. Cela viendra.

— Ils sont morts comment ? Tes enfants, je veux dire.

— Un accident. La voiture est tombée d'un pont.

— Je suis désolée. C'est incroyable, tous ces enfants qui tombent. Le mien, c'était d'un balcon. Mais parlons d'autre chose. C'est sinistre comme dernière conversation. Tu ne trouves pas que cette terrasse est ravissante ? Les chaises colorées donnent de la gaieté. Je ne comprends pas que tous les tenanciers de bars n'aient pas compris cela et pourquoi certains s'obstinent avec leurs tables bistre entourées de chaises grises.

— Peut-être que certains ne misent pas tout sur la gaieté.

— Quelle drôle d'idée ! La sobriété est partout, y compris dans les bars. L'autre avantage, c'est que l'on peut voir la mer, qui est aussi plate et sombre que d'habitude, mais enfin, c'est mieux que rien. C'est un horizon moins désespérant que les immeubles derrière nous. Tu aimes la mer ?

— Oui. Elle me rappelle qu'un départ est possible.

— Ton ami parlait comme toi, avec de grandes phrases qui imposent le silence. Ce n'est pas idiot, mais ce n'est pas très drôle non plus.

— Vous me posez une question, j'y réponds.

— Ce n'est pas la peine de prendre la mouche.

— Je ne prends pas la mouche. »

Ils restèrent silencieux un moment.

« Je suis curieuse de savoir comment l'on en vient à faire ton métier. Par altruisme ? Par goût du morbide ?

— Par hasard. Je te raconterai une autre fois. Dans un endroit moins exposé au vent.

— Il n'y aura pas de prochaine fois.

— Peut-être que si. Je ne suis pas sûr que tu aies envie d'avoir recours à mes services.

— Il n'y a que moi qui puisse le savoir.

— Tu n'es pas la mieux placée. Nous sommes les pires juges des affaires qui nous concernent.

— Pourquoi n'aurais-je pas envie de mourir ?

— Tu as encore envie de te battre. Il n'y a rien de plus vivifiant que le combat. Ceux qui t'ont précédé étaient mous et résignés. »

Ce n'était pas vrai. Il y avait toujours un baroud d'honneur : ses clients savaient qu'ils vivaient leurs dernières heures, alors ils essayaient de se montrer sous leur meilleur jour. Ils tiraient les grands traits d'une biographie que personne n'écrirait jamais. Clara était comme eux, elle avait autant envie de mourir que les autres. La seule différence était qu'il n'avait pas envie de la tuer. Maintenant qu'il mentait pour essayer de la sauver, Clara commençait de l'écouter.

« Ils n'étaient pas bouleversés par leur mort ? C'est un moment marquant, l'événement d'une vie.

— Ils n'avaient pas ta vitalité. La mort était leur délivrance. Un aboutissement. Pour toi, elle n'est qu'une solution à des problèmes, à plusieurs souffrances, mais elle est n'est pas la bonne solution. »

Clara se mit brusquement à pleurer.

« Tu ne veux pas m'aider ! Tu ne veux pas me tuer ! »

Les tables autour d'eux étaient vides mais des clients sortaient du bar. Tomas eut l'impression que l'un d'eux l'avait dévisagé. Il décida de partir. Il se convainquit aussi que la prudence lui imposait de ne pas tuer Clara. Trop de passants pouvaient les avoir vus ensemble.

« Je vais t'aider. Mais dans l'immédiat, il vaut mieux rentrer. Tu as dîné ?

— Je ne mange plus. Je n'ai pas le courage de cuisiner.

— Il ne faut pas sauter de repas.

— Tu es nutritionniste aussi ?

— Lorsque l'on manque de bonheur dans la vie, ou que le malheur se fait trop envahissant, il faut se rattacher aux plaisirs simples. Je ne connais pas mieux que la nourriture pour ça.

— Je n'ai pas faim.

— Il faut imaginer le plat qui te comblerait. Des crevettes à l'ail ? Un risotto de palourdes ? Un steak avec des frites et de la salade ?

— Je ne sais pas. Tout à l'air bon. »

Tomas rentra dans le bar pour payer. Le serveur lui sourit.

« Elle n'a pas l'air en forme, votre amie.

— Ça dépend des fois. Elle a des raisons d'être triste, mais elle se bat pour les oublier.

— Une partie de jambes en l'air serait la meilleure solution. Bonne chance ! »

Cette complicité de comptoir, un peu vulgaire mais bienveillante, procura à Tomas une sensation étrange, qu'il n'avait plus connue depuis des années. Celle d'être chez lui ou, du moins, l'impression d'être *d'ici*. Pour la première fois depuis son arrivée à Lasciate, pour la première fois depuis la mort de Céline, il n'était plus comme enfermé dans le brouillard épais d'un monde froid et impersonnel ; il évoluait dans un univers chaleureux et familier.

Dans la rue, il donna son bras à Clara, qui titubait. Elle lui avoua qu'elle avait bu chez elle avant d'arriver au *Belvédère*. « Pour se donner du courage ». Elle n'était ni excessivement gaie, comme lors de l'arrivée de Tomas, ni excessivement triste, comme à la fin de leur conversation. Elle restait silencieuse. Ils s'arrêtèrent dans une épicerie. Les rayonnages étaient moins vides et les produits de meilleure qualité que dans les endroits que Tomas avait l'habitude de fréquenter. Il se décida pour des coquilles Saint-Jacques, qu'il ferait revenir avec du citron et du beurre et qu'il accompagnerait d'une fondue de poireaux et de riz.

La maison de Clara était située dans les quartiers huppés de la Gordola. Six mois plus tôt, ils étaient trois à l'occuper. Aujourd'hui trop vaste, elle semblait enveloppée d'une atmosphère ouatée, presque religieuse. Tomas repensa à son appartement à Joubeville après l'accident. Il se rappela le silence et le froid qu'il n'avait jamais pu déloger.

« Tu n'as pas eu envie de partir d'ici ? Il est difficile de se détacher des souvenirs si l'on vit entouré d'eux. »

Clara avait servi deux verres de vin blanc.

« Tu bois ? C'est bien. Mon mari dit que l'on ne peut pas faire confiance aux gens sobres. Tu es un étrange assassin. Je t'embauche pour me tuer et tu me proposes un déménagement ! C'est trop compliqué de changer de maison. Le marché de l'immobilier est statique. Tout est inerte dans cette ville. Tu ne peux rien changer. Quand les malheurs surviennent, ils s'accumulent sans que tu ne puisses rien faire. Aucun tapis où les dissimuler. Quand les couches de malheur sont trop nombreuses, qu'elles ont envahi ton espace et qu'elles t'étouffent, il n'y a pas d'autres solutions que de te contacter. »

Tomas fronçait les sourcils, concentré ; il avait commencé de couper les poireaux.

« La solution, c'est disparaître. Mourir n'est pas la seule manière de disparaître. On peut fuir.

— Comme Évariste ? Être malheureuse ailleurs, c'est toujours être malheureuse. »

En mettant le riz à cuire, Tomas examinait la possibilité de voyager avec Clara. Des vacances. L'Italie, l'Autriche, la Hongrie, l'Allemagne. Des pays qu'il avait traversés en camion et qu'il rêvait de visiter.

« À défaut de t'installer ailleurs, est-ce qu'un séjour à l'étranger te tenterait ? Un mois pour se changer les idées. As-tu seulement un jour quitté cette péninsule ? »

Clara finit son verre puis se resservit – le vin atteignait le bord.

« Quel assassin ! Déménageur et tour opérateur. Non, je n'ai jamais voyagé. Je n'y ai pas pensé. Mon projet, c'est de mourir ce soir. Mais si tu ne veux pas faire ton travail, j'attendrai encore. Ou je me débrouillerai seule. »

Tomas apporta les assiettes. Les coquilles Saint-Jacques étaient tendres et fondantes ; il n'avait pas mangé quelque chose d'aussi bon depuis une éternité. Cela faisait plus longtemps encore qu'il n'avait pas cuisiné pour quelqu'un. Le vin blanc était frais et ne piquait pas.

« C'est pas mal, ton truc. Je ne connaissais pas. C'est cher, non ? Avec Évariste, c'est compliqué l'argent. On fait croire que l'on en a beaucoup mais l'on vit comme si l'on n'en avait pas. Je préférerais l'inverse : modeste à l'extérieur et confortable chez soi. C'est comme cela que l'on m'a élevée. Il est obsédé par le regard des autres. Comme tout le monde, c'est vrai. Dans son cas, c'est pathologique. Il se fiche de ce qu'il mange, ce qui l'intéresse c'est que l'on nous voit chaque semaine au restaurant et que nous commandions les plats les plus chers. C'est charmant au début et fatigant ensuite. J'ai vite réalisé que me plaire ne lui suffit pas ; il lui faut conquérir la terre entière. Ce qui laisse moins de temps pour moi. Je suis désolée ! Tu me prépares un excellent dîner, et je te parle d'Évariste, qui est un imbécile. Je suis une mauvaise hôtesse. Contrairement à lui, je n'ai pas l'art de séduire. Tu me pardonnes, hein ?

— Ne t'inquiète pas, tu t'en sors très bien. »

Tomas n'était pas jaloux mais mal à l'aise en entendant Clara évoquer Évariste Quinn. Il revoyait son corps s'enfoncer dans la baie de la Chaise, deux semaines plus tôt.

Les assiettes étaient vides, la bouteille de vin aussi.

« Puisque tu ne veux pas me tuer, acceptes-tu de rester boire et fumer avec moi ?

— J'ai arrêté de fumer mais je peux rester avec toi. Hormis t'assassiner, je ne te refuse rien.

— C'était la seule chose que je demandais ! J'espère que tu tiendras tes engagements plus tard. C'est dur, tu sais. Je fais bonne figure mais ma vie est un enfer. Depuis qu'Alexis est mort, je ne parviens plus ni à m'endormir ni à me réveiller. Et depuis qu'Évariste a disparu, je suis seule. Seule à me souvenir d'Alexis. Personne ne sait quel enfant il a été, ses sourires et sa manière de courir vers moi en levant les bras quand je rentrais le soir. Tout le monde a oublié quel beau et fort jeune homme il était. Personne ne saura ce qu'il aurait fait des prochains siècles. Je suis sûre qu'il aurait accompli de grandes choses. Il était intelligent, ambitieux et si gentil. »

Clara détourna son visage. Elle pleurait. Tomas posa sa main sur la sienne.

« Je te propose un marché. Ou plutôt deux. Voici un numéro de téléphone auquel tu peux me joindre. C'est celui de mon logeur. Il s'appelle Harold. Si nécessaire, dis-lui que tu as besoin de moi. Je te rejoindrai et, si une heure après mon arrivée tu ne changes pas d'avis, j'exécuterai ton vœu.

— C'est gentil.

— Ce soir, je vais simplement t'aider à t'endormir. Lorsque l'on souffre, il faut se reposer. C'est la seule chose sur laquelle on peut agir. Alexis ne reviendra pas. Évariste seul sait où il est. En revanche, ton corps peut récupérer les forces nécessaires pour combattre la douleur et attendre qu'elle s'apaise. Cela prendra des années mais cela viendra. On n'oublie jamais mais on s'habitude à vivre avec. »

Clara avait les yeux à demi fermés, assommée par le cognac qu'elle buvait par petites gorgées.

« Tous les soirs où tu le souhaites, je viendrai t'aider à t'endormir. Tant que tu trouveras le sommeil, tu oublieras que tu as envie de mourir. À la fin, tu n'en auras plus envie. C'est simple. Pour s'endormir, il existe deux méthodes naturelles. Boire de l'alcool et écouter des histoires. »

Clara dormait déjà quand il termina sa phrase. Il la déposa dans son lit, lui retirant ses chaussures sans la déshabiller.

Il l'embrassa sur le front, puis revint dans le salon. Il se servit dans la bouteille de cognac. Il était enthousiaste et angoissé. Son ventre se tordait, comme avant un pénalty quand il était enfant et qu'il jouait gardien de but. Il y avait la peur de ne pas être à la hauteur et l'excitation d'être un héros. Il se demanda quelle serait la victoire. Faire l'amour avec Clara ? Vivre avec elle ? Avoir un nouvel enfant ? Le temps était compté. Il avait bientôt quarante-quatre ans. La mort lui fit peur à nouveau, la crainte de disparaître dans un accident de voiture ou de se voir diagnostiquer un cancer fulgurant. Il frissonna et piqua une cigarette dans le paquet de Clara qui traînait sur la table.

Il buvait trop, à nouveau ; l'alcool ne l'aiderait pas à conserver le souvenir net de cette soirée. Il fallait bien fêter ça. Il ne parvenait pas à dissocier les vices et le bonheur. Il avait été heureux quand il était un jeune étudiant et qu'il buvait et fumait beaucoup. Il aspira la fumée, satisfait. « Plutôt ça que l'ennui ».

Chapitre 14 : La possibilité d'une île

Tomas rentra chez lui à pied. Il ne croisa personne et l'air frais lui fit du bien. Lasciate était déserte entre minuit et six heures du matin. Seules deux rues du vieux port accueillaient une dizaine de bars dansants et les discothèques où se retrouvaient la jeunesse locale et les touristes. Cela faisait peu de monde à se trémousser devant des bières sans alcool, des Virgin Mojito et des cocktails de jus de fruits. Le reste de la ville attendait silencieusement que la nuit passe.

Avant d'atteindre son appartement Tomas s'arrêta au *Voyageur*. Il était six heures et Harold installait le petit déjeuner. Tomas avait envie de se confier à un visage familier. Il voyait moins Harold. Quand ils se croisaient, ils échangeaient quelques mots mais ils n'avaient plus conversé depuis longtemps. Tomas en ressentait de la culpabilité. Comme lorsque, enfant, il se détachait du premier ami qu'il s'était fait dans la classe après avoir intégré une bande plus populaire. Tomas lisait le même reproche dans le regard d'Harold, qui vivait seul et avait peu d'amis. Il bavardait parfois avec ses clients mais il lui manquait une relation durable. Un ami qui connaisse ses secrets, ses souffrances, avec qui il puisse ressasser ses souvenirs.

Harold apporta des saucisses grillées, des œufs brouillés et du café. Tomas était fébrile et encore ivre. Il raconta la rencontre en terrasse, le dîner et le baiser sur le front. L'excitation et la fatigue le rendaient volubile. Sa bonne humeur était communicative. Harold pensa à la photographie que Tomas lui avait montrée cinq ans plus tôt : une femme souriante entourée de deux enfants. Il ne dit rien. Il ne voulait pas gâcher son insouciance.

Ils discutèrent des destinations qui conviendraient à une jeune femme suicidaire ayant perdu son fils et son mari et que l'on cherche à séduire. Pour des motifs gastronomiques et romantiques, l'Italie constituait un bon point de départ. Harold suggéra de poursuivre le périple jusqu'à Ljubljana et de remonter l'Europe centrale : Vienne, Bratislava, Budapest puis Cracovie, Prague, Berlin si elle avait été reconstruite – Tomas lui assura que c'était bien le cas. Harold parlait de l'Europe qu'il avait connue en 1945. Il n'imaginait pas que à quel point les villes s'étaient transformées en quelques décennies.

Quand la salle à manger de l'hôtel commença de se remplir, Tomas prévint Harold qu'il avait donné le numéro de téléphone du *Voyageur* à Clara. Si elle appelait avec une voix triste, il fallait s'inquiéter, et si elle semblait joyeuse, la situation était plus grave encore. Dans tous les cas, Harold devait le joindre en urgence.

Tomas passa le reste de la journée au lit. Quand il se réveillait, les images de Céline et de Clara se superposaient et se brouillaient. Il voyait aussi Léo et Elsa l'observer avec une mine boudeuse. « Je ne vous oublie pas, murmurait-il, je ne vous oublierai jamais. » Ses enfants restaient silencieux, les sourcils froncés.

Le lendemain, il se rendit à L'Encre sèche, l'unique librairie de Lasciate, dans le centre-ville. *Les Guides jaunes*, seuls livres de voyage produits par les éditeurs locaux, étaient peu nombreux et leur actualisation hasardeuse. Ils détaillaient les différences culturelles auxquelles le voyageur lascebberote serait confronté lors de son séjour : le goût des Européens pour la mode et les tenues vestimentaires nouvelles, leur intérêt pour la cuisine ou leurs pratiques éducatives.

En Europe, en particulier dans le sud du continent, il n'est pas rare de voir des enfants jouer seuls dans la rue, et ce bien avant d'avoir atteint l'âge de seize ans, voire avant douze ans. Les parents arrêtent de les surveiller dès six ans ! Ne faites pas de remarques à haute voix sur ce qui pourrait vous surprendre. N'oubliez pas que, là-bas, les parents aussi sont mortels, et qu'il leur faut donc aussi s'occuper d'eux-mêmes, aller voir le médecin, faire du sport, etc.

Ne soyez pas surpris par le nombre élevé d'enfants et par le vacarme que cela suscite. Si jamais ce tapage vous est intolérable, vérifiez que vous ne vous trouvez pas à proximité d'une école ou d'un parc. Il peut aussi s'agir d'un groupe scolaire. Changez d'endroit, sans manifester d'agacement excessif.

Du fait de la grande liberté dont ils jouissent et de leur importance numérique, les enfants européens sont parfois insolents. Certains pourront vous montrer du doigt ou s'adresser à vous pour émettre des observations désobligeantes sur votre apparence physique ou vestimentaire. Prenez le parti d'en sourire pour éviter tout conflit avec les autochtones. Si un parent est présent, il pourrait vous présenter des excuses mais il prendra mal des reproches à l'encontre de sa progéniture s'il ne vous y a pas implicitement autorisé au préalable.

Parmi les « visites insolites » conseillées par *Les Guides jaunes*, les hôpitaux figuraient en bonne place. Il était précisé que :

Les hôpitaux ne sont pas considérés comme des lieux de visite par les autochtones. Ne donnez pas l'impression d'être un touriste, prenez l'air soucieux de celui qui vient saluer un proche. Il y a beaucoup de passage et vous devriez passer inaperçu. Si l'on vous interroge, donnez-le nom d'un ami dont vous chercheriez à prendre des nouvelles.

Suivait une liste de nom « types » par pays : Pierre Lefebvre en France, Mario Russo en Italie, Ludwig Schmidt en Allemagne.

Parmi les autres « incontournables » figuraient les cimetières, pour leur « charme désuet », ou les bars étudiants, pour « l'extraordinaire vitalité qui y règne ». Tomas n'était pas un grand amateur de sport, il n'aimait plus les cimetières et il conservait le souvenir des bars de sa jeunesse comme de lieux malodorants et bruyants dont il fuyait la promiscuité. Il préférait les bistrots de quartier le matin ou dans l'après-midi. Ces *Guides jaunes* risquaient de ne pas lui être très utiles en Europe, mais il aurait dû les consulter plus tôt : ils étaient précieux pour comprendre Lasciate et ses habitants.

Le soir, Tomas retrouva Jean Bayle à *L'Eldorado* un peu avant le début de la partie de Yam's comme ils en avaient pris l'habitude.

« Les visages d'ange doivent être plus difficile à assassiner que les autres.

— C'est pire que cela. J'ai envie de la rendre heureuse.

Je veux lui redonner le goût de vivre.

— Pour donner quelque chose, mieux vaut le posséder.

— Le bonheur n'est pas un gâteau qui se partage. C'est un édifice à bâtir. Pour cela, il est plus facile d'être deux.

— Je connais tous les mérites du couple. Nous célébrerons nos 189 ans de mariage à la fin du mois. Mais pour aider un polytraumatisé, mieux vaut quelqu'un qui marche sur ses deux jambes qu'un type en fauteuil.

— J'ai vécu en fauteuil roulant mais j'ai le sentiment d'avoir retrouvé l'usage de mes jambes.

— Tant mieux. Excusez mon pessimisme. Je ne sais pas si vous réussirez, mais vous avez le droit d'essayer, comme tout le monde. »

Quand Pat O'Mailly les rejoignit, Jean et Tomas changèrent de conversation. Marcel Orsini arriva en retard, essoufflé.

« J'ai vu un ami qui connaît bien la police – personne n'est parfait. L'inspecteur principal Hastings a une piste. Ils recherchent une jeune femme blonde, la dernière victime du *Suicitueur* ou sa prochaine proie. Voici son portrait-robot. »

On reconnaissait le visage de Clara. Tomas sentit son ventre se nouer à nouveau. Nulle excitation dans cette sensation-là, la peur envahissait tout.

« Est-ce votre dernière cliente ?

— Pas encore. Je ne l'ai pas tuée.

— Tant mieux. Un assassin dont la victime demeure en vie, cela s'appelle un innocent. Mais vous êtes en danger.

— Ça tombe bien, j'avais envie de prendre des vacances. Quitter le froid et la grisaille pour retrouver des pays où le soleil brille et où les gens meurent dans leur lit. »

— Que comptez-vous faire d'elle ? Ils vont l'interroger.

— Elle m'accompagnera en Europe. Ils ne retrouveront ni sa trace ni la mienne.

— Faites attention. Ce serait dommage de tomber pour votre seule cliente en vie. D'autant que vous n'avez pas besoin d'être accusé de meurtre pour avoir des ennuis, vous vivez en situation irrégulière. On n'a jamais intérêt à ce que la police s'intéresse à soi.

Pat O'Mailly ajouta :

« L'idéal serait qu'elle se suicide toute seule. Cela vous disculperait et vous redonnerait plus de liberté de mouvement.

— Ce n'est pas l'option qui a ma préférence. »

La partie de Yam's commença et plus personne n'évoqua le sujet. Lorsque Tomas salua ses partenaires, Jean lui glissa en souriant : « Prévenez-nous avant de partir, il faudra fêter votre départ. »

Chapitre 15 : Pedigree

La voix de Clara Quinn était enjouée, mais sans excès. Elle voulait revoir Tomas, « hors cadre professionnel ». Dès qu'Harold lui transmit le message, il la rappela et ils convinrent d'un dîner le lendemain.

Le Boucanier, spécialisé dans les produits de la mer, proposait une cuisine fade dans un décor à l'historicité douteuse – le parquet et les murs étaient immaculés et sans aspérité, le comptoir luisait. Il s'agissait de l'un des plus anciens restaurants de la ville, fondé trois siècles plus tôt par Alberto Frigorio. Son petit-fils tenait les fourneaux depuis cent vingt ans. Alberto Friogorio *Jr Jr* était plus soucieux de la propreté et de la modernité de ses équipements que de l'imagination de ses menus et de ses recettes, ce qui constituait d'après lui la clef de son succès. Tomas ne s'était pas habitué au goût des Lascebberotes pour le neuf et l'aseptisé. La cuisine lascebberote ne poursuivait qu'un objectif : contribuer à la bonne santé de celui qui l'ingurgitait. Le gras, le sel et les sauces étaient proscrits par l'Académie de médecine. Seuls les restaurants du *port vieux* proposaient des frites et de la mayonnaise dans des menus touristiques réservés aux étrangers. Les Lascebberotes étaient passibles d'une amende s'ils en commandaient, mais aucun n'aurait eu cette idée. Les menus des cantines scolaires et d'entreprises obéissaient à des cahiers des charges qui imposaient des quantités nutritionnelles précises : 18 à 20 grammes de protéines végétales, 10 à 12 grammes de protéines animales, 12 à 15 grammes de fibres, 85 à 95 grammes de glucides et 70 à 75 grammes de lipides non saturés.

Devant une salade d'endives aux pommes, Tomas décrivit le voyage qu'il avait imaginé. Clara avait peur de la réaction de son employeur. Elle travaillait dans une boutique de vêtements. Prendre des vacances était mal vu. Tout le monde estimait que l'on disposait de suffisamment de congés – dix jours par an – puisque le temps de loisir était infini. Les syndicats, qui avaient jadis milité pour accroître le temps de repos, avaient fini par admettre ces arguments de bon sens et les salariés se contentaient d'une semaine en été et de trois jours pour les fêtes hivernales. Clara s'inquiétait aussi d'Évariste : que penserait-il si, à son retour, elle avait disparu ? Elle suggéra d'attendre.

« Il y a une semaine, tu étais prête à courir tous les risques, et aujourd'hui, tu refuses de prendre des vacances ?

— C'est trop nouveau. Trop brutal. Si nous partons, aurons-nous la force de revenir ? Je ne connais pas tes pays. J'y serai une étrangère, on se moquera de moi. Je suis sûre que ce sera pénible.

— Je te guiderai. Tu n'auras rien à craindre. Ce sera une respiration bienvenue. Nous avons tous les deux besoin de prendre l'air.

— Et Alexis ? Les fleurs vont faner sur sa tombe. On dira que je suis une mère indigne.

— Tu feras livrer un bouquet toutes les semaines. Ou tous les jours. Il ne t'en voudra pas.

— Je ne sais pas. Je ne sais pas. »

Clara pleurait devant sa brandade à demi-entamée. Tomas l'observait.

« Je suis si fatiguée.

— C'est à ça que servent les vacances. À se reposer. Ce voyage sera une libération, pas un déchirement. Il t'aidera à être moins triste chaque jour. »

Tomas raccompagna Clara. Au *Boucanier*, ils avaient bu de l'eau gazeuse. En rentrant, Clara ouvrit une bouteille de vin.

« Tu m'avais promis de me raconter des histoires pour m'endormir. Cela fait trois nuits que je ne parviens pas à fermer l'œil.

— Tu aurais dû m'appeler.

— Je n'osais pas.

— Je peux te raconter l'histoire de *Greyfriars Bobby*.

— C'est une histoire triste ?

— Non, c'est une histoire d'amour et de fidélité.

— Alors d'accord. »

Clara partit dans sa chambre, son verre à la main. Tomas la suivit.

« Bobby était un Skye terrier, tu sais, ces chiens courts sur pattes avec des poils qui leur recouvrent les yeux, qui leur donnent une tête d'aveugle sympathique. Bobby vivait dans un pays encore plus froid et plus humide qu'ici. Il fut confié à un brave agent de police qui s'appelait John Blue. Pendant deux années, Blue et Bobby passèrent leurs journées côte à côte – Bobby assistait John Blue dans ses fonctions de surveillant du château de Dunedin. Chaque jour, à treize heures, lorsque les canons résonnaient, ils allaient déjeuner ensemble au *Traill's Inn*, une auberge située à côté de l'église de Greyfriars. Je ne sais pas ce que Blue mangeait alors – probablement une soupe et un peu de viande – mais Bobby avait toujours droit à une brioche et un os. Quand John Blue mourut, il fut enterré dans le petit cimetière qui jouxtait l'église. Après les funérailles, le gardien du cimetière découvrit Bobby, allongé sur la tombe de son maître, en train de geindre. Il le chassa, car les chiens n'avaient pas leur place dans les cimetières des humains. Mais Bobby revint le lendemain, puis le surlendemain. Alors le gardien finit par le laisser s'installer. Après quelques jours, Bobby apparut devant la porte du *Traill's Inn* à treize heures. Il avait maigri. L'aubergiste lui offrit l'os et la brioche qui composaient son déjeuner habituel. Après son repas, Bobby repartit garder la tombe de son maître. Il venait de trouver le rythme de ses journées pour les douze années suivantes, qu'il passa à veiller la tombe de John Blue nuit et jour, s'absentant seulement pour aller se nourrir au *Traill's Inn.* »

Clara avait fermé les yeux.

« C'est une belle histoire.

— Lorsque Bobby est mort, les habitants de Dunedin se sont cotisés pour lui ériger une statue, qui veille encore sur le cimetière de Greyfriars. Il n'y a pas de statue pour John Blue et personne ne sait qui il était, hormis *le maître de Bobby Greyfriars.* Par son dévouement et son abnégation, Bobby est devenu plus respecté que celui qu'il aimait plus que tout. »

Clara s'était endormie.

« Le plus amusant, c'est qu'il existe des histoires similaires dans tous les pays du monde. La seule chose qui change, c'est le nom et la race du chien. Au Japon, Hachiko était un Akita qui attendait son maître chaque jour dans la plus grande station de train du pays. En Italie, Fido était un bâtard qui l'attendait à la sortie du bus. En Russie, le chien s'appelle Constantine et c'est un berger allemand. Il n'y a pas de raison de mettre en doute la véracité de ces récits, qui se déroulent à des milliers de kilomètres de distance, parfois à plus d'un siècle d'écart. On dit parfois que devenus des figures locales, nourris et choyés par les passants, ces chiens reproduisaient jour après jour le même rituel alors qu'ils avaient depuis longtemps oublié leur maître. Mais qui connaît la mémoire des chiens ? Les hommes ont besoin d'imaginer des chiens fidèles pour l'éternité. C'est pour cela que ces chiens ont leur statue. C'est en eux que réside notre espoir de n'être jamais oubliés. »

Chapitre 16 – Les gens d'en face

John Hastings savait que la résolution de son enquête n'était qu'une question de temps. Rien ne pressait. C'était la partie de son travail qu'il préférait : la traque. Suivre les traces et remonter la piste, lentement, patiemment, sûrement.

Eliott Senn, le serveur du *Belvédère*, connaissait la femme. C'était une habituée, avec son mari et leur fils. Cela faisait longtemps qu'il n'avait pas vu le fils. Elle était même venue seule récemment. Eliott Senn y avait pensé lorsqu'elle était apparue accompagnée d'un autre homme. Il avait moins de prestance que son prédécesseur. Moins grand, moins carré, moins bien habillé. Il avait un accent *kouffoy* mais il avait l'air gentil. L'inconnu avait dit quelque chose sur la femme qui avait des raisons d'être triste. Eliott avait pensé que son mari l'avait quittée, ou qu'elle avait perdu son travail. Les deux peut-être : les malheurs se déplacent groupés. Il ne connaissait ni son nom ni son adresse.

Les hommes d'Hastings se relayèrent à la terrasse du *Belvédère* pendant deux semaines. L'inconnue ne se montra pas. Hastings regrettait de ne pas l'avoir suivie le premier soir. Elle était peut-être déjà morte. Aucun cadavre n'avait été découvert et si l'assassin se mettait à faire disparaître les corps, cela rendrait les recherches difficiles, songea Hastings. Mais cela ferait diminuer la pression de l'opinion publique. Le ministre pourrait s'en satisfaire.

C'est Sören Knauskart qui lui permit de renouer le fil de son enquête.

« Ton barman te dit qu'elle a connu un malheur et il ne voit plus le fils. Il est peut-être mort. Peut-être même est-ce elle qui a demandé au tueur de s'en charger. »

La liste des décès des six derniers mois contenait huit noms. Quatre concernaient des hommes. Le premier s'appelait Hervé Kiel et était orphelin depuis des décennies. Le deuxième était un vieillard et, selon Eliott Senn, le fils de Clara avait des traits adolescents. Les parents du troisième défunt vivaient à l'extrême périphérie de la ville, au-delà de *L'Eldorado* et du *Voyageur* ; ils ne venaient jamais dans les quartiers du centre et la femme ne sortait jamais de chez elle, hormis pour faire des courses, le visage dissimulé derrière un foulard. Cette femme, discrète et très pieuse selon ses voisins, n'aurait jamais pu rire dans un bar du centre en compagnie d'un homme jeune.

Le quatrième était Alexis Quinn. Les articles de presse relatant l'accident du balcon contenaient peu d'informations. La base de données de la police lui permit de découvrir les soupçons qui pesaient sur Évariste Quinn, ainsi que le signalement de sa disparition par son épouse un mois plus tôt. Le dossier de Clara était mince. Elle avait répondu à deux interrogatoires. Leurs comptes rendus ne lui apprirent rien. Elle était dévastée par la mort de son fils et abasourdie par la disparition de son mari. La photographie montrait une belle femme au visage rond, les pommettes saillantes surmontées de taches de rousseurs. Ses yeux étaient clairs. Elle ne souriait pas mais était séduisante et attirait la sympathie. Hastings reconnut la femme du *Belvédère.*

Quand Hastings se présenta devant le domicile du couple Quinn, personne ne vint ouvrir. La maison était vide. Une enquête de voisinage lui apprit que Clara Quinn était sortie de chez elle une semaine plus tôt, vers sept heures, accompagné d'un homme qui tenait sa valise. Un chapeau cachait une partie de son visage, mais sa silhouette n'était pas celle d'Évariste Quinn. Madame Pirosmani et Madame Golabev, qui scrutaient la rue tous les jours entre six heures trente et onze heures avant de partir au marché, se souvenaient bien de cet événement inhabituel. Les policiers leur demandèrent si elles avaient aussi aperçu Évariste Quinn avec une valise au cours des semaines précédentes. Les deux voisines étaient formelles, cela n'était jamais arrivé, ou alors entre onze heures et treize heures trente, dix-neuf heures et vingt-heures et vingt-trois heures et six heures trente, qui étaient les moments où le marché, la préparation du repas et le sommeil les contraignaient à relâcher leur surveillance. Grâce à des investigations complémentaires, les policiers déterminèrent que le seul créneau qui échappait à la vigilance des habitants vivant aux numéros 8, 10 et 12 de l'avenue Freeman (les trois immeubles qui faisaient face à la maison des Quinn) se situait entre deux heures et quatre heures du matin. Ce trou dans la surveillance était néanmoins souvent comblé grâce aux crises d'insomnie de Madame Basma (troisième étage droite, numéro 12).

Hastings en conclut que, si les époux Quinn partageaient le goût des fugues, ils n'étaient pas partis ensemble en voyage. De fait, lorsque Hastings avait sonné au 7, avenue Freeman, le corps boursoufflé d'Évariste nourrissait les poissons de la baie de la Chaise, tandis que Clara goûtait le premier Spritz de son existence en terrasse. Face au Colisée, Tomas la regardait en souriant.

Chapitre 17 – Éducation européenne

Après Rome, Clara et Tomas visitèrent Naples et l'archipel campanien, puis Florence et Venise. Ils traversèrent l'Europe centrale – Ljubljana, Vienne, Budapest et Prague – avant de gagner l'Allemagne, Berlin, Hambourg puis Francfort, d'où ils reprirent l'avion. C'était la seule ville qui proposait une liaison directe avec Lasciate. En Europe, ils voyagèrent en train. Tomas connaissait trop les routes et leurs dangers.

Clara découvrit la mer sous le soleil, le plaisir des baignades, les fruits délicieux vendus sur les trottoirs, les touristes et cinq langues nouvelles. Elle fut étourdie par les conversations animées, les mouvements de bras des autochtones pour se faire comprendre, les enfants qui couraient dans les rues, les passants qui l'interpellaient pour lui vendre un bracelet, une rose ou un parapluie, l'agitation des bars le soir, l'alcool et le tabac en vente libre, tout ce qui fait de l'Europe un continent où, sans savoir pourquoi, et parfois en l'oubliant, les gens sont heureux.

Tomas retrouva le plaisir d'une cuisine variée et épicée, le bonheur de faire l'amour et le goût de la cigarette. Il constata ce paradoxe sans le comprendre : il avait arrêté de fumer alors que la mort lui paraissait une issue enviable et il recommençait de fumer au moment où il goûtait à nouveau au plaisir de vivre. Dans l'île d'Ischia, il se rappela son voyage de noces avec Céline et il reconnut le restaurant où ils avaient dîné douze ans plus tôt. Le repas avait été excellent – une seiche à l'huile d'olive –, ils avaient bu beaucoup de vin blanc et avaient fait l'amour en rentrant, la fenêtre ouverte. C'était l'un des meilleurs souvenirs de sa vie avec Céline. En repassant devant la terrasse du restaurant, il ne put s'empêcher de pleurer en silence. Il portait des lunettes de soleil, Clara regardait la mer et ne s'aperçut de rien. Ils dînèrent ailleurs.

Clara et Tomas surmontèrent les pièges de la communication qui se posent aux couples naissants. L'exotisme du voyage était leur meilleur allié. Se promener ou visiter différents musées et monuments ne nécessitait pas d'entretenir une conversation. Le soir, lorsqu'ils partageaient un apéritif puis dînaient, il leur suffisait de se remémorer les moments marquants de leur journée, de faire part à l'autre de tel détail qu'il n'avait pas aperçu, ou d'établir des parallèles avec les étapes précédentes pour maintenir un dialogue sans heurt et sans silence gênant. Lorsqu'ils prenaient un verre ou qu'ils effectuaient une promenade nocturne, ils *se racontaient* – leur vie, leur présent, leur passé, leur hérédité aussi – détaillant tout ce qu'ils savaient à propos de leurs parents et grands-parents respectifs, comme si c'était là que se trouvaient les clefs pour se connaître. Tomas évoqua son père, Philippe Fischer, un professeur de mathématiques ni trop sévère ni très drôle, et sa hantise de se retrouver dans sa classe. Tomas défendait toujours les enseignants.

Cette obsession était l'origine de son impopularité auprès de ses camarades, qui n'avait disparu qu'à l'université, et de la conviction précoce qu'il avait que la vie était plus dure pour les adultes que pour les enfants. Il n'avait jamais été impatient de devenir grand.

Il parlait moins de sa mère, Claudine, une institutrice que tout le monde aimait – les enfants disent rarement du mal de leurs institutrices. Elle était décédée deux mois après son mariage. Ils venaient de lui annoncer la grossesse de Céline. Tomas avait ajouté « heureusement qu'elle n'a jamais connu la suite », ce qui agaça Clara, car elle faisait partie de la suite. Clara pleura un soir en parlant de sa mère qu'elle n'aimait pas et qui s'était suicidée. Tomas ne posa pas de question.

Durant ces quatre semaines, ils évitèrent la répétition ou l'impudeur. Les verriers de Murano, les bains de Budapest et les débris du Mur de Berlin leur permirent d'atteindre cet équilibre entre parler de soi et parler du monde. Alors qu'ils n'avaient à leur disposition ni amis partagés ni vécu commun, ce voyage leur permit de se forger « leurs souvenirs ». Des années plus tard, ils seraient les seuls à comprendre et apprécier certaines références à leur séjour européen. À Lasciate, où ceux qui avaient franchi les frontières de la République étaient rares, cet avantage les confortait dans l'idée, que chaque couple a en partage, d'être *unique*. Dorénavant, une rupture salirait ces souvenirs, les gâterait et les rendrait inutilisables : ils avaient quelque chose à perdre.

Comme tous les amoureux qui parcouraient le monde, ils ne se sentaient pas *mieux* loin de chez eux, de leurs amis et de leur ville. Cette expédition leur permettait de se fabriquer des journées extraordinaires qui ne s'évanouissaient pas dans la monotonie du quotidien. Les lieux où l'on voyage ne sont ni meilleurs ni pires que ceux où l'on vit – la preuve en est que l'on croise souvent des touristes *chez soi* – mais ils sont nouveaux pour l'esprit et donc mémorables. Et qu'est-ce qu'une vie sinon ce dont on se souvient ? Qu'est-ce qu'un couple sinon ce qu'il se souvient d'avoir vécu ensemble ?

Clara était intriguée par ce monde éphémère où les habitants se comportaient avec légèreté, alors que leur existence était en péril. Elle s'en ouvrit à Tomas à Prague alors qu'ils s'étaient arrêtés pour observer des danseurs sur une place dans la vieille ville ; Tomas répondit sans détourner la tête que c'était le monde tel qu'il était né et que les hommes avaient toujours vécu ainsi. Il souriait et applaudissait les artistes. Elle oubliait sans cesse qu'il était *comme eux*. Elle n'avait jamais côtoyé de non-immunisés. C'est pour cela qu'il ne ressemble à aucun autre homme, pensait-elle. C'était terrifiant et excitant à la fois.

Ils arrivèrent à Berlin, la ville natale du père de Tomas. Philippe Fischer y avait fait ses premiers pas avant de la quitter au début de son enfance. Tomas l'interrogeait souvent sur les raisons de ce départ trois ans avant l'arrivée au pouvoir d'Hitler. Philippe Fischer répondait que son propre père, Karl-Otto Fischer était un opposant de la première heure à Hitler, peut-être le premier opposant de l'histoire au futur *Führer*, mais il refusait d'en dire plus. Tomas n'avait jamais connu son grand-père. Il avait appris l'allemand dès le collège et le parlait mieux que son père. Il rêvait de découvrir le pays de ses origines. Un voyage de classe à Munich avait été annulé à la suite des attentats de 1974 et, dans les années qui suivirent, Tomas n'avait jamais pu séjourner dans ce pays. Céline exigeait de passer l'été sous la chaleur espagnole ou italienne. Il ne connaissait de l'Allemagne que les aires d'autoroutes qu'il avait traversées lorsqu'il était routier.

Dès qu'il posa le pied sur le quai de la *Berlin Hauptbahnhof*, il se sentit heureux ; il eut pour la première fois depuis la naissance d'Elsa, neuf ans plus tôt, la sensation d'avoir accompli quelque chose d'important et qui le dépassait. Il venait saluer ses ancêtres.

Tandis que Clara visitait le Jardin zoologique de Berlin – elle n'avait jamais vu autant d'animaux réunis – il se rendit aux archives nationales afin de consulter les bases de données des journaux allemands à partir de 1918. Le nom de son grand-père apparut comme par miracle dans les fichiers numérisés. Selon le *Vossische Zeitung* et le *Völkischer Beobachter*, Karl-Otto Fischer avait tué un homme lors d'une rixe dans un *Biergarten*, le *Katzhaus*. La victime, Hermann Gottweilen, avait clamé son amour pour Adolf Hitler et son espoir de voir l'Allemagne se relever de ses cendres pour imposer sa grandeur à l'Europe. Karl-Otto Fischer, ancien combattant de la Grande Guerre où il avait perdu un bras, avait répondu que la grandeur de l'Allemagne lui avait déjà coûté un membre et qu'elle ne pouvait pas s'incarner dans un petit brun inculte venu d'Autriche. Une dispute avait suivi. Karl-Otto Fischer avait repoussé Hermann Gottweilen qui, ivre, avait titubé en arrière avant de trébucher. Sa tête avait heurté l'une des longues tables en bois de la taverne. Face au corps inerte d'Hermann Gottweilen, Karl-Otto Fischer avait pris la fuite.

Le fait divers s'était déroulé à la fin du mois d'août, peu avant les élections législatives de 1930, les premières à voir le *Nationalsozialistische Deutsche Arbeiterpartei* effectuer une percée électorale en devenant le deuxième parti politique du pays. Certains historiens imputèrent ce résultat à l'importance qu'avait prise l'affaire dans les journaux, suscitant la sympathie des lecteurs pour les partisans d'Hitler. Le *Völkischer Beobachter* avait décrit Karl-Otto Fischer comme un antipatriote juif, dont la participation à la Grande Guerre était mise en doute. S'il y avait perdu son bras, c'était vraisemblablement en combattant aux côtés des Français. Quant à sa fuite, le journal estimait qu'elle était due à la complaisance de la clientèle du *Katzhaus*, établissement communiste où le brave Hermann Gottweilen n'aurait jamais dû se rendre. Ce provincial en voyage d'affaires connaissait mal la ville et ne pouvait imaginer qu'il existât à Berlin des lieux où les nationalistes n'étaient pas en sécurité dans leur propre pays.

Tomas était abasourdi. Il était le petit-fils d'un meurtrier. Il ressentit un vertige. Il ne croyait pas au destin et l'hérédité lui semblait circonscrite aux caractères physiques, voire à des traits de caractère. Elle ne pouvait s'étendre aux actes, encore moins quand il s'agissait de tuer ses semblables. En 1930, son grand-père avait tué un innocent. Involontairement peut-être, c'était impossible à prouver. Tomas tuait des innocents lui aussi. Ils étaient consentants, du moins en était-il persuadé, mais qui pourrait le prouver dans cinquante ans ? Le comportement de la lignée Fischer suivait une escalade macabre. Les progrès accomplis étaient remarquables, pensa-t-il. En deux générations le meurtrier maladroit contraint de fuir son pays pour échapper à la justice était devenu un riche assassin en vacances.

Est-ce que son père était au courant ? Tomas se souvint d'un portrait de son grand-père où l'on voyait son visage sévère, des sourcils épais et un regard perçant. « Un taiseux », disait sa mère. Pas du genre à révéler ses secrets, même à son fils. Comment annonce-t-on à son fils que l'on est un meurtrier ?

Quelques heures plus tard, il continuait de penser à cet ancêtre tueur tandis qu'il observait Clara assise dans une chaise longue au bord de la Spree, une chope de bière dans la main droite et un magazine allemand dans l'autre. Elle le parcourait sans s'ennuyer bien qu'elle ne comprît pas l'allemand. Tomas sentit les larmes lui monter aux yeux, son ventre se tordre et un sourire s'immiscer sur son visage sans son consentement. La douleur du deuil, l'angoisse de l'inconnu et le bonheur de l'espoir le saisissaient. Il ne savait pas qui l'emporterait mais c'était la première fois que la tristesse trouvait un adversaire à sa mesure.

Hambourg était la dernière étape du voyage. Clara et Tomas s'y saoulèrent plus sérieusement que durant le reste de leur périple. Ni l'un ni l'autre ne voulait se coucher ; le lendemain commençait le dernier jour de leurs vacances.

Tomas avait envie de parler de lui. Son grand-père l'obsédait. La leçon à en tirer se refusait à lui. Il s'interrogeait aussi sur son avenir. Sur leur avenir. Clara souhaitait-elle le revoir ? Avait-elle renoncé à se suicider ? Vivraient-ils ensemble ? Auraient-ils des enfants ? Comment la convaincre de répondre par l'affirmative à toutes ces questions ? Tomas n'était pas certain que l'histoire de son grand-père plaiderait en sa faveur mais il avait besoin de la raconter. Après avoir résumé le destin de Karl-Otto Fischer, Tomas poursuivit sans savoir où le mènerait son raisonnement.

« Je ne suis pas sûr de continuer à notre retour. De tuer des gens. Je ne sais pas si je leur rends service. Regarde, toi ! Préfères-tu être vivante ou morte ? Toutes les autres commandes, je les ai acceptées. Certains auraient peut-être retrouvé le goût de vivre. Ils auraient rencontré l'amour ou eu des enfants, qui sait ? »

Son élocution était de plus en plus traînante et il cherchait ses mots. Clara avait trop bu et ne remarquait rien. Elle trouvait Tomas plus beau que d'habitude, à tort.

« Tu feras ce que tu veux. Cela ne me regarde pas. N'attends pas que je décide à ta place. Personne ne le sait. À toi de déterminer si ce que tu fais est bien ou mal, utile ou dispensable, moral ou immoral. Je suis sûre que tous ceux que tu as tués te sont reconnaissants. Sans toi, ils auraient dû attendre des mois, des années, des siècles pour avoir le courage de passer à l'acte. L'idée ne les aurait pas abandonnés. Tu commences à connaître Lasciate. Tu as apprivoisé nos rues grises, notre ciel bas, nos conversations vaines, mais tu ne sais pas encore ce que c'est d'être immortel, cette chape de plomb qu'est la certitude que chaque jour sera la répétition des mille qui précèdent et qu'il n'y a rien d'autre à faire. Tu es mortel, et je suis triste de savoir que je te perdrai un jour, mais je t'envie. Ta vie a un début et une fin. Elle a un sens.

Tomas écoutait les paroles de Clara avec délectation, comme autant de preuves de l'affection qu'elle lui portait. Depuis Rome, ils dormaient dans le même lit, faisaient l'amour tous les jours et se tenaient la main dans la rue – Clara trouvait cette pratique bizarre et charmante. Ils n'avaient pas encore pris le risque de verbaliser les sentiments qu'ils éprouvaient. Mais les derniers mots de Clara troublèrent Tomas. Il réalisa soudainement qu'il serait le *Chess* de Clara.

Quand il était enfant, Tomas possédait un chien, *Chess*, un Border collie noir et blanc qu'il aimait beaucoup. *Chess* était mort le jour des dix ans de Tomas. Au cours des semaines précédentes, *Chess* se déplaçait de plus en plus difficilement. La vétérinaire n'avait laissé aucun espoir sur les chances de guérison de l'animal mais ses parents le maintinrent en vie. Ils avaient décidé que la première confrontation de leur fils à la mort attendrait qu'il ait dix ans. Mais *Chess* avait été frappé par une paralysie totale des membres inférieurs la veille de l'anniversaire. Philippe et Claudine Fischer convinrent qu'il n'était pas possible d'accueillir une dizaine d'enfants avec des bonbons, un gâteau au chocolat, une chasse au trésor et des confettis tandis qu'un chien paralytique gémissait dans le salon. Philippe Fischer avait suggéré de se rendre seul chez le vétérinaire et de n'annoncer la nouvelle à Tomas que le lendemain, mais son épouse craignait que leur fils leur reproche de leur avoir dissimulé la vérité. Tomas se rendait bien compte que quelque chose n'allait pas et il caressait *Chess*, les larmes aux yeux, en demandant au chien pourquoi il ne voulait pas courir. Il lui lançait sa balle de plus en plus près de lui. L'animal ne pouvait que la suivre du regard ; il regardait ensuite l'enfant de ses grands yeux tristes. Le chien se retenait de gémir trop fort.

Tandis que Claudine Fischer achevait les préparatifs du goûter, Philippe Fischer avait conduit *Chess* à la clinique. Il avait proposé à Tomas de l'accompagner pour lui présenter la situation avec le plus de tact possible, entre hommes. Il avait expliqué à son fils qu'il fallait dire adieu à *Chess* qui allait rejoindre son grand-père et beaucoup d'autres hommes et de chiens au Ciel où ils seraient tous heureux. *Chess* retrouverait là-bas l'usage de ses quatre pattes et Tomas pourrait le revoir dans très longtemps, quand il irait au Ciel. *Chess* avait eu une belle et longue vie ; la vie des chiens était plus courte que celle des hommes et tout le monde devait l'accepter, les chiens comme les hommes. Les larmes d'appréhension qui montaient aux yeux de Tomas lorsqu'il pénétra dans la voiture se transformèrent en sanglots bruyants au cours du trajet. Philippe Fischer s'inquiéta pour la santé de son fils, dont les hoquets semblaient ne jamais devoir s'arrêter lorsqu'il souleva le chien de la banquette arrière.

Ce fut là l'unique meurtre de Philippe Fischer. Tomas exigea que l'on annule son anniversaire, ce qui fit de la peine à sa mère qui avait consacré sa semaine à préparer cette journée et qui n'aimait pas voir son fils pleurer, et à son père, qui dut informer tous les autres parents de ce contretemps et de la nécessité pour eux de réaménager en urgence le programme de leur samedi après-midi. Certains invités furent fâchés, comme Benjamin, le meilleur ami de Tomas, qui dut assister à l'intégralité du spectacle de danse de sa petite sœur. Indifférent à ces péripéties, Tomas réclama une photographie encadrée de *Chess* comme cadeau d'anniversaire et tira trois leçons de cet épisode douloureux :

les chiens vivent environ quinze ans ;

les humains vivent environ quatre-vingts ans ;

la mort est un événement insoutenable qu'il faut tenir le plus possible à distance.

Il annonça à ses parents le lendemain qu'il ne souhaitait pas posséder un chien avant l'âge de soixante-dix ans. Son père, qui n'avait toléré la présence d'un animal de compagnie que sous la pression de son épouse, à une période où il lui refusait peu de choses, se servit de cet épisode pour s'opposer à toute arrivée d'une nouvelle bestiole « avant les soixante-dix ans de notre fils ».

Cela faisait des années que Tomas n'avait pas repensé à *Chess* et les larmes lui montèrent aux yeux. Clara avait changé de sujet de conversation, elle ne s'apercevait pas qu'il ne l'écoutait plus. Tomas s'imaginait, tel le vieux *Chess*, bientôt incapable de se mouvoir, fixant d'un regard triste sa jeune maîtresse de vingt-sept ans, qui observerait sa déchéance avec pitié si elle ne l'avait pas quitté avant. Bientôt on le prendrait pour son père ou pour un satyre, puis pour un vieillard libidineux et fortuné. Il se demanda si Clara réalisait qu'il n'était qu'un *Chess* de passage, une compagnie joyeuse mais éphémère, dont on pleure la disparition quelques jours puis que l'on oublie en se répétant qu'il aurait mieux valu ne pas s'attacher.

Tomas n'avait jamais relié ce souvenir d'enfance à son affection pour l'histoire de *Bobby Greyfriars*, un chien qui, lui, avait survécu à son maître et lui était resté fidèle jusqu'à sa propre mort. *Bobby Greyfriars* était plus fidèle que lui puisqu'il ne lui avait fallu que cinq ans pour trouver une remplaçante à Céline. En année de chien, ça ne faisait pas un an. Et pour Clara, c'est le rôle de *Chess* qu'il jouerait. Un être mortel et faillible, comme les autres.

Son verre était vide et Tomas s'arracha à ses pensées canines pour recommander une bière. Clara parlait de son père. Il se remit à l'écouter.

Chapitre 18 - Les complices

Clara proposa à Tomas d'emménager chez elle pour « ne plus vivre seule » et « faire l'amour plus souvent ». Il émit plusieurs objections : son mari pouvait revenir, les ragots allaient se répandre et la police risquait de le retrouver. Il ajouta qu'il était de notoriété publique que d'habiter sous le même toit ne stimulait pas l'activité sexuelle. En réalité, Tomas avait peur de s'éloigner du faubourg de Lasciate et de ses amis. Dans le quartier bourgeois où habitait Clara, il se sentait fragile et isolé, presque nu.

À *L'Eldorado*, Marcel Orsini n'était plus là. Il était parti rejoindre l'île de ses ancêtres pour remplir ses « obligations familiales » après avoir reçu la carte postale que Tomas lui avait envoyée. Tomas n'avait pas pensé que cette vue de la baie de Naples avec le Vésuve en arrière-plan pouvait produire un effet aussi puissant sur Marcel Orsini. Marcel avait recommandé à Jean Bayle et Pat O'Mailly de rendre visite à sa femme tous les dimanches. Ils étaient tristes d'avoir perdu leur ami et inquiets de devoir apprivoiser le caractère d'Elisa Orsini. « Les choses changent à une vitesse incroyable depuis que tu es là, dit Jean à Tomas. Tu as remis le temps en marche et il est sans pitié pour les vieux immobiles comme nous. »

Un deuxième événement survint trois jours après leur retour à Lasciate. Tomas se l'était représenté des dizaines de fois. Mais un événement se reconnaît à ce qu'il ne se déroule jamais comme prévu. Tomas attendait le vacarme des sirènes, la meute de policiers le mettant en joue et la violence de ceux qui le plaqueraient au sol et lui passeraient les menottes.

Le matin, alors qu'il sortait de chez Clara, l'inspecteur principal Hastings lui posa la main sur l'épaule : « Ça vous dirait un café ? Je suis sûr que vous n'avez pas pris de petit déjeuner ».

John Hastings était intimidant. Il dépassait Tomas d'une tête. Il avait la mâchoire carrée et les épaules larges. Ses cheveux alternaient entre blond et blanc et sa barbe de trois jours le vieillissait. Son corps avait trente ans mais son esprit en avait une centaine et semblait déteindre sur son apparence. On aurait dit un héros de *sitcom* sur le déclin. Ils marchèrent en silence avant de s'arrêter sur la terrasse où Tomas avait rencontré Clara. Il tressaillit.

« Vous connaissez cet endroit, je crois. C'est l'un des bars les plus agréables de la ville. Profitons de l'arrière-salle, c'est plus calme et l'on y sert de l'alcool. »

Ils commandèrent deux cafés et Hastings insista pour ajouter deux bières. « C'est frais et ça fait toujours du bien ».

« Si vous me racontiez votre histoire ? J'en connais les grandes lignes et j'ai la liste des victimes dans mon portefeuille. Victimes ou clients, peu importe. J'ai envie d'entendre votre version. Les histoires varient tellement selon qui les raconte. »

Tomas resta silencieux.

« Pardonnez mon incorrection. J'ai oublié de me

présenter. Inspecteur principal, John Hastings. Je suis chargé de l'enquête sur vos exploits. Cela n'a pas été simple. C'est grâce au seul assassinat que vous n'avez pas commis que nous avons pu remonter jusqu'à vous. Ironique, n'est-ce pas ? Le dictionnaire affirme que l'ironie est « le contraste entre une réalité cruelle, décevante, et ce qui pouvait être attendu ». Quelle meilleure définition de la vie ? Je m'égare. L'essentiel tient en deux points : je vous ai trouvé et je ne vous veux pas de mal. Je n'approuve pas ce que vous avez fait mais je ne suis pas certain que vous méritiez d'être condamné. Considérez-moi comme un ami. Un ami vigilant et suspicieux, mais bienveillant. Là encore, quelle définition plus exacte de l'amitié ? Une bienveillance vigilante et suspicieuse.

— Quel est le statut de cette conversation ? Vous m'enregistrez ?

— On n'enregistre pas un ami ! C'est une conversation franche et chaleureuse vouée à rester confidentielle. Dans notre intérêt à tous les deux. »

Le regard vif d'Hastings suscitait la sympathie et trahissait sa fragilité ; grâce à lui il inspirait confiance. Cette qualité lui avait été précieuse tout au long de sa carrière. Il ne semblait jamais juger ses interlocuteurs.

« Vous êtes marié, inspecteur ?

— Je l'ai été. Quatre fois. Autant de divorces.

— Vous n'avez jamais été veuf, donc.

— Je l'ai parfois regretté.

— Pour ma part, c'est par là qu'il faudrait commencer. »

Tomas lui raconta tout. La rencontre avec Céline, les jours heureux, les doutes, le mariage, la naissance de Léo, puis celle d'Elsa, les doutes à nouveau et le bonheur malgré tout, puis la voiture qui bascule par-dessus le pont. Quand il en vint à Lasciate, il était midi et l'inspecteur Hastings commanda des sandwiches et une troisième tournée de bière. Tomas n'avait jamais parlé de Céline depuis sa mort. Cela lui faisait du bien de lui rendre un dernier hommage. Il s'arrêta sur les mots « dernier hommage » et il se dit que le processus de deuil était entamé. Pour Léo et Elsa, il préférait ne pas y penser. Il savait qu'il n'y avait pas d'issue.

Il évoqua Harold Purito, les joueurs de Yam's et *Le Voyageur*. Il modifiait le nom des hommes et des lieux mais Hastings rectifiait à chaque fois, doucement, comme s'il s'agissait de lapsus sans conséquence. Tomas raconta sa soirée avec Hernando Soria, lorsque la mort avait commencé d'être une délivrance et un métier. Il passa vite sur la série des assassinats. Il essaya d'en oublier quelques-uns mais Hastings le corrigeait dès qu'il s'écartait de l'ordre chronologique. Il n'y a qu'Évariste Quinn qu'il ne cita pas.

« Deux cent soixante-douze clients au cours des trois dernières années. Un tous les quatre jours, vous n'avez pas chômé !

— Je n'ai pas de registre, mais c'est un chiffre réaliste. Il y avait beaucoup de demandes. »

Tomas passa sous silence les carnets dans lesquels il avait rédigé un portrait de chacun de ses morts. C'étaient des impressions fugaces qu'il avait retranscrites. Il avait connu ces gens, leurs goûts, leurs angoisses, leurs espoirs et leurs regrets. Il ne savait pas quoi faire de ces textes mais il avait ressenti le besoin de les écrire.

L'inspecteur Hastings connaissait aussi les victimes : leur date de naissance, leur profession, le jour de leur assassinat et le mode opératoire. Où ils étaient nés, comment ils étaient morts, ce qu'ils avaient fait entre les deux pour survivre.

Arrivé au café, Tomas commença de parler de Clara. Hastings l'interrompit.

« Nous n'aurons pas le temps d'aller jusqu'au bout aujourd'hui. Je serai heureux d'entendre la suite lors d'une prochaine rencontre ; j'aime beaucoup les histoires d'amour naissant ; ce sont les seules qui finissent bien. Je dois rendre le rapport vous concernant au ministre de l'Intérieur et celui-ci est peu patient. »

Un silence se glissa. Tomas reprenait ses esprits. Les choses se jouaient maintenant, mais il n'avait plus la main. Il était beaucoup plus calme qu'il ne l'aurait cru. Il repensait aux assassins qui déclaraient être « soulagés » au moment de leur arrestation. Cette sensation l'envahissait aussi : les aveux reposent et l'impuissance tranquillise.

« Je vous propose un marché, reprit Hastings. Vous cessez définitivement votre activité et je convaincs ma hiérarchie qu'il n'est pas possible de vous emprisonner.

— Pourquoi feriez-vous ça ?

— Vous me rendrez un service, plus tard, si je vous en formule la demande.

— Je n'aime pas l'idée de signer un chèque en blanc à un inconnu.

— Vous avez le choix entre une vie libre et confortable et une vie traquée qui s'achèvera en prison. Je n'ai pas de proposition plus avantageuse à vous faire. Je prends des risques. Et je reviendrai ici pour entendre le récit de votre histoire avec Clara. C'est toujours agréable de raconter son bonheur. »

Tomas s'efforça de sourire : « À bientôt alors. »

Alors qu'il avait atteint le seuil de la porte, Hastings revint sur ses pas et se pencha vers Tomas :

« Au fait, c'est comment d'être mortel ? »

Tomas le regarda en souriant. Cela faisait des années

qu'il avait peur de la police, et pourtant cet homme lui paraissait presque sympathique.

« Ce n'est pas mieux en tout cas.

— Hum. Je m'en doutais. »

Chapitre 19 – L'immoraliste

Depuis trois mois, Isabelle Curmary n'avait pas aperçu un sourire sur le visage de son mari. Au cours de leurs quatre-vingts années de vie commune, les manifestations de bonne humeur de Charles Curmary avaient décliné, parallèlement aux progrès de sa carrière politique.

Charles Curmary n'avait jamais douté ni de sa propre importance ni de ses talents. Son ascension sociale lui paraissait juste et nécessaire. Il était persuadé – et il s'efforçait de diffuser cette révélation à travers les cercles prestigieux dans lesquels il se mouvait – que, puisqu'il était un homme droit, avisé et énergique, il était indispensable au bien-être de la société qu'il poursuive sa progression vers les plus hautes sphères du pouvoir. Sa sagesse bénéficierait au plus grand nombre. Comme tout raisonnement logique, sa validité était suspendue à l'acceptation des postulats initiaux.

Charles Curmary avait décidé, au grand regret de son épouse, que le sérieux constituerait l'un de ses traits d'image. L'humour était un passe-temps vain, inutile à sa carrière. « On dîne avec les boute-en-train et l'on confie le pouvoir aux austères », répétait-il à son épouse. La réalité faisait peu pour le dissuader.

Curmary ne se percevait pas comme l'individu sinistre qu'il était devenu mais comme un homme rigoureux en public et agréable en privé. Il le répétait aux journalistes avec lesquels il avait l'habitude de déjeuner – certains l'avaient cru ou, du moins, l'avaient écrit. Curmary lisait avec satisfaction dans les portraits qui lui étaient consacrés que « derrière une apparence sévère, se cache un homme joyeux qui réserve à son cercle d'intimes ses meilleures saillies au cours de dîners privés ». La « saillie » citée était une pique acerbe à l'encontre d'un collègue en disgrâce. À force de le lire, Curmary s'était persuadé que c'était vrai. Seule Isabelle Curmary savait que les dîners privés étaient rares – Charles Curmary préférait la compagnie de ses dossiers et son image de travailleur forcené n'était, elle, pas usurpée – et seule la courtisanerie expliquait les éclats de rire forcés que récoltait son mari lorsqu'il s'aventurait à faire de l'esprit.

Anticipant le personnage politique janséniste qu'il voulait incarner, Curmary était devenu notaire après des études de droit. Reprenant l'étude paternelle, il put assurer son aisance matérielle et asseoir son influence parmi les notables de Lasciate. Les transactions immobilières étaient rares dans les quartiers courus du centre-ville, et il avait vite appris à n'accélérer les ventes que de ceux qui pourraient lui rendre un service en retour. Ses revenus provenaient principalement des promoteurs à la tête des programmes de construction qui avaient essaimé dans les quartiers sud de la ville au cours des cinquante années qui avaient suivi l'apparition de l'immunité.

Curmary était membre du Parti Conservateur Lascebberote (PCL), majoritaire dans la cité. Trois décennies plus tôt, l'opposition conduite par le Parti Novateur (PN) avait exercé le pouvoir pendant deux ans à la faveur d'une coalition rassemblant le Parti Communiste International de Lasciate (PCIL) et le Parti National de Lasciate (PNL). Les profondes divergences qui existaient entre les partenaires ne leur permirent pas de mettre en œuvre la moindre réforme d'envergure – ce qui plut à l'électorat conservateur mais pas à celui de la coalition – et celle-ci fut balayée aux élections suivantes. Il s'agissait de l'unique alternance des cent cinquante dernières années.

Élu député à soixante ans, Curmary avait été nommé secrétaire d'État dès ses quatre-vingt-dix ans et il avait géré avec succès – « immobilisme » rétorquait l'opposition que personne n'écoutait – les portefeuilles qui lui avaient été confiés : l'Urbanisme, le Commerce et le Budget. Les nombreuses démissions que l'activité de Tomas avait suscitées lui avaient permis de devenir, à cent treize ans, l'un des plus jeunes ministres de l'Intérieur de l'histoire.

Avec le *Suicitueur*, Charles Curmary était confronté pour la première fois de sa vie à un événement, un phénomène radicalement nouveau qu'il ne comprenait pas et sur lequel il n'avait pas de prise. S'il avait accepté ce poste périlleux que des politiciens plus chevronnés avaient refusé avant lui, c'était en raison de son impatience, de son arrogance et d'une forme de naïveté, traits de caractère dont la jeunesse peine à se départir, comme les journaux l'avaient souligné au moment de sa nomination. Il était convaincu que sa perspicacité et son volontarisme suffiraient à résoudre le problème. Les décès survenant le soir ou la nuit, lorsque les Lascebberotes étaient chez eux, il voulait mobiliser toutes les forces de police durant ces horaires pour surveiller et protéger chaque citoyen circulant dehors. Ainsi, s'il ne parvenait pas à démasquer le criminel, du moins espérait-il le dissuader de continuer son activité. Dès le lendemain de sa prise de fonction, un couvre-feu fut instauré de dix-neuf heures à sept heures le matin.

Pas plus qu'ailleurs, les responsables politiques lascebberotes ne s'apercevaient que leurs idées avaient été testées par leurs prédécesseurs. Comme partout, ils se montraient incapables de cet effort d'imagination consistant à concevoir que leurs adversaires ne fussent pas plus bêtes qu'eux-mêmes, voire qu'eux-mêmes n'étaient pas plus intelligents que ceux-là. Curmary doutait donc peu de son succès. Il espérait qu'il lui permettrait d'intégrer le Conseil des Gouverneurs avant son cent-cinquantième anniversaire.

Depuis sa création, deux siècles plus tôt, après la chute de la dynastie bagratienne, les neuf membres du Conseil des Gouverneurs étaient égaux et leurs décisions collégiales. Des voix s'élevaient toutefois pour souligner les inconvénients de ce mode de fonctionnement ; les congrégations se lassaient des neuf discours de vœux qu'elles devaient subir année après année, et personne ne se souvenait jamais du nom des neuf gouverneurs – il en manquait toujours un, comme pour les rois mages, qui sont pourtant moins nombreux et plus stables. Il se murmurait qu'une présidence tournante pourrait se mettre en place. Charles Curmary défendait avec ardeur cette réforme, convaincu que, dès lors qu'une présidence tournante serait instituée, il pourrait en prendre la tête puis veiller à ce qu'elle ne tourne pas trop vite. La majorité des dirigeants lascebberotes pensaient comme Curmary, et la réforme était en voie d'être adoptée.

Charles Curmary réfléchissait au meilleur calendrier pour enclencher ces évolutions institutionnelles lorsque l'huissier fit pénétrer l'inspecteur principal Hastings dans son bureau. Sans qu'il s'autorise à sourire pour autant, Charles Curmary était d'excellente humeur. Son plan avait fonctionné et, depuis plus d'un mois, aucune mort violente n'était à déplorer. Les heures supplémentaires imposées aux policiers n'ayant pas d'enfants de moins de cinq ans – 98,6 % des effectifs – avait donné les résultats escomptés. L'inspecteur principal Hastings avait sollicité un entretien et Curmary était impatient de l'entendre. Une arrestation lui ouvrirait les portes du Conseil des Gouverneurs dès son renouvellement partiel, dans huit ans à peine.

Hastings était moins excité que son supérieur hiérarchique. Il ne maîtrisait pas la situation. Il avait conçu une solution mais dont seul Curmary pouvait décider la mise en œuvre. Hastings se sentait comme un courtisan venu réclamer une faveur au prince.

« Monsieur le Ministre, la formule est éculée, mais j'ai une bonne et une moins bonne nouvelle.

— D'ordinaire, je n'accepte d'entendre que les bonnes. Commençons par celle-ci.

— L'assassin ne commettra plus aucun crime.

— C'est un bon début. Quelle pourrait être la mauvaise nouvelle alors ?

— Pour stopper l'assassin, nous devons le laisser en liberté.

— Quel magnifique paradoxe ! Pourquoi donc ?

— Je ne peux pas l'arrêter, je ne dispose d'aucune preuve.

— Alors comment savez-vous que c'est le tueur ?

— Il n'a pas nié.

— Dans ce cas, trouvez des preuves ! Inventez-les ! La justice, c'est le problème des juges, votre métier, c'est d'arrêter les meurtriers, non ? S'il vous a avoué ses crimes, vous pouvez témoigner.

— Il n'a rien dit qui permette de l'inculper. Je crois qu'il n'est ni dans l'intérêt de la police, ni dans votre intérêt de le présenter à un juge. Mieux vaut un bon accord qu'un mauvais procès.

— Et comment obtiendrez-vous cet accord ?

— J'ai la parole de l'assassin.

— La parole d'un homme qui a fait plus de deux cents victimes ! Les gens continueront d'avoir peur. Ils ne vous croiront pas. Ils ne me croiront pas. Ils ne nous croient jamais.

— Si vous déclarez qu'il a été « mis hors d'état de nuire » et qu'aucun meurtre ne survient dans les mois qui suivent, ils seront obligés de vous croire. Le mystère demeurera mais personne n'a peur de Jack l'Éventreur. Pourtant, on ne sait toujours pas qui c'est.

— On sait qu'il est mort ! Ici, dans cinq cents ans, on continuera de faire peur aux enfants avec l'histoire de l'assassin qui hante les rues de Lasciate. Vous êtes un pragmatique, Hastings, mais la politique exige de composer avec les fantasmes, avec l'imaginaire du peuple et son irrationalité.

— Un procès serait risqué, Monsieur le Ministre. L'assassin a agi à la demande de ses victimes. Il pourra le démontrer en cas de procès. L'assistance au suicide est tout aussi condamnable que le meurtre, mais vous connaissez les journalistes mieux que moi. Son procès deviendra celui de l'interdiction du suicide. Pour reprendre les préoccupations que vous exprimiez sur l'imaginaire collectif, je ne crois pas que nous ayons intérêt à ce que ce procès-là se tienne. Il pourrait faire plus de victimes que l'assassin lui-même. »

Charles Curmary resta silencieux. Hastings se mordit les lèvres. Il s'était montré un peu trop sentencieux, pas assez déférent. Il manifestait toujours ce défaut vis-à-vis de ses supérieurs hiérarchiques, jamais à l'égard de ses subordonnés. Il rangeait ce travers dans la catégorie « qualité morale, handicap social ». Curmary reprit la parole.

« Vous me recommandez d'annoncer que l'assassin a été mis « hors d'état de nuire », c'est bien cela ?

— Oui, Monsieur le Ministre.

— Eh bien, c'est d'accord. À condition que vous le mettiez effectivement hors d'état de nuire. »

Hastings se raidit.

« Vous l'avez dit, mon métier consiste à trouver les coupables et à les amener devant le juge si je dispose de preuves suffisantes. Je ne rends pas la justice moi-même.

— Vous n'êtes pas obligé de le tuer. Vous pouvez l'enfermer de manière préventive. Pas de procès, pas de scandale, et une mise hors d'état de nuire assurée.

— L'homme a des complices, aussi peu dépourvus de scrupules que lui, voire plus dangereux. Si l'assassin devait disparaître, ils n'hésiteraient pas à poursuivre son œuvre pour le venger.

— Vous avez l'air de bien le connaître.

— Mon métier est de connaître les assassins, Monsieur le Ministre. Nous avons évoqué ensemble toutes les hypothèses, la solution que je préconise est la plus efficace et la moins dangereuse.

— Vous lui avez demandé comment il réagirait si nous l'enfermions sans procès ?

— Non, il a soulevé cette éventualité de lui-même. C'est un homme qui a de l'intuition.

— C'est un homme qui a visiblement beaucoup de

qualités. Si nous annonçons qu'il a été mis « hors d'état de nuire », pour reprendre vos termes, sans offrir sa tête au peuple pour le prouver, d'autres criminels, guidés par des ennemis politiques, pourraient reproduire ses exploits. Nous perdrons toute crédibilité.

— Avant qu'il ne débute son activité, il n'y avait eu aucun assassinat à Lasciate depuis vingt-deux ans. Je souhaite bien du courage à celui qui voudrait recruter un volontaire pour le copier. Si c'était le cas, nous démasquerons l'imposteur en vingt-quatre heures, je vous le promets. Les imitateurs, on les retrouve toujours. Vous auriez alors un procès à offrir à nos concitoyens.

— Je vous le souhaite, Hastings.

— J'ajoute que si le nom de l'assassin n'est jamais révélé, vous serez à jamais auréolé de la fascination que suscite *celui qui sait*.

— J'attendais cette proposition, inspecteur. Quel est son nom ?

— Je ne peux pas vous le révéler, Monsieur le Ministre. Mais si vous laissez entendre que vous savez de qui il s'agit, je ne vous démentirai pas.

— C'est un Gouverneur ?

— C'est un individu qui n'a jamais fait parler de lui.

— Je vais réfléchir à la situation, inspecteur principal, et nous nous reverrons dans les prochains jours. D'ici-là, j'espère que vous savez à chaque seconde où se trouve notre assassin.

— Bien sûr, Monsieur le Ministre. »

En rentrant, l'inspecteur principal John Hastings but pour oublier l'humiliation de cette entrevue et fêter sa victoire. Il se saoula chez lui : il préférait éviter de croiser ses subordonnés dans les arrière-salles des bars en cette période de couvre-feu.

Chapitre 20 – Heureux

« Nous sommes heureux, je crois. Je suis heureux. Nous commençons à nous apprivoiser. Mes angoisses s'apaisent ; je suis amoureux. Les angoisses de Clara s'aggravent ; elle m'assure que c'est une preuve d'amour.

Nous nous sommes fixés des règles stupides : passer une journée par semaine séparément, dîner un jour sur deux à l'extérieur – elle déteste cuisiner –, ne pas dire du mal des gens plus d'une fois dans la journée – la médisance est une passion humaine difficile à combattre –, s'embrasser une fois par jour dans la rue, ne pas aborder nos amours passés, sauf si c'est l'autre qui le demande. Nous les respectons comme si nos vies en dépendaient et nous en inventons de nouvelles tous les jours. C'est un sujet de conversation inépuisable.

Vous avez raison, il est agréable de partager son bonheur. Je reste discret au sujet de Clara à *L'Eldorado*. Les Patriarches – ce qu'il en reste – me reprochent assez de ne plus les voir. Harold m'écoute mais je n'aime pas étaler mon bonheur devant lui ; après cent trente années de deuil, il n'est toujours pas remis de la mort de sa femme. Sa tristesse me culpabilise. Son regard de chien battu me reproche silencieusement de m'être trop vite remis de la mort de Céline. Cinq ans, c'est peu. Il n'y a pas une journée où je parvienne à échapper à la mémoire d'Elsa et Léo. Céline, il m'arrive de *l'oublier*. C'est un cercle vicieux : lorsque je pense à elle, j'ai honte de réaliser que cela fait trop longtemps et je m'empresse de l'oublier à nouveau.

Vous êtes le meilleur pour ce qui est de la confidence amoureuse, Inspecteur. Vous savez tout de moi, cela facilite les choses. Vous êtes curieux sans être intrusif ; vous maniez l'humour sans ridiculiser les sentiments et vous distillez les confidences nécessaires pour équilibrer la conversation. C'est un art délicat.

Je n'avais plus parlé d'amour depuis des années ; bien avant la mort de Céline. Depuis la première année de ma rencontre avec elle, je crois. Après que nous nous sommes installés ensemble, il m'arrivait d'évoquer mon couple, ses joies et ses servitudes, mais il n'était plus question d'amour. Comme si ce sujet restait confiné à l'adolescence, qu'il n'était pas assez sérieux pour les adultes. Les doutes, les joies, les colères et les terreurs qu'il suscite avaient disparu de mes pensées et de mes discussions. Mon couple était devenu une composante de mon identité, m'augmentant et me diminuant à la fois. Il m'était impossible d'interroger ce qui était au fondement de cette transformation. Ou bien était-ce parce que, ayant disparu de mon quotidien au profit de la vie commune, l'amour ne méritait plus qu'on s'y attache ? Qu'en pensez-vous ? Parlez-vous d'amour avec vos amis ?

— Écouter les gens m'intéresse. L'amour ne me concerne plus mais j'éprouve encore du plaisir à le voir autour de moi. C'est une sorte de curiosité ; ici, les romances sont rares. Elles sont comme des fleurs qui poussent au milieu d'une dalle de béton. Face à l'environnement hostile qu'elles ont dû vaincre, on est admiratif de leur ténacité et l'on éprouve de la tendresse en observant leur fragilité.

— Il n'y a plus d'histoires d'amour à Lasciate ?

— Il y a des couples, c'est différent. Les couples, c'est la dalle de béton, et l'amour, ce sont les fleurs. La cohabitation peut survenir mais la dalle de béton ne facilite pas la vie des fleurs.

— Cela fait partie de mes peurs. Pour Clara, je suis arrivé au bon moment. Elle a vu en moi un sauveur : cela a suffi à susciter l'amour. Pour combien de temps ? Elle ne me connaît pas. Quand le temps aura passé, m'aimera-t-elle pour ce que je suis ?

— Quel âge avez-vous ?

— Quarante-quatre ans.

— Un enfant. Vous croyez encore que l'amour dépend de vous ? Que vous formez un bloc de granit indestructible, votre « moi réel », que l'on pourrait observer et saisir ? Même à votre âge, vous devriez savoir que nous appartenons au genre liquide ; que nous sommes insaisissables et évanescents. Personne ne sait qui vous êtes *vraiment*, pas même vous. Il y a cinq ans, vous ignoriez que vous étiez un assassin. Et vous ne l'auriez jamais su avant de le devenir. Une femme vous aime pour ce qu'elle voit en vous, un parent de substitution, un amant enthousiasmant, un ami distrayant ou le père de ses enfants, selon ses besoins. On aime pour une lueur que l'on a aperçue, un soir, dans le brouillard, et sur laquelle on a bâti un roman ; le roman de qui est l'autre. Au fil des années, elle apprendra à mieux lire en vous ; elle anticipera vos réactions, essayera de modifier vos façons d'agir. Elle continuera peut-être de vous aimer. Je vous le souhaite. Ceux qui vous connaissent le mieux ne sont pas ceux qui vous veulent du bien. Pensez aux chasseurs ou aux familles.

— Il y a des échanges au début d'une histoire d'amour. On se parle, on se caresse, on s'embrasse, on dépense de l'énergie pour connaître l'autre, pour savoir dans quoi l'on s'embarque.

— Pour le souvenir que j'en ai, c'est une période où l'on ment beaucoup, à l'autre et à soi-même, consciemment ou non. Si l'on a besoin d'être amoureux, si cette personne vous convainc qu'elle est celle qu'il vous faut, alors vous ignorerez ses défauts les plus criants, ceux qui vous feront décider, dans cinq, dix ou vingt ans, que ce n'est plus possible, qu'il vous faut repartir de zéro. Son autoritarisme, son manque de caractère, son égoïsme, son inconséquence, sa propension au mensonge, ce qui aurait dû vous alerter et que vous avez refusé de voir quand il était encore temps. « C'était un mauvais jour », avez-vous pensé, ou bien « c'est un petit défaut sans conséquence ». Pourtant, puisque c'est le début de votre idylle, elle fait des efforts pour être parfaite, pour vous plaire en toutes circonstances ; les défauts qui surgissent dans cette période, ce n'est pas l'écume des choses, c'est la partie émergée de l'iceberg. »

Il y eut un silence. Tomas regardait Hastings en souriant.

« Pensez-vous que l'on est triste parce que l'on est lucide, ou que l'on est lucide parce que l'on est triste ? Ce qui est déprimant est toujours plus crédible que ce qui est joyeux.

— La tristesse a tort. Elle se trompe moins, elle est moins déçue, mais c'est la joie qui a raison. Les rires, les baisers et les promesses.

— Là où j'habitais avant, le bonheur saturait l'espace public à coup de publicités et de rires enregistrés. Ici, parfois, les gens sourient en terrasse. »

L'inspecteur Hastings éclata de rire.

« Est-ce qu'il vous arrive de regretter votre pays ? demanda-t-il.

— C'est difficile à dire. C'est un autre monde, c'était une autre vie. Plus intense. Plus douloureuse aussi, forcément. Je suis venu ici comme on prend un somnifère. Je ne vais pas me plaindre d'être endormi mais je ne sais pas si c'est mieux.

— Je suis sûr que c'est pire. Mais je ne veux pas vous décourager. Vous vous en rendrez compte bien assez tôt. »

Chapitre 21 – L'adieu aux armes

Tomas retrouva Pat O'Mailly et Jean Bayle aux *Petits Tonneaux*. C'était le bar le plus proche du cimetière de Robermont où reposaient Hernando et Sophie, écrasés sous le poids de leur tombeau, celui où Pat avait attendu, quatre ans plus tôt, que Tomas commette son premier meurtre. C'était le meilleur endroit pour renoncer à sa carrière d'assassin.

Jean Bayle gratifia Tomas d'un clin d'œil lorsqu'il entra. Pat O'Mailly lisait le journal.

Tomas les invita à le suivre pour « rendre visite à un vieil ami ». Le ton de sa voix sonnait faux, il était mal à l'aise et ne soutenait pas le regard de ses compagnons. Il constatait cette gêne et se révoltait contre elle. Il ne leur devait rien. Il avait été une bénédiction pour eux. Il leur avait rendu service et il avait assuré leur confort financier. Il n'avait plus l'âge d'entendre les remontrances de ses aînés, fussent-ils plus âgés d'un siècle et demi. Il allait arrêter de tuer des gens. Qui pouvait le lui reprocher ? Les victimes étaient volontaires, mais jusqu'à quel point et jusqu'à quand ? L'image de l'immonde Hervé Kiel lui revenait à l'esprit.

Arrivés devant la tombe d'Hernando et de Sophie, Tomas s'adressa aux Patriarches à voix basse :

« Vous vous souvenez, lorsque vous m'avez proposé de me mettre à votre service pour tuer tous les Lascebberotes qui n'avaient pas le courage de le faire eux-mêmes ? Si j'ai accepté, c'était pour lui. Pour lui permettre de retrouver Sophie. J'ai essayé de lui résister. Je ne voulais pas le tuer. Je n'en avais pas envie et je ne pensais pas que j'en serais capable. Hernando m'a raconté son histoire. Il voulait m'apitoyer et il y est parvenu brillamment. C'est une sensation étrange que de tirer dans le cœur d'un homme qui vous a forcé à appuyer sur la gâchette.

Assassiner c'est comme tout le reste, il n'y a que la première fois qui compte. C'est celle qui vous empêche de dormir les nuits suivantes et qui vous hante durant des mois. La suite ne forme qu'un écho, de plus en plus lointain, à ce meurtre originel. On s'habitue, c'est tout. Hernando m'a fourni un stock de compassion, qui m'a permis de tuer les autres. Ce n'était pas son souci premier, il voulait sauver sa peau, mais il souhaitait que je fasse preuve de la même générosité avec tous les désespérés. C'est fini désormais. Je ne tue plus par empathie mais par méchanceté, et peut-être pire.

Il y a le premier meurtre, qui rend possible tous ceux qui suivent, et il y a le dernier, qui vous fait revenir à la raison. Il s'appelait Évariste Quinn. Il n'a pas de tombe, son épouse ignore qu'il est mort. Si j'ai accepté de le tuer, c'était en pensant à elle dont il m'avait rebattu les oreilles et que j'avais envie de rencontrer. J'aurais pu le convaincre de disparaître, de quitter Lasciate pour toujours. Ce n'était pas un homme qui tenait à mourir, c'était un pragmatique qui voyait là l'unique issue à la situation dans laquelle il s'était fourré. Si je lui avais proposé une autre solution, il se serait jeté dessus. C'est ce que j'aurais fait si je n'étais pas devenu un tueur ravi de se débarrasser d'un rival – et d'un sale type, il faut le dire. Je ne suis plus ni un bienfaiteur ni un professionnel ; je suis un tueur en série qui choisit ses victimes en fonction de critères arbitraires. Clara, je ne l'ai pas tuée pour coucher avec elle.

Lorsque j'étais plus jeune, une série télévisée à succès avait pour héros un tueur en série psychopathe qui avait orienté ses pulsions pour ne tuer que des assassins. Il trouvait ses proies en travaillant au sein du département scientifique de la police criminelle. Au début de l'histoire, le type paraissait sympathique, heureux, équilibré, mais, après quelques épisodes, sa vie devenait un enfer et tous ceux qui lui étaient chers disparaissaient les uns après les autres. Je ne veux pas prendre le risque de tout perdre. J'ai déjà traversé cela. J'ai réussi à me refaire et j'y tiens. Ma vie est aussi bonne que je pouvais l'espérer. J'ai remonté la pente grâce à vous. Mais je dois tourner la page. J'ai assez d'argent pour profiter du temps qui me reste. Il m'est compté. »

Ni Jean ni Pat n'avait interrompu Tomas. Les silences qu'il avait laissé planer étaient restés vides. Quand il fut clair qu'il avait fini, Pat lui répondit.

« Nous nous y attendions, Tomas. Votre décision vous appartient et nous la respectons. Que pourrions-nous faire d'autre ? »

Il sortit un épais classeur de la serviette qu'il tenait à la main.

« Prenez ceci. Ce sont les fiches de ceux qui nous ont approchés pour avoir recours à vos services. Il y a trois catégories. Les rejets, dont les motivations nous sont apparues comme superficielles ou mensongères. Il y a des policiers parmi eux. Les « indécis », dont les dossiers étaient solides mais pas entièrement convaincants. Nous leur imposions un délai de réflexion d'un an avant de nous recontacter. Enfin, les « admis » sont ceux dont nous estimons qu'ils méritaient notre aide – ou plutôt la vôtre. Il y en a quatre cent vingt-trois. Nous les préviendrons que votre activité a cessé mais je tenais à ce que vous disposiez de ces dossiers dans l'hypothèse où vous changeriez d'avis, ou si vous constatiez qu'un ou deux cas méritaient que vous fassiez une exception.

— Il n'y aura pas d'exception, Pat.

— Je comprends. Lisez quand même le dossier soixante-treize si vous le voulez bien.

— C'est promis.

— Une dernière chose. Si jamais vous changiez d'avis et que vous contactiez certaines de ces personnes – leurs coordonnées figurent dans leur fiche –, sachez que nous ne leur avons rien facturé à ce stade. Il faudra y remédier le cas échéant. »

Tomas ne put s'empêcher de sourire en se retournant vers Pat.

Chapitre 22 – Le temps de l'innocence

Pour célébrer les débuts de leur nouvelle vie, Clara et Tomas organisèrent un dîner. Ils souhaitaient signifier aux amis de Tomas qu'ils seraient toujours les bienvenus chez eux. Clara savait qu'elle était tenue pour responsable de la fin de la carrière d'assassin de Tomas : comme beaucoup d'épouses, elle tenait à se faire pardonner ce que l'on reprochait à son conjoint. Elle avait longuement cuisiné, en s'inspirant des recettes découvertes en Europe : des *bruschettas* pour l'apéritif, un *goulasch* en entrée et une *choucroute* en plat principal.

Jean Bayle arriva accompagné d'Ernestine quarante-cinq minutes avant l'horaire prévu. Jean s'était trompé en lisant l'invitation. Ils avaient apporté une gravure représentant un décor de campagne pour Clara. Elle venait de leur grenier, mais Jean avait juré à Ernestine l'avoir achetée chez un marchand d'art. Il offrit à Tomas un jeu de cartes anciennes – acquis à prix d'or chez un antiquaire qu'il prétendit avoir trouvé dans un vieux meuble.

Tomas dit à Ernestine qu'il avait beaucoup entendu parler d'elle. Elle rougit et lança à son mari : « Quelles horreurs peux-tu bien raconter sur moi ? » Tomas réalisa alors qu'il ne savait rien d'elle. Présente dans tous les récits de Jean, vigie immobile et silencieuse, il n'était jamais question de ce qu'elle disait ou de ce qu'elle faisait. Tomas ignorait jusqu'à son apparence physique avant de lui ouvrir la porte. Il imaginait une femme petite et brune, gironde, aux traits ridés. Ernestine Bayle était élancée et élégante, plus grande que son mari. Ses cheveux blancs et ondulés lui tombaient sur les épaules. « Je ne dis que du bien de toi, tu le sais. » La conversation dériva vers la santé de leurs descendants, laissant aux autres invités le temps d'arriver.

Respectueuse des usages, Olga Linden, la meilleure amie de Clara, se présenta cinq minutes après l'heure du rendez-vous. Elle était issue d'une vieille famille patricienne lascebberote ; son arrière-grand-père et son grand-père avaient siégé au Conseil des Gouverneurs et son père avait essayé sans succès de les imiter. Elle avait conservé l'habitude d'un train de vie confortable – que son mari, Arthur, un radiologue au cabinet florissant, assurait pour elle – et l'obsession des bonnes manières. Elle ne parlait jamais des personnes décédées (hormis en famille), pénétrait toujours chez ses hôtes en foulant le sol du pied droit, aspirait bruyamment le bouillon servi au début des repas, ne coupait jamais sa salade avec ses couverts et souriait sans montrer ses dents.

Tomas avait découvert l'existence de ces codes de bonne conduite – et des mille autres qu'imposait l'étiquette de Lasciate – au cours d'une conversation avec Clara en Europe. Elle lui avait fait prendre conscience des impairs qu'il commettait au quotidien sans s'en apercevoir. Alors qu'il s'efforçait depuis des mois d'adopter l'accent des autochtones, ces maladresses révélaient son étrangeté et pouvaient mettre sa sécurité en péril. Tomas s'efforça de devenir irréprochable et, à chacune de ses rencontres avec Olga, il réclamait une leçon de savoir-vivre. Lors de leur précédente conversation, Tomas avait découvert que renifler ou tousser était considéré comme un acte plus répugnant encore que de cracher dans l'assiette de son voisin de table ; tout ce qui rappelait l'existence de germes et des maladies était banni.

Le mari d'Olga n'était pas venu. Arthur Linden avait deux maîtresses qui se relayaient pour assouvir son besoin de séduction. L'une d'elles l'encombrait plus qu'elle ne le satisfaisait. Anne Luberg était infirmière. Elle avait un beau corps de vingt ans mais ses quatre-vingt années de solitude aigrie se laissaient deviner dès qu'elle ouvrait la bouche. Anne ne s'était jamais mariée. Elle jalousait les autres femmes, qu'elle jugeait inférieures, et méprisait les hommes, dont elle ne parvenait pas à se faire aimer. Elle ne possédait ni curiosité ni sens de l'humour ni culture. Elle riait fort de ses propres plaisanteries. Arthur avait couché avec elle durant deux ans avant de lui laisser la parole au cours d'un dîner romantique. Jusque-là il voyait en Anne une professionnelle consciencieuse, compétente et pleine de douceur pour ses patients et une amante enthousiasmante. Depuis cette soirée où elle avait fait étalage de sa bêtise et de sa rancœur, Arthur avait du mal à tolérer sa présence. Il sentait cependant en elle une faille béante et une personnalité incontrôlable qui rendait la perspective d'une rupture plus terrifiante encore que l'ennui des soirées passées ensemble. Plus Arthur prenait ses distances, plus elle se montrait avide de preuves d'amour. Il avait profité de ce dîner chez Clara et Tomas pour inviter sa maîtresse au restaurant et s'offrir un sursis. La perspective de s'épargner le repas chez des amis d'Olga le consolait de cette soirée qu'il savait gâchée d'avance.

L'inspecteur principal Hastings sonna. Il tenait un bouquet de fleurs, ce qui fit froncer les sourcils d'Olga qui avait fait livrer, comme il était d'usage, ses tulipes en milieu de journée. Hastings avait aussi apporté une bouteille de vin. Si le public venait à apprendre qu'un fonctionnaire de police de son rang transgressait la loi sur la prohibition, il devrait démissionner.

Il connaissait bien Pat O'Mailly, qui fit irruption peu après, une bouteille de whisky à la main. Si Pat O'Mailly s'était posé moins de question qu'Hastings en piochant dans sa cave, il eut un mouvement d'arrêt lorsqu'il aperçut le fonctionnaire de police. « Cela complétera la bouteille de vin de l'inspecteur », glissa Tomas pour le rassurer. Pat salua Hastings d'un mouvement de tête. La femme de Pat, Hélène O'Mailly, n'était pas venue. Elle avait appelé Tomas à *L'Eldorado* pour lui expliquer qu'elle détestait voir son mari en dehors de leur foyer. « Il est différent, expliqua-t-elle à Tomas au cours de ce qui constituait leur première conversation. Vous me promettez de ne pas lui répéter ce que je vous dis ? Il ne parle pas de la même manière et ses gestes sont raides. Le regard qu'il porte sur moi me glace : la tendresse est remplacée par de l'agacement, voire de la gêne. C'est terrible. C'est gentil d'avoir pensé à moi mais je préfère passer mon tour. Mille excuses. Pardonnez mon absence auprès de votre compagne et passez une excellente soirée. Au plaisir de faire votre connaissance, Monsieur Fischer. »

Elle avait raccroché avant que Tomas ne puisse formuler une phrase. Il s'était tourné vers Sarah O'Mailly en souriant : « Votre mère a l'air charmante. Je suis sûr qu'elle prévoit toujours trop de gâteaux quand il y a des invités et qu'elle remplit vos poches de biscuits au moment du départ. » Sarah avait éclaté de rire. « Cela fonctionne aussi avec le ragoût de cochon du dimanche. Les deux-tiers finissent dans des barquettes qu'il est impossible de refuser d'emporter. C'est une anxieuse.

— Est-ce que vous seriez disponible pour dîner ? Nous n'obligerons personne à repartir avec les restes ! Les habitués de *L'Eldorado* pourraient tolérer une soirée de fermeture.

— Les habitués ne tolèrent pas que l'on bouleverse leurs habitudes. Mais je peux me faire remplacer. Ce sera un changement de routine acceptable. »

C'est ainsi que Sarah O'Mailly remplaça sa mère au pied levé. Elle arriva avec son père et une bouteille d'apéritif anisé.

Harold Purito avait trente minutes de retard. Il entendait protester ainsi contre le manque d'attention que lui témoignait Tomas depuis son retour d'Europe. Il n'avait revu Harold que deux fois : pour l'informer de son déménagement et pour le convier à ce dîner. Harold lui avait confié qu'il s'ennuyait. Tomas avait promis de revenir pour une partie d'échecs. Il n'avait pas tenu parole et il le regrettait. Il savait qu'au moment où Harold l'aurait mis mat pour la deuxième fois, il lui aurait demandé s'il arrêtait son activité. Tomas aurait répondu que oui. Harold aurait demandé si sa décision était définitive et ne souffrait aucune exception. Tomas ignorait ce qu'il répondrait à cela et il ne souhaitait pas donner l'impression qu'il savait où il voulait en venir. Harold était la fiche numéro soixante-treize.

Harold offrit *Madame Bovary* à Clara et un échiquier à Tomas, ce qui était doublement indélicat, mais les gens les plus tristes sont souvent les plus maladroits, ce qui n'arrange pas leurs affaires.

Clara distribuait les hors-d'œuvre et servait de la bière aux hommes et à Sarah, tandis que Tomas racontait leur voyage en Europe ; Sarah dressait un portrait tendre et drôle de ses clients les plus fidèles ; Hastings ne souhaitait pas s'étendre sur son travail, dans l'intérêt de tous les convives, mais il consentit à évoquer un braquage au cours duquel l'employé de banque avait réalisé que l'homme armé qui lui faisait face et qui communiquait au travers de mots rédigés sur des bouts de papier, était sourd, ce qui lui avait permis de déclencher l'alarme sans que le braqueur ne s'en rende compte. L'événement ne s'était pas déroulé à Lasciate et Hastings avait eu vent de cette anecdote en lisant la presse des années plus tôt. À Lasciate comme ailleurs, les alarmes installées dans les banques ne faisaient plus retentir de sonneries stridentes pour signaler une tentative de vol. Pat O'Mailly, qui avait entendu cette histoire racontée par d'autres, demanda combien de braquages réussis avaient précédé cet échec. Hastings répondit que c'était la cinquième attaque du sourd, mais la première qu'il réalisait seul. Le sourd avait commis ce péché d'orgueil parce que ses associés lui accordaient une part moins importante du butin, prenant prétexte de son handicap pour justifier leur pingrerie. Eux réalisèrent trois hold-up supplémentaires avant de disparaître pour toujours.

Hermann Hoering, le père de Clara, fit son apparition, avec une heure de retard. C'était le délai qu'il qualifiait d'amical. En deçà d'une heure, il n'était pas intime avec ses hôtes ; au-delà d'une heure, il ne les appréciait pas.

La goujaterie d'Hermann puisait sa source dans sa passion de la lecture. Préférant la compagnie des livres à celle de ses semblables, il retardait au maximum le moment de quitter les uns pour rejoindre les autres. Savoir qu'il passerait un *bon moment* ne lui rendait pas le départ moins pénible. Il comparait cet effort à la course à pied. Quand il courait, il se sentait en meilleure forme à la fin de son effort : détendu et dynamique, l'esprit serein et créatif. Pourtant, même lorsqu'il s'entraînait trois fois par semaine, il ne parvenait à enfiler son short et son tee-shirt qu'au prix d'un conflit intérieur intense. Ce tiraillement se reproduisait lorsqu'il devait poser son livre et mettre sa veste pour se rendre à un dîner. Hermann se comparait au chien Milou, soumis aux conseils de l'angelot et devant repousser les tentations du diablotin. Heureusement, il avait arrêté de courir dix ans plus tôt, ce qui lui permettait de consacrer toutes ses réserves de courage à sa vie sociale. Son ami, le docteur Pfenenbaum, doté d'un solide embonpoint, lui avait en effet affirmé que, si la course à pied avait des vertus mineures comme de faire fondre les graisses, elle pouvait aussi entraîner des désagréments majeurs, comme les douleurs au dos et aux genoux. Cette pratique sportive – et toutes les autres, ajoutait le docteur Pfenenbaum – ne procurait aucun avantage significatif en matière de confort ou d'espérance de vie. Rudy Pfenenbaum avait été radié de l'ordre des médecins de Lasciate pour ses recommandations déviantes mais Hermann continuait de le fréquenter à titre privé. C'est en évoquant les conseils du bon docteur Pfenenbaum et les tourments du brave Milou qu'Hermann anima le début du dîner.

L'inspecteur Hastings pratiquait le tennis avec certains collègues. « Courir m'ennuie. Je préfère jouer – à condition de gagner. » Son revers à une main et le respect des policiers de Lasciate pour l'autorité hiérarchique lui avaient permis de se sortir de parties bien mal embarquées. En plus des cinq heures de sport obligatoires pour tous les Lascebberotes de moins de deux cents ans, Olga se rendait dans une salle de musculation mais sa pratique pouvait être qualifiée, dans le meilleur des cas, d'irrégulière. Cela faisait cinquante ans qu'elle payait sa cotisation, et elle était fière de figurer parmi les cinq plus anciennes abonnées du club. Sarah O'Mailly pratiquait la course à pied le matin avant de lever le rideau métallique de *L'Eldorado,* ou le dimanche, mais elle préféra ne rien dire, convaincue que son intervention n'intéresserait personne et susciterait un froncement de sourcils de son père. Elle l'entendait lui dire en silence : « Pourquoi te sens-tu obligée de faire ton intéressante ? »

Les conclusions du professeur Hoering sur les cas de conscience suscitèrent des débats plus vifs. Tout le monde connaissait ce sentiment d'être écartelé entre ce qu'il pense être son devoir et ce qu'il sait être son désir. Pat O'Mailly fut le premier à intervenir :

« Que doit-on faire si l'angelot et le diablotin ne savent pas quelle est la conduite à adopter ? S'ils hésitent ?

— Vous avez des exemples en tête ? »

Jean Bayle prit la parole.

« Ils ne manquent pas. Est-ce l'angelot qui dicte à Antigone son comportement, ou bien est-elle encouragée par le diablotin qui veut semer le désordre à Thèbes ? Je verrais bien l'angelot se soumettre à l'autorité de Créon. »

Hermann poursuivit :

« Face à un dilemme, personne ne peut nous aider. Même une fois la décision prise, nous ignorons si elle était la bonne. Nous savons parfois lorsque nous nous sommes trompés, mais il est impossible d'être certain d'avoir eu raison. Est-on jamais sûr d'avoir choisi l'épouse ou le mari qu'il nous fallait ? Au moment du divorce, vous émettrez l'hypothèse que ce n'était pas la bonne personne – et pourtant l'on voit beaucoup de divorcés nostalgiques. Et si vous demeurez unis contre vents et marées, comment s'assurer que c'était le meilleur choix ? Vous vous êtes accommodé d'une situation dont vous ne saurez jamais si elle aurait pu être meilleure. »

C'est Ernestine Bayle qui rebondit :

« Il n'est pas possible de le prouver mais on peut posséder l'intime conviction que celui qu'on a choisi est le bon, sans le moindre doute. Un peu comme la foi : cela ne prouve pas l'existence de Dieu mais cela suffit à nos consciences humaines.

— Vous avez raison, chère Madame, et une telle conviction est le meilleur ferment du bonheur. Hélas, nous n'avons pas tous eu la révélation, ni pour Dieu ni pour le compagnon d'une vie. J'observe que nous sommes de moins en moins nombreux à espérer le rencontrer demain : les divorces se font rares. Nous sommes le seul peuple au monde à pouvoir expérimenter les combinaisons amoureuses avec une infinité de partenaires, et nous sommes celui qui s'y essaie le moins.

— Vous n'avez pas répondu à la question, observa Pat O'Mailly.

— Pour ma part, déclara Hastings, le premier critère que j'examine est celui du devoir. Me suis-je engagé dans un sens ou dans l'autre ? Le respect de la parole donnée est un impératif de premier ordre.

— Les vœux du mariage ne rentrent donc pas dans cette catégorie, osa Tomas en souriant.

— Dans un serment à deux, si l'autre se dédit, il ne vous reste qu'à repartir avec votre parole et votre honneur.

— Le problème reste entier en l'absence de promesse, souligna Harold, qui ouvrait la bouche pour la première fois.

Un deuxième critère pourrait consister à s'appuyer sur le passé pour guider nos actes à venir.

— Pour l'imiter ou pour mieux s'en dissocier ? Évitons de reproduire les erreurs d'hier. L'exemple du mariage est là encore excellent.

— Ces théories n'intéressent personne, dit Clara. Chaque situation est unique et chaque problème ne se pose qu'une fois. Comme le disait Ernestine, il faut chercher au fond de soi la réponse. Il ne s'agit pas d'avoir tort ou raison mais de déterminer ce que l'on veut.

— Tu as raison, ma chérie. Tu es la plus raisonnable, avec Ernestine. Les hommes pérorent, les femmes pensent juste. »

Après que Clara eut apporté la choucroute, Hermann Hoering reprit son sujet de conversation préféré : Lasciate et ses travers.

« La cuisine n'a qu'un seul secret : l'harmonie des mélanges. L'aliment le plus fin est condamné à décevoir sans vis-à-vis pour exalter ses saveurs. Toute recette qui n'évolue pas est vouée à fatiguer le palais. Si notre cuisine est triste, c'est parce que nous avons peur des échanges. Nous nous tenons loin du vaste monde et nous nous protégeons avec un excès de précautions contre les influences étrangères, trop jaloux de notre secret. Les bourgades les plus arriérées abritent un traiteur chinois, un restaurant français, un *kebab* turc, une *trattoria* italienne, un *sushi shop*. Chez nous, seul *Les Délices du Globe* accueille toutes ces cuisines qui se ressemblent autant qu'un asticot, un lampadaire, un confetti, une montre et de la guimauve. Y avez-vous déjà mangé ? Hélas ! Le cuisinier n'a jamais dépassé le désert de Lasci et il n'est pas certain qu'il soit déjà sorti des deux quartiers où se situent son restaurant et son appartement. Je ne sais pas si vous savez cuisiner, cher Tomas, mais votre présence ne peut que faire du bien à notre ville. Quoi qu'en pense le ministère de l'Intérieur. »

Hermann Hoering laissa planer un court silence. Face aux regards amusés qui se tournaient vers lui, Hastings se contenta de répondre :

« Je ne vois aucun porte-parole du ministère autour de la table.

— Tant mieux. »

Hermann Hoering reprit le fil de sa diatribe antipatriotique.

« L'autre domaine dans lequel nous atteignons des sommets de nullité, et là nous dépassons allégrement les limites de l'atmosphère, c'est celui de la littérature. Le mal est plus profond encore. Ce qui manque cruellement aux derniers plumitifs qui ont encore le courage d'aligner des mots sur des centaines de pages en échange d'une rémunération dérisoire, c'est le questionnement. Ils ne connaissent ni le mystère de la vie ni l'angoisse qu'elle suscite. Nous n'avons plus peur de rien, hormis de déranger nos voisins. Comment voulez-vous faire de la littérature sans bruit après vingt-deux heures ?

— Aucun écrivain lascebberote ne vaudrait la peine d'être lu ? Il y a tout de même Louis Bregos, notre Prix Nobel.

— Ce qu'il a écrit il y a un siècle, oui. Il décrivait un monde sur le point de disparaître, le Lasciate des temps mortels, qui s'évanouissait sous nos yeux. Mais depuis son Nobel – depuis 1935 ! – il n'a plus rien fait de bon. Il ressasse les mêmes idées, sans parvenir à en inventer de nouvelles et sans comprendre le monde dans lequel nous vivons.

— Quand j'étais plus jeune, dit Tomas, j'adorais la poésie : Mallarmé, Pessoa, T.S. Eliot. Ces yeux qui dévoilaient un monde que j'ignorais jusque-là m'envoûtaient. Je lisais aussi des essais. Tout m'intéressait ! Quant aux romans, j'en lis lorsque j'ai envie de me divertir, comme je regarde un téléfilm.

— Chez nous, la poésie est mièvre, empâtée, sans saveur. Et les essais ! On n'avait pas prévu que la fin de la mort signifierait la mort de la pensée. C'est pourtant ce qui s'est produit. Après avoir pullulé quand il a fallu imaginer les conséquences de l'apparition de l'immunité, nous avons observé des décennies plus tard que nos plus éminents intellectuels s'étaient plantés dans les grandes largeurs. Ce n'aurait pas dû être grave. Cela arrive tout le temps. Mais pour leur malheur, ces grands penseurs étaient encore là quand, cent ans après leurs prophéties, toutes leurs analyses ont été disqualifiées. On leur demanda des comptes. Ils pouvaient contempler leur disgrâce, et même l'analyser si l'envie leur en venait. Les plus orgueilleux ont justifié leurs échecs et élaboré des théories nouvelles, aussi fumeuses et bien pensées que les précédentes, aussi abstraites et désincarnées, incapables de saisir ce qui se produisait dans le quotidien des gens. Personne n'a su expliquer l'ennui qui s'est emparé de notre ville, cette manière que nous avions de *mourir à petit feu* depuis que nous étions immortels. Les plus raisonnables ont pris acte de leur incapacité à comprendre le monde et à en prédire l'évolution ; ils ont trouvé un nouveau gagne-pain plus proche de leurs compétences : fonctionnaire ou commerçant. »

Après un bref silence, Sarah invita Hermann à venir découvrir *L'Eldorado* pour changer d'avis sur « la mort de la pensée ». « C'est le dernier bar de la ville où se produisent des philosophes en herbe plus que centenaires dont l'imagination ne tarit jamais, stimulée par les verres de gentiane et les demis servis à l'abri du comptoir. » Cette fois, personne ne regarda Hastings. Hermann sourit : « L'interdiction de l'alcool a fait plus de mal à la littérature que l'abolition de la mort, vous avez raison. » Il commençait d'en subir les effets : ses joues étaient rougies et son élocution ralentie.

Tomas décrivit les « cafés-philosophie » qu'il avait fréquentés quand il était étudiant à Joubeville. Il évoqua leurs vertus – « les rencontres impromptues, les débats stimulants, les idées nouvelles » – et leurs écueils – « les conversations circulaires, les monologues confus, la bêtise vaniteuse et la vanité bête ».

Clara l'écoutait en souriant. Tout se passait bien. La parole circulait avec fluidité et, quand elle était monopolisée par son père, l'auditoire restait attentif ; les commentaires sur le repas étaient élogieux ; les plaisanteries étaient légères, jamais méchantes ; des connivences imprévues naissaient, entre Olga et Pat, entre Sarah et Hastings, entre Jean et son père, et les efforts d'Ernestine pour dérider Harold furent couronnés de succès. Elle avait imaginé cent fois ce repas, passant en revue les scénarios les plus catastrophiques, de l'annulation de dernière minute de son père au suicide d'Harold, en passant par l'arrestation de Pat, Jean et Tomas. Le déroulement du dîner ressemblait au scénario idéal dont elle osait à peine rêver.

Au moment du dessert, Tomas annonça que Clara et lui allaient se marier. Il avait fait sa demande un mois plus tôt au *Belvédère*, là où ils s'étaient rencontrés pour la première fois. Il avait commandé une boisson pétillante jaunâtre au goût de raisin ressemblant un peu à du champagne et il avait sorti la petite boîte qui contenait la bague de fiançailles. Clara avait eu un temps d'arrêt, qu'elle avait essayé de dissimuler. Elle avait pensé à Évariste et à Alexis. Avait-elle envie de repasser par là ? De connaître à nouveau le bonheur puis l'abandon, la douleur de la perte, la trahison de ceux qui meurent avant vous ? C'était écrit : en se mariant, elle devenait une future veuve. Mais c'était déjà la voie qu'elle avait choisie en faisant entrer Tomas chez elle. Comme toujours lorsqu'elle était confrontée à de *grandes décisions*, elle réalisait qu'elle les avait déjà prises. Elle embrassa Tomas, lui sourit avec les dents et le remercia « pour tout ça ».

L'annonce de Tomas fut suivie d'applaudissements, d'embrassades joyeuses et de vigoureuses accolades. Le père de Clara était le seul déjà au courant. À Lasciate l'accord du père de la mariée était obligatoire pour toute union. Jean et Ernestine, puis Olga, évoquèrent le souvenir de leurs mariages respectifs, en mettant l'accent sur les mésaventures, les incompréhensions et les disputes qui avaient émaillé leurs préparatifs et leur déroulement.

Tout le monde se quitta de bonne humeur. Tomas s'était retenu de plaisanter sur le fait qu'il restait deux veufs à marier. Clara l'avait prévenu que s'il se laissait aller à ce genre d'humour, elle romprait aussitôt les fiançailles.

Il ne restait plus à Tomas et Clara qu'à attendre un an. La loi lascebberote imposait que deux années s'écoulent avant qu'une personne soit définitivement considérée comme disparue et que son conjoint puisse se marier à nouveau.

Chapitre 23 – Noces

Tomas gardait un mauvais souvenir de son premier mariage. Il avait laissé Céline s'occuper de tout. Elle le lui avait reproché et, sous ce prétexte, il n'avait obtenu gain de cause sur aucune des décisions qui lui importaient. Céline avait choisi un ancien château et dressé une liste d'invités de deux cents personnes. Pour équilibrer le budget, les deux postes de dépenses auxquels Tomas tenait le plus – la nourriture et la musique – avaient donc été sacrifiés : le menu était décevant – saumon trop gras, pintade trop sèche, pièce montée trop sucrée – et le *disc-jockey* était parti à deux heures du matin, sonnant le glas de la fête. Toute la soirée, Tomas avait lutté contre la colère que suscitait l'impression de subir cette cérémonie. Il avait *raté* cet événement fondamental. Quand le souvenir de ce mariage lui venait à l'esprit, il le chassait au plus vite.

À Lasciate, il prit donc en main les préparatifs. Les questions d'organisation laissaient Clara indifférente. Ce mariage ne revêtait pas la même importance pour elle que le premier. Ses sentiments n'étaient pas ceux qu'elle éprouvait vingt ans plus tôt. Évariste était l'élu, celui qui allait lui faire découvrir le monde et la révéler à elle-même. Tomas avait dissipé les illusions de cette Clara-là. Tout en la bordant pour la consoler, il lui expliquait que ce n'était pas si grave et qu'il fallait faire avec – ou plutôt sans : avec courage et sans illusion, avec de la joie mais sans euphorie, avec de l'espoir mais sans idéalisme.

L'essentiel était qu'il soit présent. Au réveil, le soir, les dimanches, la présence de Tomas lui était nécessaire. Évariste n'avait pas besoin d'être là, il lui suffisait d'exister. Il était son mari, il était beau, riche et fort, cela la comblait et l'inspirait. Tomas n'était que Tomas, c'était assez. C'était dans l'ordre des choses qu'il règle les problèmes matériels, du choix du traiteur aux dates de la cérémonie en passant par les plans de table – il y aurait peu d'invités mais Tomas tenait à ce que chacun sache sur quelle chaise il lui reviendrait de s'asseoir ; il insistait sur ce détail sans que Clara comprenne pourquoi.

Tomas choisit Harold Purito pour témoin. Il incarnait le passeur entre sa vie d'avant et celle d'aujourd'hui. Harold était le seul Lascebberote qu'il connaissait avant la mort de ses enfants. Il lui avait permis de traverser la rive invisible qui interdit l'accès de la ville aux *Kouffoys* et de reprendre pied au moment le plus douloureux de son existence. Tomas voulait lui rendre la pareille. Il s'offrait aussi un sursis : on ne demande pas à celui qui vous propose d'être son témoin de mariage de vous tuer. En dépit de sa dépression et de la mauvaise humeur qu'il affectait en présence de Tomas, Harold ne fut pas capable de dissimuler sa joie et sa fierté quand Tomas lui annonça la nouvelle. C'était la première fois qu'il se voyait confier cette responsabilité. Lorsqu'il avait épousé Élisabeth, il avait choisi son grand frère, Daniel, comme témoin. Daniel était déjà marié. Il était mort à quarante-cinq ans, une vingtaine d'années avant que l'immunité n'apparaisse. Personne n'avait estimé, au jour de se marier, qu'Harold figurait parmi ses meilleurs amis. Il avait un filleul, Charles, le fils de Daniel, mais ils n'avaient jamais tissé de lien étroit. Harold appelait Charles pour lui souhaiter son anniversaire et ils partageaient un déjeuner au moment des fêtes de Noël. Charles avait trois enfants, cinq petits-enfants et deux générations supplémentaires de descendants qui suscitaient davantage son intérêt que ce vieux parrain solitaire. Depuis trois ans, Harold était aussi parrain d'enfants nés en Europe et en Amérique dont les parents avaient fait escale dans ses hangars et s'y étaient rencontrés. Il recevait des photos du bébé et une lettre le remerciant. Harold conservait chacun de ces courriers dans une boîte rouge en métal.

Harold se pencha aussitôt sur le déroulé de la cérémonie. Il voulait connaître le rôle qui lui était dévolu, le temps qui était imparti pour son discours, la configuration de la salle, la décoration et le choix du photographe. Il donna son avis sur le traiteur et le fleuriste. Tomas promit de suivre ses conseils autant que leur budget et les goûts de Clara l'y autoriseraient. Il avait le sentiment réconfortant d'avoir retrouvé un ami.

Tomas n'avait pas abordé le sujet qui le préoccupait le plus. Plusieurs femmes avaient récemment contracté des mariages blancs avec de riches *Kouffoys* qui avaient ainsi acquis la nationalité lascebberotes et le droit d'être immunisé. Dès le processus d'immunisation achevé, ils avaient disparu de la ville. Les services de renseignement alertèrent le ministre Curmary qui décida de circonscrire le problème. Les milliardaires, qui avaient rejoint leurs femmes et leurs enfants dans leur pays d'origine, furent retrouvés morts dans leur sommeil. Seule la trace infime d'une piqûre à la base du cou aurait permis de déceler le savoir-faire des agents de l'action extérieure de Lasciate. Leurs épouses lascebberotes furent arrêtées. Un communiqué de presse du ministère mentionna « des cas de mariages blancs déjoués grâce au travail exceptionnel des forces de police de Lasciate ». Enfin, les règles s'appliquant aux mariages mixtes furent réformées. Curmary proposa de créer des périodes probatoires de cinq ans avant tout mariage mixte et de vingt ans ensuite pour acquérir la nationalité lascebberote – condition indispensable pour accéder à l'immunité.

Tomas s'inquiétait de devoir attendre plusieurs années supplémentaires pour vivre légalement à Lasciate. Depuis qu'il habitait chez Clara, il ressentait la crainte permanente d'être arrêté. Au *Voyageur* et dans son hangar, il se sentait en sécurité, dans cette bulle d'illégalité que la société lascebberote tolérait dans sa périphérie. Dans les bas-fonds, personne n'est arrêté pour des fautes mineures. Tomas était alors un assassin ; son absence de titre de séjour le laissait froid. Maintenant qu'il habitait le centre-ville et que son quotidien se résumait à des promenades dans les rues trop larges de Lasciate et des courses au supermarché, il se sentait vulnérable et menacé.

Pour organiser le mariage avant que la réforme de Curmary ne soit adoptée, il aurait fallu qu'Évariste soit déclaré mort. Tomas envisagea de faire ressurgir son cadavre mais cela signifiait revenir sur la parole donnée ; il s'était engagé à le faire disparaître. Tomas demanda conseil à Hastings.

« Vous devez alerter les médias. Personne ne parle de cette loi parce qu'elle ne concerne personne. Si une femme et un homme, beaux et sympathiques, qui ont traversé de terribles épreuves et trouvé la force de se reconstruire, sont touchés, alors on s'y intéressera. Vous passerez bien à la télévision. Il faudra inventer un récit qui colle au plus près de la réalité. Vous vous êtes connus sur un forum de parents ayant perdu leur enfant. Vous avez conversé durant des nuits, partagé vos souffrances et vous avez fini par vous rencontrer. Coup de foudre. Vous êtes veufs, ou presque, vous vous plaisez, cela suffit. Inventez le moins possible et prévenez vos proches pour qu'ils apportent tous les détails qui rendront crédibles votre conte de fées. Évitez d'impliquer Pat O'Mailly. Son nom est un repoussoir. Tout le monde connaît un proche qu'il a racketté. On se demandera comment – et pourquoi – vous l'avez connu.

— En tuant son meilleur ami. »

Tomas rentra à Joubeville pour la première fois depuis cinq ans. Il se réinstalla dans son appartement. Les meubles étaient couverts de poussière et les placards envahis de crottes de souris ; pour le reste, rien n'avait changé. Il rassembla des preuves de sa vie sur place. Il ouvrit un compte bancaire, régla ses factures et se rendit dans des musées et au cinéma. Il conservait les billets d'entrée. Il trouva un emploi d'intérimaire dans un magasin de meubles. Il se rendit sur la tombe de Céline et des enfants. Elle était propre et fleurie. Il se promit d'adresser un mot de remerciement à Marc. Il ne le fit pas. Chaque année, à la date anniversaire de l'enterrement, il y pensait. Il avait acheté une carte. Elle était restée dans un tiroir. Il était trop tard. Les remords s'espaçaient et se faisaient plus légers. Il ne reprit contact avec personne. Il évita les cafés et les magasins où il avait l'habitude de se rendre. Trois semaines plus tard, il repartit à Lasciate, muni d'un visa touristique. Il leur restait trois mois avant l'adoption de la réforme par l'Assemblée des Représentants du peuple.

Le soir de son retour, ils dînèrent à *L'Esplanade*, l'un des meilleurs restaurants de la ville, sur l'immense place Amaro Corti. Clara tendit à Tomas une boîte de la forme d'un étui à lunettes. « C'est un cadeau. » Tomas ouvrit l'objet qui contenait un test de grossesse sur lequel était inscrit « Enceinte de quatre semaines ! Félicitations ! » Tomas se demanda comment réagissaient celles dont la grossesse n'étaient pas désirée face à ce message enthousiaste. Il rit. Il embrassa Clara en balbutiant « Ça alors ! » Un sourire resta planté au milieu de son visage durant tout le repas. Clara était rassurée.

« Je ne compte pas l'élever seule. Soit nous nous marions, soit je ne le garde pas. »

Pour Tomas, il était hors de question de renoncer à cet enfant. Il enserra la main de Clara.

« Tout est prêt. Le mariage aura lieu comme prévu, je te le promets. Le bébé va nous aider. Il faudra simplement accepter de se mettre en avant. »

Tomas lui expliqua le plan d'Hastings. Clara n'aimait pas l'idée d'attirer l'attention sur eux. Toute publicité lui semblait dangereuse. Tomas était d'accord avec elle mais il réussit à la convaincre que c'était leur meilleure carte.

Sur le chemin du retour, Tomas avait peur qu'une voiture ne le renverse ou que la branche d'un arbre ne s'écrase sur son crâne. Il avait connu cette sensation quand Céline avait été enceinte pour la première fois. Un enfant allait avoir besoin de lui : il était *précieux* pour autrui. Donc fragile. La première fois, il avait échoué à protéger ceux qui lui faisaient confiance. Ses yeux se mouillèrent et il resta silencieux jusqu'à leur maison, où il put se servir un verre de vin « pour fêter ça ». Clara s'endormit dans le canapé tandis que lui demeura dans le fauteuil à l'observer. Il avait peur pour elle. Il aurait voulu lui demander d'arrêter de travailler, de rester à la maison jusqu'à l'accouchement. Il savait qu'elle refuserait. Il la prit dans ses bras et l'emmena se coucher avant d'avoir fini la bouteille. Il devait être raisonnable maintenant.

Tomas et Clara retrouvèrent Nigel Bayle dans un café sans charme de l'avenue Hans Blanz – l'artère piétonne qui traversait le centre-ville. Nigel Bayle était chef de rubrique aux *Nouvelles de Lasciate.* C'était aussi le petit-fils de Jean Bayle. Hans Blanz était quant à lui un ancien gouverneur de Lasciate, au pouvoir du temps où l'immunité était apparue. Il était resté en fonction durant cinquante-quatre ans mais, à l'époque, aucune solution n'existait contre les maladies neuro-dégénératives. Lors des dernières années de son mandat, Hans Blanz ne parvenait plus à reconnaître la moitié du Conseil des ministres ; on avait fini par l'installer dans une maison de repos sécurisée car les rares propos cohérents qu'il articulait révélaient des secrets d'État. On avait donné son nom à l'avenue principale de la ville cinquante ans plus tard, quand tout le monde avait commencé à l'oublier. Peu de Lascebberotes savaient qu'il était encore vivant et Hans Blanz lui-même ignorait qu'il se nommait Hans Blanz.

Nigel Bayle s'était montré amical. Il les avait écoutés d'un air pénétré et avait saisi les perches qu'ils lui tendaient en posant les questions auxquelles ils s'étaient préparés. Il ne les avait jamais mis en difficulté. Tomas se demanda si son grand-père lui avait donné des consignes ou s'il était conciliant par nature.

Deux jours plus tard leur interview était publiée sous le titre « *Une loi contre l'amour* ». La corporation journalistique aimant se montrer plus progressiste que le peuple qu'elle se faisait fort d'éduquer, l'histoire de ce veuf *Kouffoy* auquel on interdisait le mariage suscita leur enthousiasme. La grossesse de Clara accentua la compassion du public. Ils étaient beaux sur la photographie qui accompagnait l'article. Harold truqua ses registres pour corroborer le récit de Tomas. Le père de Clara fournit un témoignage émouvant sur cette relation qui avait fait tant de bien à sa fille. « Il n'aimerait pas que je dise cela, mais sans Tomas, je ne suis pas sûr que Clara et moi serions encore ici. On a beau savoir que la vie est un don précieux, le désespoir vous mène à des pensées terrifiantes. Tomas nous a sauvés, oui », déclara-t-il sur *L1*, la chaîne d'information du pays. Puis il essuya une larme que personne n'avait vu apparaître, la voix étranglée par l'émotion que suscitait en lui sa performance.

Alicia Skorda, la fonctionnaire du BILLE qui avait reçu Tomas cinq ans plus tôt, reconnut son visage à la télévision. Elle avait depuis été mutée au sein du ministère des Affaires étrangères. Elle voulut contacter le ministère de l'Intérieur pour leur signaler que l'homme mentait et qu'il cherchait déjà à s'installer à Lasciate plusieurs années auparavant. En commençant d'écrire un message à son successeur au BILLE, elle se souvint que le ministre des Affaires étrangères, Tobias Zorn, haïssait Curmary et faisait tout pour l'empêcher d'accéder au poste de Gouverneur. S'il apprenait qu'Alicia Skorda avait aidé son ennemi à s'extirper d'une situation difficile, sa carrière connaîtrait un coup d'arrêt durant un siècle au moins. Alicia Skorda frissonna. Elle supprima le courriel qu'elle avait commencé d'écrire et éteint son téléviseur. Le plus prudent était de ne rien faire, comme souvent.

Curmary était inquiet ; il redoutait que son intransigeance ne lui coûte son poste de Gouverneur mais il craignait aussi les conséquences d'un recul sur son image d'homme d'État.

Un matin, son directeur de cabinet, Ernst Jacob, entra dans son bureau, le visage radieux. Ernst Jacob souriait plus rarement encore que Curmary et depuis deux semaines qu'enflait la « polémique des amoureux » comme l'avaient baptisée les médias, il n'avait pas défroncé ses sourcils.

« La presse nous offre enfin un motif d'espoir, Monsieur le ministre. Dans une interview aux *Nouvelles* ce matin, Monsieur Fischer affirme ne pas réclamer la nationalité lascebberote mais le droit d'épouser Clara et de vivre avec elle et leur futur enfant. Un compromis acceptable semble possible. »

Le soir, Curmary annonça à la télévision que les mariages mixtes seraient autorisés un an après la déclaration de fiançailles ou dès que la future mariée serait enceinte. Il maintenait en revanche la durée de vingt ans après le mariage pour obtenir la nationalité lascebberote. « Lasciate est une cité où l'amour doit rester libre et sans frontière. Et, parce que l'amour est pour nous si important, il semble essentiel de dissocier l'amour et la nationalité. C'est la meilleure façon de concilier la pureté de l'amour et celle du patriotisme lascebberote. ». Les journaux saluèrent « une solution de bon sens qui souligne le rôle décisif des médias dans le bon fonctionnement de notre démocratie ».

Tomas avait lancé un cri de victoire devant son écran. C'est lui qui avait décidé de renoncer à la naturalisation, Clara était contre. Tomas n'était pas sûr de souhaiter l'immunité. Il avait rencontré tant de Lascebberotes désespérés de ne pas pouvoir mourir. Vingt ans, cela lui laissait le temps de mûrir sa décision.

Le mariage se déroula trois mois avant le terme de la grossesse. Il ne fallait prendre aucun risque : aucun alcool ne fut servi. Hastings et Pat O'Mailly déclinèrent l'invitation et signèrent le même billet de réponse : « Votre amitié nous touche. Ne prenez pas notre absence pour de l'indifférence mais bien comme un témoignage d'affection et de prudence. »

Le 31 mai, la cathédrale Saint-Lazare-de-Lasciate accueillit son premier mariage de l'année. Pat O'Mailly et l'inspecteur Hastings se mêlèrent aux badauds au fond de l'église. La réception organisée dans l'arrière-salle de *L'Esplanade* rassembla dix convives : les mariés, Harold Purito, Olga et Arthur Linden, Jean et Ernestine Bayle, le père de Clara et un couple d'amis de Clara, Octavio et Mary Chellais. Octavio était haut-fonctionnaire au ministère de la Santé et Mary professeur de médecine à l'université de Lasciate. Octavio était un ami d'enfance d'Évariste. Ils se demandaient ce qu'ils faisaient là mais ils demeurèrent souriants et courtois toute la soirée.

En les voyant occuper les chaises prévues pour l'inspecteur Hastings et Pat O'Mailly, Tomas réalisa que sa vie ne serait plus jamais simple. Les décisions qu'il avait prises l'avaient conduit dans cette situation où il était heureux – plus qu'il ne l'aurait espéré – mais où il devait se montrer prudent. Il n'aurait jamais imaginé devoir se méfier de la police pour éviter la prison ou donner des interviews à la presse pour obtenir le droit de se marier et d'élever son enfant. Il n'avait aucun regret et il n'avait pas peur ; il espérait seulement que cela se finirait bien.

Chapitre 24 : La vie devant soi

Clara et Tomas prirent rendez-vous le lundi 1er septembre à neuf heures trente à la maternité de l'hôpital Jonathan Moore. Tous les accouchements étaient programmés sous forme de césarienne. L'hypothèse d'un accouchement par voie basse n'était évoquée que comme un risque en cas de naissance prématurée. C'était « inutilement douloureux » et « bêtement dangereux ».

À dix heures, Jak était né. Il ne cria pas. Il ouvrit les yeux puis se jeta sur les seins de sa mère, avant de passer près de quarante-huit heures à dormir. Clara resta alitée une semaine. Tomas lui faisait la lecture ; le plus souvent, ils se tenaient la main en regardant Jak somnoler. Dès que Tomas essayait de changer les couches, d'habiller ou de donner le bain à son fils, une sage-femme surgissait pour lui prendre l'enfant des bras. Ce n'était pas un travail d'homme, lui expliquait-on. Quand Jak criait, il lui tendait son auriculaire que celui-ci suçait avidement. Il était heureux de sentir ce doigt aspiré, fier de ce lien qui se créait entre son fils et lui. Il regardait avec bonheur le visage congestionné du nourrisson dont les lèvres se refermaient sur son doigt comme une ventouse.

Avec ses premiers enfants, Tomas s'était senti enfermé par sa paternité. En prenant Léo dans ses bras pour la première fois, il avait pensé : « Je ne serai plus jamais seul. Je ne serai plus jamais libre, je ne pourrai plus jamais tout envoyer valser et disparaître ». La seule image qui l'avait rassuré face à l'étouffement qui le gagnait était l'habitacle de son camion. Il avait hâte de regagner cet espace protégé du monde et de ses dangers. Depuis, il s'était retrouvé seul, sans attache, libre. Désespérément libre. C'était bien pire. Avec Jak, tout était différent. Rien ne l'excitait plus que la perspective de le voir grandir heure après heure, jour après jour. L'idée de ne jamais détourner son regard de son fils l'enchantait. Les regrets qui l'avaient accablé à la mort d'Elsa et Léo lui revenaient en mémoire. Il avait pleuré en réalisant ne pas se souvenir de la dernière fois qu'Elsa s'était endormie dans ses bras. Quand cela se produisait, il la déposait rapidement dans son lit, soulagé de disposer de *temps pour lui*. Il n'avait compris que plus tard qu'il n'existait pas de meilleure façon de faire usage de ce temps qu'en serrant son enfant contre son corps.

Jak était un bébé facile. Il se réveillait une fois par nuit pour téter et se rendormait dès qu'il avait fini. Dans la journée, il observait le monde en silence, avec une prédilection pour les plafonds qu'il fixait longuement, surpris par ce ciel artificiel qui lui bouchait l'horizon. Il pleurait quand il avait faim et refusait de dormir seul. Quand il était dans les bras d'un adulte, il s'apaisait et répondait par des sourires aux baisers qu'on lui distribuait.

Seules les soirées étaient pénibles. Dès le crépuscule, Jak s'agitait sans que l'on puisse le calmer. Léo avait été le jouet des mêmes crises. Les yeux exorbités, il hurlait aussi fort que ses organes le lui permettaient, dominé par une terreur irrationnelle et incontrôlable. Après trois mois, ces pleurs avaient disparu et Tomas n'y avait plus repensé. Ce n'est qu'en revoyant Jak secoué de hoquets de panique qu'il imagina qu'il avait peur de la mort et que, dès le premier jour de sa vie, Léo appréhendait déjà la fin. Peut-être sentait-il qu'elle était proche. Lorsque Jak criait, Tomas détournait le regard vers les arbres du jardin que la pénombre enveloppait : Léo avait dû émettre le même son lorsque la voiture avait basculé du pont.

Dès qu'il eut trois mois, Jak accepta aussi sans broncher la tombée de la nuit à condition d'être dans les bras de ses parents. Il s'endormait, recroquevillé contre eux, le sourire aux lèvres.

Tomas se promena avec Jak dès le premier mois. Clara n'imaginait pas que cela soit possible : les bébés lascebberotes ne quittaient pas leur foyer avant leur premier anniversaire. Le monde extérieur était plein de dangers : prendre son enfant dans les bras au-dessus d'un carrelage était une preuve d'audace, l'emmener dans la rue affronter le bitume, les arbres et les voitures au ralenti relevait de l'inconscience. Lorsqu'il portait Jak en écharpe, comme il l'avait fait pour Léo et Elsa, Tomas aimantait le regard des passants. Clara, à ses côtés, se plaignait en souriant : « Je suis devenue invisible, il n'y en a que pour vous ! » Le visage poupon de Jak suscitait l'attendrissement des femmes qui s'exclamaient « Qu'il est petit ! » La « polémique des amoureux » les avait rendus célèbres. Cette notoriété et la présence de Jak dans ses bras conduisaient de nombreux passants à leur adresser la parole comme s'ils les connaissaient personnellement. Il s'agissait de propos anodins – comment s'appelle-t-il ? – parfois d'encouragements – bravo pour votre combat ! – mais le plus souvent de conseils plus ou moins bienveillants – « Faites attention à sa tête », « Il doit avoir froid », « Il a faim », « S'il pleure c'est qu'il veut rentrer. » Tomas croisait aussi des regards hostiles dont il ne savait pas s'ils s'adressaient à l'étranger indésirable ou au père inconséquent. Tomas baissait les yeux par prudence.

Les femmes n'étaient pas autorisées à travailler dans les six mois qui suivaient l'accouchement. Elles pouvaient prolonger leur congé jusqu'au troisième anniversaire de l'enfant en bénéficiant de 90 % de leur revenu antérieur. « Il n'y a rien de plus cher que la vie », affirmait le ministère de la Natalité. Clara reprit son emploi dès qu'elle le put ; elle était soulagée de laisser Tomas s'occuper de Jak. Les gestes qu'elle répétait – les changes, les comptines, les tétées – la ramenaient vingt ans en arrière, quand elle berçait Alexis. Pour combattre ces souvenirs, elle avait aménagé la chambre de Jak dans une nouvelle pièce et elle avait choisi des vêtements qui ne ressemblaient à rien qu'Alexis ait pu porter. Elle aurait préféré une fille ; elle avait pleuré quand la sage-femme lui avait présenté Jak en annonçant que c'était un garçon. Tomas n'avait rien dit. Son aîné était aussi un garçon. Clara tirait son lait chaque jour dans son arrière-boutique et confiait les stocks à Tomas pour qu'il puisse nourrir Jak dans la journée. Le ministère de la Santé imposait le lait maternel comme « aliment exclusif » pendant six mois, puis comme « source alimentaire principale » jusqu'à deux ans.

Durant les premiers jours que Tomas passa seul avec Jak un incident survint tandis qu'ils se trouvaient sur un banc, dans un square non loin de chez eux. C'était la fin de l'hiver, le temps était humide et froid et le ciel était voilé. Il donnait le biberon à Jak quand un homme s'était approché de lui.

« Qu'est-ce que vous faites-là ? » Jak avait sursauté et s'était tourné vers l'inconnu qui se tenait devant eux. Celui-ci était démesurément grand et son visage était agité de tics nerveux. Il était brun, les cheveux bouclés et portait une barbe de deux semaines. « Il fait trop froid et il est trop petit pour rester dans ce parc. Il va pleurer. Vous voulez le tuer aussi, votre bébé ? Vous ne pensez pas que vous avez fait assez de mal comme ça ? » Le ton menaçant de l'homme effraya Jak qui se mit à pleurer. « Je vous l'avais dit ! Vous ne l'emporterez pas au paradis. De toute façon, vous n'en avez plus pour longtemps. Vous ne serez jamais des nôtres, vous ne serez jamais immortel. »

L'inconnu cracha à côté du banc, aux pieds de Tomas, puis il repartit dans la direction par laquelle il était arrivé. Tomas était resté figé et silencieux. Son rythme cardiaque s'était accéléré. Il inspira profondément pour se calmer. « Ce n'est qu'un fou, pensa-il, il a dû voir mon visage à la télévision. Ou il n'aime pas les nourrissons. » Il rentra dès que Jak eut fini son biberon. « Il a raison, il fait froid. » Jamais plus il ne vint s'asseoir dans ce square. Il ne parla à personne de cette rencontre.

Chapitre 25 : Le grand incendie

Harold Purito fut réveillé par le vacarme. Il aperçut l'incendie depuis sa fenêtre et se précipita dehors. Le terrain qui accueillait les hangars était désert. La fumée et la chaleur empêchaient Harold de s'approcher. Sa voix était couverte par le bruit des flammes. Les pompiers arrivèrent six minutes après son appel. Il leur fallut trois heures pour circonscrire le feu. Ils ignoraient que des femmes et des hommes se trouvaient à l'intérieur. Huit adultes et sept enfants dans le premier hangar, et dix adultes et deux enfants dans le second. Toutes les chambres étaient occupées.

Même si aucun Lascebberote ne comptait parmi les victimes, l'émotion publique fut vive, stimulée par l'indignation de découvrir que des *Kouffoys* vivaient clandestinement à Lasciate. Le jeune et prometteur commissaire Pozzi se vit confier l'enquête. Pozzi avait soixante-dix ans à peine. Il avait été major de sa promotion à l'école de police, trente ans plus tôt. Investiguer sur l'événement le plus meurtrier de l'histoire de Lasciate depuis deux siècles était la chance de sa vie.

L'incendie était d'origine accidentelle. On retrouva des mégots dans les débris. Le pétrole présent dans les entrepôts avait accéléré la propagation du brasier. Tous les corps étaient dans les chambres. Les enfants étaient encore dans leurs lits. Un homme avait essayé d'abattre une cloison pour s'échapper : les traces de ses coups étaient encore visibles mais le mur avait tenu bon.

Les hangars appartenaient à Robert Espalio. Il s'agissait d'un tétraplégique décédé depuis sept ans, la deuxième victime du *Suicitueur*. Le commissaire Pozzi sollicita l'inspecteur principal Hastings afin de savoir si le *Suicitueur* pouvait être à l'origine du drame. Hastings le reçut froidement. Il n'aimait pas ses collègues, en particulier la jeune génération, qui ne buvait pas et se montrait arrogante et moralisatrice. Il lui répondit que n'importe quel délinquant avait pu profiter du décès médiatisé de Robert Espalio pour usurper son identité.

Harold Purito fut le premier à être interrogé. Il était décomposé. Au cours de l'entretien, il resta hagard. Il répétait « C'est horrible. Les flammes étaient si hautes, on ne pouvait rien faire. C'est horrible. On ne pouvait rien faire. » Son regard restait en suspens, perdu dans le vide, derrière l'épaule du commissaire. Pozzi n'avait jamais vu un témoin aussi bouleversé.

Deux jours plus tard, Harold se présenta à nouveau au commissariat central de Lasciate. Il était toujours abattu mais pouvait répondre aux questions. Non, il ne connaissait pas l'existence de ces logements clandestins. Oui, il avait remarqué la présence d'une population inhabituelle dans le quartier, mais c'est le propre des zones de transit. Son hôtel accueillait une majorité d'étrangers. Des travailleurs plutôt que des touristes. Non, il n'avait jamais entendu parler d'un accord entre des chauffeurs-routiers et des clandestins qui transiteraient par Lasciate. Non, il ne connaissait personne du nom de Robert Espalio et son visage ne lui disait rien. Il ne se souvenait pas d'avoir vu de personnes en fauteuil depuis des années.

Harold aurait voulu se tuer en laissant une lettre pour se dénoncer. Le malheur le poursuivait. Ou c'était lui qui l'accompagnait partout. Le résultat était le même : des morts et des larmes. Il repensait à ces gens qui lui faisaient confiance. Ces gens lui avaient confié leur vie et ce qu'ils avaient de plus chers, leurs enfants. Tout avait brûlé. Ils avaient dû souffrir. Ils avaient dû hurler de terreur et de douleur. Qu'ils soient au paradis ou en enfer, ils devaient le maudire.

Harold ne pouvait pas baisser les bras. S'il était découvert, Pat O'Mailly serait en danger et peut-être même Tomas. Il causerait la perte de ses amis. Il lui était interdit de flancher. Il devait donner le change, faire comme si de rien n'était. Comme d'habitude.

Chaque nuit il voyait les visages des enfants éclairés par les flammes, blottis dans les bras de leurs parents, immobiles, cernés par le feu, suffoquant sous la fumée. Il entendait les hurlements des plus jeunes et les paroles rassurantes des aînés. Pour échapper à ces cauchemars, il descendait préparer le petit déjeuner. Il était minuit. Il ne se rendormait que dans la journée, au comptoir de la réception, durant une heure à peine. Il se réveillait en sursaut à cause des sirènes des pompiers qui surgissaient dans son rêve. Ils arrivaient toujours trop tard.

Pat O'Mailly ne fut pas convoqué par le commissaire Pozzi mais une surveillance fut mise en place. Ne pas suspecter Pat O'Mailly dans le cadre d'une enquête criminelle relevait de la faute professionnelle. Pat O'Mailly descendait d'une famille nord-irlandaise qui avait émigré en Amérique vers 1700 ; ses grands-parents avaient tenté leur chance au Canada et ses parents étaient venus à Lasciate. C'était une famille de commerçants qui travaillaient dur sans parvenir à s'extraire de la misère. Ses ancêtres avaient toujours refusé de se soumettre au racket des criminels locaux avant de devoir fuir. New York, Chicago, Montréal puis Lasciate, où Pat O'Mailly était né. Il avait refusé de reprendre le magasin de matelas de ses parents. En revanche, à dix-huit ans, il commença de faire le tour des commerçants de la ville pour réclamer un loyer en échange de sa protection. Plusieurs incendies avaient convaincu la majorité d'entre eux de lui verser les pourcentages exigés. Au fil des années, il avait étendu son emprise sur la ville et diversifié ses activités en s'appuyant sur des hommes de confiance qui géraient chacun un pan de son activité criminelle : racket, trafic de clandestins, vol, bâtiment et construction, traitement des déchets. Pat O'Mailly les laissait prendre des initiatives et la moitié des bénéfices.

Pour les entrepôts de réfugiés, il avait trouvé les locaux, vendus par un industriel en faillite à Robert Espalio la veille de sa mort. Il avait recruté Sacha Weizmann, un intermédiaire qui avait remplacé Tomas quand celui-ci avait débuté ses activités plus rentables. Sacha faisait le lien entre les chauffeurs routiers et les réfugiés. Harold supervisait son travail et s'occupait de l'entretien des bâtiments. Dans les heures qui suivirent l'incendie, avant que le jour ne se lève, le corps inanimé de Sacha Weizmann s'enfonça dans la baie de la Chaise. Cela faisait cinquante ans que Pat O'Mailly n'avait pas tué un homme. La surveillance mise en place par le commissaire Pozzi débuta quelques heures plus tard. Grâce aux rapports de filature, le commissaire Pozzi apprit que Pat O'Mailly était en contact avec un *Kouffoy*, Tomas Fischer, qui avait fait parler de lui au moment de son mariage en menant campagne contre le ministre de l'Intérieur. Ils étaient même intimes puisque Pat O'Mailly et son épouse avaient dîné chez Tomas Fischer et sa femme.

Tomas Fischer, suspect en tant que *Kouffoy* et ami de Pat O'Mailly, fut surveillé à son tour et Pozzi découvrit qu'il fréquentait Harold Purito, l'homme qui avait alerté les secours au moment de l'incendie. Le commissaire Pozzi retrouva dans d'anciens articles de presse des témoignages d'Harold Purito se présentant comme celui qui avait accueilli Tomas Fischer à son arrivée dans la ville. *Les Nouvelles de Lasciate* mentionnaient même qu'Harold Purito était le témoin de mariage de Tomas Fischer. Le commissaire était persuadé que la clef de son enquête résidait dans le triangle formé par Pat O'Mailly, Harold Purito et Tomas Fischer.

Le commissaire Pozzi apprit aussi avec intérêt que l'inspecteur principal Hastings retrouvait Tomas Fischer chaque semaine au *Belvédère*. C'était le bar où l'inspecteur Hastings avait l'habitude d'enfreindre la législation antialcoolique. Mais ça, comme tous les membres de la police de Lasciate, le commissaire Pozzi le savait déjà.

Chapitre 26 : L'homme pressé

Curmary intégra le Conseil des Gouverneurs le 31 mai, un an jour pour jour après la naissance de Jak. Cette coïncidence déplaisait à Tomas. Il n'aimait pas que le destin de son fils soit lié à celui du nouveau Gouverneur, même par le hasard d'un anniversaire.

Tous les neuf ans, trois Gouverneurs sur neuf étaient remplacés à l'issue de leurs vingt-sept années de mandats (non renouvelables depuis les incidents provoqués par la sénilité d'Hans Blanz). Ils prononçaient alors un discours rappelant leur amour de la patrie. Leurs successeurs leur rendaient ensuite un hommage individuel. La tradition imposait que chaque discours durât cent minutes. La cérémonie débutait le matin à six heures et s'achevait à vingt heures. Un dîner réunissait au *Louis d'Or* les nouveaux Gouverneurs et tous ceux qui les avaient précédés. Le restaurant, qui accueillait ces agapes depuis deux siècles, avait dû procéder à une extension depuis que les convives étaient plus de cent cinquante à table.

Pour un homme politique lascebberote, c'était l'accomplissement de toute une carrière. Il lui restait à profiter du pouvoir suprême pendant vingt-sept ans, puis à se retirer en conservant l'aura – et les privilèges – qui accompagnaient les Gouverneurs honoraires de Lasciate.

Curmary était le plus jeune gouverneur de Lasciate depuis plus d'un siècle ; il lui paraissait naturel de viser plus haut. Il comptait asseoir sa légitimité durant le premier tiers de son mandat. Être visible mais loyal. Il consultait régulièrement ses homologues, prenait le temps de les appeler un à un avant ses interviews, veillait à ce que le calendrier de ses journées leur soit adressé et rendait hommage à leur talent à chaque fois qu'il prenait la parole. Rares étaient les Gouverneurs qui croyaient en la sincérité de Curmary mais tout homme est sensible aux compliments. Au début, on entendait « Curmary est brillant, bien sûr, mais il est trop jeune et trop ambitieux ». Rapidement, le ton évolua et l'on disait : « Curmary est jeune et ambitieux mais c'est le propre des hommes brillants et promis à un grand avenir. »

Il soutenait le projet de réforme visant à mettre un terme à la collégialité du Conseil et à créer une présidence tournante tous les neuf ans. Il ne se présenterait pas pour la première élection mais était convaincu de remporter la deuxième. Dans les plans qu'il échafaudait depuis son nouveau bureau de Gouverneur, il rêvait de l'ultime accomplissement : être désigné président à vie. Il fallait qu'il soit patient. Anticiper les échéances mais ne pas brûler les étapes. S'il y parvenait, il rejoindrait les rares génies – que l'histoire, fille ingrate, appelait « dictateurs » – à avoir atteint le pouvoir suprême pour une durée illimitée sans bénéficier du privilège héréditaire : César, Gengis Khan, Napoléon Bonaparte, Staline. Curmary bénéficiait d'un avantage sur eux : même la mort ne pourrait l'atteindre.

Il repensait parfois à l'incendie des hangars. Depuis trois ans, aucune mort suspecte n'avait été attribuée au *Suicitueur*. Les commentaires sceptiques qui avaient fait suite à son annonce que l'assassin avait été mis *hors d'état de nuire* sans procès et sans révéler son identité avaient laissé place à des louanges sur son efficacité. Curmary avait promis à Hastings la Grand-Croix de l'ordre du Cordage, la médaille la plus élevée de l'administration lascebberote. Il n'avait pas encore tenu parole. Il craignait que, le lendemain de la remise de l'insigne, un meurtre soit découvert et qu'on lui reproche d'avoir récompensé le policier responsable de ce fiasco. Hastings n'avait jamais reparlé de cette décoration. Peut-être avait-il oublié. Pourtant, Curmary n'aimait pas l'idée de conserver une dette envers l'inspecteur principal.

Un mois après son intronisation comme Gouverneur, il invita à déjeuner le nouveau ministre de l'Intérieur, Liam Conte. Au cours du repas, il suggéra au ministre de confier l'enquête sur l'incendie des hangars à Hastings : « Les investigations n'avancent plus. Il faut tenter autre chose. Le commissaire Pozzi est travailleur et sérieux, mais il manque d'imagination. L'inspecteur principal Hastings paraît fantasque, mais il est efficace. Faites ce que vous voulez, mais ne faites pas rien. On reproche rarement aux politiques leurs erreurs mais on nous reproche toujours notre inaction. C'est injuste mais c'est ainsi. À propos d'Hastings, je lui avais indiqué qu'il serait décoré de l'ordre de la Grand-Croix du Cordage trois ans après son succès dans l'affaire du *Suicitueur*. Ma nomination comme gouverneur a retardé les choses. Je vous serais reconnaissant de vous inscrire dans la continuité de cette promesse. »

Liam Conte confia donc l'enquête à l'inspecteur principal Hastings auquel il remit l'ordre de la Grand-Croix du Cordage. Il profita toutefois des circonstances pour imprimer sa marque personnelle dans la gestion de ce dossier. La présence de *Kouffoys* en situation irrégulière sur le territoire de la cité avait suscité la colère et la peur de la population qui s'imaginaient envahis de hordes étrangères. Il décida donc que seuls les Lascebberotes de naissance pourraient bénéficier de l'immunité. Les naturalisations étaient rarissimes mais la mesure fit l'objet de vifs débats dans la cité. Tomas Fischer faisait partie des personnes concernées par cette décision et il était le seul dont le visage était connu. Tous les journalistes le contactèrent pour recueillir son sentiment. Clara l'implora de prendre la parole. Il refusa sèchement.

« Je suis né mortel et je mourrai comme les autres. Je n'y peux rien. »

Chapitre 27 : Le Premier Homme

Chaque matin, Tomas emmenait Jak dans le parc du Cœur d'argent. À la lisière du quartier résidentiel de la Gordola et du centre-ville, c'était le plus grand de Lasciate. Ses allées étaient calmes. On y croisait des joggers et des vieillards qui bravaient l'ennui et la pluie fine. Il était interdit de marcher sur les pelouses.

Il apercevait souvent un promeneur qui suivait un parcours précis. Il se présentait devant la grille de l'entrée principale à dix heures, vêtu d'un pantalon moutarde, d'une chemise blanche, d'un gilet gris et d'un nœud papillon – bleu ciel, gris taupe, framboise ou vert bouteille – qui constituait le seul élément variable de sa tenue. Ses cheveux bruns, qui commençaient à blanchir, étaient coiffés en arrière, faisant ressortir son nez épaté, ses sourcils épais et ses yeux bleus constamment mi-clos. Il s'installait avec son journal sur le même banc, face au lac. Lorsque le ciel était dégagé, ce banc restait au soleil jusqu'à onze heures quinze en hiver. À onze heures trente, l'homme effectuait le tour du lac puis suivait l'allée principale qui traversait le parc dont il ressortait à midi quinze au niveau de l'avenue Hans Blanz. L'homme au nœud papillon se rendait *Chez Suzy* où il déjeunait jusqu'à treize heures trente. Pour agrémenter son quart d'eau gazeuse, il choisissait du poulet ou des lasagnes, accompagnés de salade. À son retour, il bifurquait avant le lac afin de s'installer à proximité du kiosque à musique. Aucun musicien n'y venait jamais mais le lieu était éloigné des aires de jeux d'enfants. Il lisait jusqu'à seize heures trente, en s'abritant sous le kiosque s'il pleuvait. Pendant les cinq années où il vint au parc, Tomas l'avait vu plongé dans *L'Iliade* et *L'Odyssée*, *Les Métamorphoses*, *La Divine Comédie*, *Les Contes de Canterbury*, *Don Quichotte*, *Les Pensées*, *Les Souffrances du jeune Werther* et *Eugène Onéguine*. À dix-sept heures, après avoir effectué un dernier tour du lac, il franchissait les grilles par lesquelles il était entré le matin.

Tomas, lui, passait la matinée à arpenter les allées avec la poussette de Jak. La taille du parc du *Cœur d'argent* lui permettait de choisir un trajet nouveau chaque jour. Pour déjeuner, il se contentait d'un sandwich. L'après-midi, il lisait le journal tandis que Jak lançait du pain aux canards. Lorsqu'il faisait froid, ils se réfugiaient au *Pavillon du Lac*. C'était le moment que Jak préférait car son père lui offrait un chocolat chaud.

Tomas aimait ces journées perdues. Quand il mourrait, elles disparaîtraient de la conscience du monde et ne demeureraient qu'enfouies dans la mémoire perdue de l'enfance et, peut-être, dans le cerveau d'un vieillard au nœud papillon coloré. Tomas aimait imaginer l'inconnu repensant à tous ceux qu'il croisait, reconstituant pour l'éternité ces visages anonymes, leurs sourires et leurs promenades un jour interrompues.

Dans ce lieu immobile, Tomas n'avait plus peur. Depuis la naissance de son fils, il était envahi par une angoisse nouvelle. Jak était encerclé de dangers. « Je raisonne comme un Lascebberote », se disait-il. Il n'avait jamais ressenti cela pour Léo ou Elsa. Comme si, parce qu'il était appelé à devenir immortel, Jak devenait plus précieux. Tomas luttait contre cette impression. Un enfant destiné à mourir ne valait pas moins qu'un futur immortel. Léo ne valait pas moins que Jak.

Tomas relisait parfois les notes qu'il avait prises à propos de ses victimes – il ne disait plus « clients ». Il se remémorait leurs traits et essayait de se représenter les enfants qu'ils avaient été. Il pensait à Léo, à Elsa, à Jak. Il n'acceptait plus l'idée que les enfants meurent, même devenus adultes. Il imaginait le corps de l'enfant qu'avait été Hernando Soria transpercé par la balle du revolver, celui de Marie Langlade craquant sous son bras ou celui d'Évariste Quinn, si lourd au moment de basculer dans la Baie de la Chaise. Cette énergie vitale qu'il percevait chez Jak, dans ses cris, dans ses sourires, dans les poussées de ses jambes potelées, il souffrait de l'avoir fait disparaître chez d'autres.

Tomas se sentait épié. L'incendie des deux hangars avait ravivé ses peurs. Il ne connaissait pas les trois chauffeurs-routiers qui avaient été inculpés pour leur rôle de passeurs. Ils avaient été condamnés par contumace à trente ans de prison sans pouvoir être interrogés. Il avait vu cela dans les journaux. Il lisait tous les articles relatifs au drame, soulagé que son nom n'y apparaisse jamais. Deux jours après l'incendie, l'inspecteur principal Hastings et Tomas avaient dîné au *Belvédère* : ils n'avaient pas abordé l'événement qui faisait la une de tous les médias. Hastings n'avait pas questionné son ami. Tomas n'avait rien dit non plus à Clara. Il devait affronter seul les menaces qui l'entouraient. Il ne parlait qu'à Jak au cours de leurs promenades. L'enfant le regardait en souriant et lui répondait en babillant dans sa langue incompréhensible.

Le jour de septembre où il déposa Jak à l'école pour la première fois, Tomas eut la conviction qu'il pénétrait dans un long couloir de solitude qui le mènerait jusqu'à sa mort. Son fils avait six ans et demi, Tomas cinquante-quatre et Clara cent-dix. Elle ne voulait pas d'autres enfants « avant la majorité de Jak », date à laquelle les Lascebberotes pouvaient se faire immuniser. Jusque-là, tous ses efforts maternels convergeaient vers un unique objectif : protéger son fils.

Le trajet jusqu'à l'école se faisait en suivant un chemin piétonnier sur lequel on ne trouvait aucun arbre. La rue était recouverte par un revêtement souple qui amortissait les chutes. La pratique sportive était obligatoire – les enfants couraient trois fois par semaine sur une piste en caoutchouc, quinze minutes pour les plus jeunes, une heure pour leurs aînés. Lors des récréations, les élèves jouaient aux échecs sous la surveillance des adultes. Les billes étaient interdites depuis qu'un enfant s'était étouffé en avalant un calot. Les jeux de ballon avaient été proscrits à la suite de deux accidents mortels survenus à quelques semaines d'intervalle – un arrêt cardiaque d'une joueuse de football de seize ans et une déchirure de l'aorte d'un gardien de but de quatorze qui avait reçu un ballon de handball dans la poitrine. Parfois, Tomas observait les récréations de loin – les parents n'étaient pas autorisés à entrer dans l'établissement. Ils les trouvaient silencieuses, presque sinistres. Le soir, il demandait à Jak s'il s'était bien amusé et la réponse était toujours « ça va ».

Le dimanche, Tomas et Jak passaient voir Harold Purito au *Voyageur*. Depuis l'incendie, il s'était empâté et ne sortait plus de son hôtel. À chaque visite, Jak avait l'impression que son corps avait gonflé et qu'il s'enfonçait un peu plus dans son fauteuil en velours marron. Jak aimait bien voir Harold.

Ils jouaient aux échecs. Jak avait battu son père dès ses neuf ans. À douze ans, il fit son premier match nul contre Harold et, l'année suivante, il le battait deux fois sur trois. Ces parties constituaient les seuls moments où Harold pensait à autre chose qu'aux enfants piégés par les flammes.

Au lycée, Jak excellait en littérature, en mathématiques, en psychologie et en histoire-géographie. Il obtenait de moins bonnes notes aux cours de santé où les élèves apprenaient les fondamentaux relatifs à la sexualité, la nutrition, les effets de la drogue ou de l'alcool et les gestes de premier secours. Il voulait devenir écrivain depuis une rencontre organisée en classe avec l'écrivain Louis Bregos, qui était venu décrire son quotidien. Jak avait retenu que les écrivains organisaient leurs journées comme ils l'entendaient, qu'ils déjeunaient et dînaient avec des gens intéressants – des hommes politiques, des journalistes, des chefs d'entreprise – et que tout le monde les admirait. Louis Bregos avait aussi insisté sur l'importance de travailler dur et sur la solitude qu'il fallait « affronter et dompter ».

Il avait parlé à ses parents de Louis Bregos, de son allure excentrique et de son nœud papillon. Son père lui avait demandé s'il portait un pantalon moutarde, une chemise blanche et un gilet gris.

« Comment tu sais ?

— Nous fréquentions le même parc quand tu étais petit. Cela veut peut-être dire que ton destin est de devenir romancier. »

Jak n'oublia jamais cette phrase. Maintenant, il en était sûr : il écrirait des livres pour accomplir son destin.

Chapitre 28 – Le jardin aux sentiers qui bifurquent

Jak sortit de l'hôpital Jonathan Moore en souriant. Il n'avait écouté ni sa mère ni son père ni le médecin-chef du service d'immunitologie ; il avait fait le choix de la liberté. Clara le suppliait de ne pas finir « comme son grand frère » – cette ombre qui le poursuivait de son deuil depuis sa naissance. Il ne finirait pas comme lui. Il ne s'approchait jamais d'un balcon, il ne s'accoudait jamais aux fenêtres. Tomas lui recommandait de le faire, « quitte à changer d'avis. L'inverse ne sera pas possible. » Pour Jak, il mentait : l'immunité est un processus sans retour. Son père ne lui avait jamais dit qu'il avait aidé de nombreux Lascebberotes à « changer d'avis ». Le médecin-chef lui avait expliqué que l'opération était bénigne et que la repousser constituait un risque « inutile, voire suspect ». Son refus ne serait pas signalé à ses parents, seulement aux autorités. En regagnant la maison familiale, Jak se demanda si son choix s'expliquait par l'histoire de son père. Il décida que non. Il avait dix-huit ans, il était libre. Le monde lui appartenait.

Enfant, il avait demandé à son père si c'était vrai qu'il était plus vieux que maman et que cela n'allait pas s'arranger.

Il répétait une phrase entendue. Comment aurait-il su ce que les rides sur le front, les tempes grisonnantes et le souffle bruyant signifiaient ? Ses parrains étaient *vieux*, on lui avait toujours présenté Pat et Jean comme des « personnes âgées » qui méritaient le respect. Il n'aurait pas imaginé que son père pouvait appartenir à la même catégorie. Il sentait une menace dans ce mot. Anatole, l'un de ses meilleurs copains, le lui avait jeté à la figure au cours d'une dispute. « De toute façon, ton père est vieux, et ça ne va pas s'arranger. » Il n'avait pas compris ce que ça voulait dire mais les larmes lui étaient montées aux yeux.

Jak se souvenait du regard anxieux qui l'avait fixé après sa question. Ils jouaient au football – c'était autorisé lorsque sa mère était au travail. Le corps de son père s'était figé. Sa jambe était restée suspendue au-dessus du ballon. Il avait ensuite reposé le pied dans l'herbe.

« Pourquoi tu me demandes ça ?

— Comme ça.

— Ça n'existe pas les questions "comme ça".

— Je me demandais, c'est tout.

— Tu sais ce que cela veut dire "vieux" ?

— Comme Jean et Pat. »

Tomas était resté silencieux. Il évaluait la réaction de Clara.

« Vieux, cela veut dire qui a vu beaucoup de choses et qui a eu une longue vie. Tes parrains et moi, oui, nous sommes vieux. Qui t'a parlé de ça ?

— Anatole.

— Et il t'a dit que ça n'allait pas s'arranger ?

— Oui.

— Ça, c'est un problème différent. Toi, tu grandis chaque jour et dans quelques années, tu seras plus grand et plus fort que moi.

— Dans combien de temps ?

— Dans neuf ans. Autant d'années que celles qui t'ont permis d'atteindre ta taille actuelle. Après cela, on te donnera un médicament qui te fera arrêter de grandir et ton corps restera pour toujours le même. Moi, je n'ai pas reçu ce médicament et mon corps continue de s'abîmer. Il prend des plis et mes cheveux tombent. J'ai plus souvent mal au dos ou aux jambes. On appelle cela vieillir. Mais toi, tu auras la chance de ne jamais connaître cela. »

Jak s'était tu un instant.

« Mais que se passera-t-il quand ton corps sera trop abîmé ?

— Je m'endormirai longtemps pour me reposer. On appelle cela mourir.

— Je pourrai quand même te voir ?

— Tu pourras me rendre visite, et même me parler. Et puis ta maman restera à tes côtés. Comme tes parrains : ils sont vieux mais ils ont reçu les médicaments qui permettent au corps de ne plus s'abîmer.

— Pourquoi on ne te les donne pas, à toi, les médicaments ?

— Parce que je ne suis pas né ici. Mais c'est mieux ainsi, tu sais.

— Non, c'est nul ! »

Jak était parti en courant, les larmes aux yeux et les poings serrés. Au dîner, il demanda à Clara : « Vu que papa n'a pas reçu les médicaments qui empêchent de devenir vieux, tu ne pourrais pas lui en donner quelques-uns que tu aurais en plus ? »

Clara leva les sourcils puis les fronça en direction de Tomas qui sourit, gêné :

« J'allais t'en parler...

— Je n'ai pas de médicaments supplémentaires et ce n'est pas moi qui décide si ton père peut en recevoir ou non. Mais parle-moi plutôt de ta journée, je n'aime pas les histoires de médicaments. »

Quand Jak fut couché, Clara se tourna vers Tomas, qui avait pris un livre pour éviter la conversation.

« J'ignorais que l'on avait décidé de lui annoncer que son père allait mourir.

— Il fallait qu'il l'apprenne un jour.

— Il a neuf ans !

— C'est un bon âge pour connaître la mort.

— Tu aurais dû m'en parler avant.

— C'est lui qui m'a posé la question.

— Tu n'es pas obligé de répondre dans la seconde à toutes les questions qu'il pose !

— J'essaie. Ses copains de l'école sont au courant, il ne peut pas être le seul à ignorer que son père va mourir.

— J'aurais préféré qu'il reste préservé pour l'instant. Tu sais que c'est un sujet qui me fait de la peine.

— Justement, il comprendra pourquoi sa mère est triste parfois. »

Jak était sorti en silence de sa chambre et il avait surpris cette conversation. C'était la première fois qu'il entendait ses parents se disputer, et c'était à cause de lui. Il avait regagné son lit en pleurant.

Après cette journée qui lui avait révélé que son père ne serait pas toujours là pour lui et que les adultes avaient des secrets, Jak avait développé un goût pour l'indiscrétion : il aimait observer ceux qui se croyaient seuls. Il les voyait se curer le nez ou se parler à voix haute. Il avait l'impression de mieux les connaître.

À douze ans, en le suivant dans la rue, il avait ainsi découvert que son grand-père voyait une femme que personne ne connaissait dans la famille. À quatorze ans, il avait remarqué que l'inspecteur Hastings cachait sur lui une flasque qu'il portait à ses lèvres lorsqu'il était seul. À dix-huit ans, c'était son tour d'avoir un secret : il avait renoncé à se faire immuniser. Pour devenir écrivain, il fallait qu'il conserve en lui la peur de la mort. Il s'était approprié les complaintes de son grand-père maternel. « *Comment composer une œuvre immortelle si l'on n'a pas, chevillé à l'*âme et au corps, *l'angoisse de disparaître. Notre peuple est devenu fade, sans imagination et sans saveur, sans* génie, *le jour où il a vaincu sa finitude. Tragique victoire à la Pyrrhus ! La littérature, c'est l'histoire de la condition humaine et celle-ci ne nous est plus accessible. Nous ne sommes pas devenus des surhommes, nous sommes des moins qu'hommes. Je refuse ce destin. Je prends mon risque. Que la fortune m'accompagne !* » écrivit-il dans son journal ce soir-là avec l'emphase qui lui était coutumière.

Chapitre 29 – Les ruines circulaires

Les funérailles d'Harold Purito se déroulèrent sous un ciel gris qui, comme les dix personnes réunies autour du cercueil, hésitait à pleurer. Harold Purito avait sauté depuis les falaises qui s'étendaient au sud de Lasciate. Il lui avait fallu du courage et de la tristesse. À quoi pense un homme qui s'apprête à s'élancer dans le vide ? À la nécessité de sauter le plus loin possible pour que le vent ne le rabatte pas contre la pierre ? À la durée de la chute ? À la violence de l'impact ?

La veille, il s'était rendu chez Tomas. Clara travaillait, Jak était à l'université. Tomas et Harold s'étaient promenés dans le parc du Cœur d'argent. « Tu sais, le jour où tu m'as demandé d'être ton témoin est l'un des derniers jours de bonheur dont je me souvienne. Avec le mariage. Vous formez un beau couple, vous avez donné la vie à un bel homme. Je suis fier d'avoir participé à cette union. Ça ne rachète pas tout mais ça m'aide à m'endormir. » Tomas avait serré l'épaule d'Harold. « Tu es le démiurge de cette rencontre et de cette naissance. Sans toi, rien ne serait arrivé. Sans toi, je serai mort. Jak et moi te devons la vie. »

Tomas avait maintenu la conversation sous respiration artificielle. Il avait convoqué le souvenir de cette soirée où

Harold lui avait révélé le secret de Lasciate. Ils avaient ri en évoquant le mariage, le menu, le discours du maire, la première danse et d'autres anecdotes qui n'étaient pas spécialement drôles ; Tomas voulait voir Harold sourire. Harold lui était reconnaissant de ses efforts. Il avait fini par mettre un terme à la conversation. « Je vais te laisser, j'ai prévu d'aller à *L'Eldorado* ce soir. Il ne faut pas que je tarde, Sarah ferme de plus en plus tôt. »

Il avait passé une heure à la table de Jean et de Pat, en silence ou presque. Il ne savait plus faire la conversation. C'était aussi pour ça qu'il s'était jeté de la falaise. Il n'avait rien à dire et il n'avait pas envie d'écouter les autres. Il connaissait par cœur les histoires de Jean et de Pat. Il aurait fallu que Marcel Orsini revienne partager avec eux les nouvelles du monde ; Harold et lui auraient parlé de leurs voyages chez les mortels. Mais Marcel Orsini n'est jamais revenu.

Après les obsèques, Tomas, Jean et Pat s'étaient retrouvés à *L'Eldorado*. Ils avaient bu à la santé de leur ami un premier verre, puis un deuxième. Ils avaient joué aux dés toute la nuit en parlant d'Harold, en riant de sa malchance et de sa maladresse, en trinquant à sa gentillesse, en laissant les larmes monter quand la tendresse et l'alcool l'exigeaient. Ils n'étaient rentrés chez eux qu'au petit matin, heureux de cette nuit dont il ne resta qu'un souvenir confus au parfum de camaraderie et de nostalgie.

Charles Purito, le filleul d'Harold, hérita de ses meubles. Pour éviter la fosse commune et l'infamie, il affirma à la police qu'Harold était passionné par les falaises et que le vent avait dû le faire basculer dans le vide. Charles Purito pleura une heure devant l'agent chargé de recueillir sa déposition, à la mémoire de ce vieil oncle qu'il ne voyait plus depuis des décennies. Il fut autorisé à l'enterrer. Cela l'ennuyait de devoir se rendre aux funérailles mais l'essentiel était de sauver l'honneur de la famille. Une enquête fut néanmoins confiée au commissaire Pozzi pour déterminer les circonstances exactes de la mort. Il perquisitionna l'appartement d'Harold Purito à la recherche d'éléments sur l'incendie des deux hangars. L'inspecteur principal Hastings avait refermé l'enquête en dénichant Sacha Weizmann, un Kouffoy qui avait disparu et dont la condamnation avait été prononcée par contumace. Cela ne servait pas à grand-chose mais c'était mieux que rien. C'était devenu la spécialité d'Hastings : faire mieux que rien.

Harold avait brûlé ses papiers avant de se rendre sur la falaise. Pourtant, le commissaire Pozzi finit par trouver ce qu'il cherchait dans un vieux dictionnaire. Des années plus tôt, Harold y avait dissimulé – puis oublié – l'acte de propriété des deux hangars au nom de Robert Espalio. Il était établi en deux exemplaires. Sur le deuxième figurait la mention manuscrite « Copie P. O'Mailly ». C'était maigre mais cela avait suffi au policier pour inculper Pat O'Mailly de trafic d'êtres humains et d'homicides involontaires. Le commissaire insista sur le suicide d'Harold Purito pour souligner sa culpabilité et celle de Pat O'Mailly. « Harold Purito a fini par succomber à ses remords. Pat O'Mailly n'est pas accessible à ces sentiments », déclara-t-il au tribunal.

Pat O'Mailly fut condamné à deux cents ans de prison. Les juges étaient trop heureux de disposer enfin d'un chef d'inculpation à son encontre. Hélène O'Mailly pleura longuement à l'annonce du verdict.

Chapitre 30 – Au cœur des ténèbres

La santé de l'inspecteur principal Hastings se dégradait. Ses mains tremblaient et ses joues avaient pris une teinte couperosée. Son visage était bouffi et ses yeux globuleux. Sören Knauskart lui avait recommandé de moins boire. « N'oublie pas que l'alcool reste le dernier fléau qui met les médecins en échec. » « Je ne l'oublie pas. Au contraire », répliquait Hastings. Tomas, lui, ne disait rien. Il n'avait pas réussi à déterminer s'il était trop vieux pour dispenser des conseils de modération ou trop jeune pour faire la leçon à son aîné de près d'un siècle. Ils se retrouvaient le vendredi soir dans l'arrière-salle du *Belvédère*. Hastings buvait de la bière avant et pendant le repas et du whisky ensuite, mais c'est Tomas qui se réveillait le lendemain affaibli par la migraine. Son corps n'était plus entraîné à cet exercice. Clara lui avait imposé de réduire sa consommation d'alcool. « Je veux te garder le plus longtemps possible », justifiait-elle.

Un soir, Tomas vit Hastings l'attendre avec le sourire d'un enfant qui s'amuse par avance d'une plaisanterie connue de lui seul. Son haleine était encore plus chargée que d'habitude. Tomas était d'humeur sombre. Leur complicité s'étiolait depuis quelques mois. L'alcool n'était pas le problème, c'était au contraire un pilier de leur relation. Il y avait quelque chose de *différent*. Leurs conversations s'affaissaient, sans rythme et sans rire, et leurs silences s'épaississaient. Tomas se demandait s'ils n'avaient plus rien à partager ou s'ils voulaient éviter ce qu'ils avaient à se dire. Hastings l'accueillit en hoquetant un rire étrange.

« Je repense souvent à la première conversation que nous avons eue ici. Tu avais peur et tu étais impassible. Je ne savais pas si c'était une stratégie ou ta réaction face à la menace. Avant de te rencontrer, je t'imaginais plus... impressionnant. Plus froid, plus costaud, plus dur. Lorsque j'ai posé ma main sur ton épaule, j'ignorais le tour que prendrait notre conversation. Je n'aurais jamais cru que ce serait le point de départ d'une amitié de vingt ans. Toi non plus, pas vrai ? Les voies de l'amitié sont impénétrables. Elles se nourrissent de silences et de non-dits. Tu te rappelles que tu t'étais engagé à me rendre un service le jour où je te le demanderais ? Oui, bien sûr. On se souvient toujours de ces promesses sans objet. Ce sont les pires. Elles planent au-dessus de nos têtes comme des remords. Je n'avais rien en tête à l'époque. C'était juste une créance utile.

Que penses-tu du Gouverneur-président Curmary ? Celui qui a essayé de t'interdire de te marier avec Clara. Qui s'attache chaque jour à effacer les libertés qu'il nous reste : qui condamne les mariages mixtes, qui durcit les sanctions contre les buveurs et les fumeurs, qui aimerait rendre l'immunisation obligatoire. Celui qui veut rassembler dans des camps sécurisés tous les enfants jusqu'à leurs dix-hut ans. Tu n'en avais pas entendu parler ? C'est son projet le plus récent. Il l'annoncera dans une semaine. C'est la dernière réforme qu'il portera avant la loi qui doit lui permettre de prolonger son mandat de Gouverneur-président sans limite.

Cet homme va devenir le maître de notre cité pour toujours. C'est désespérant. L'éternité me fait parfois peur. Avec Curmary, elle me terrifie. Mais je ne suis pas un lâche. Je ne fuis pas mes peurs, je les combats.

Tout talent est une malédiction. Il faut aimer ce que l'on sait faire, car on nous y ramène sans cesse. Tu excelles à tuer. Ne proteste pas. Tu es aussi un bon père et un mari aimant. Ce sont-là des qualités louables mais banales. Un bon assassin, c'est plus rare et donc précieux. J'aurais pu te demander de m'assassiner. J'y ai pensé. Mais je me débrouillerai seul. Je m'aurai à l'usure. Tu n'aurais pas aimé faire ça. Harold Purito ne se serait pas jeté d'une falaise sinon. À moins que tu ne l'aies poussé. Tout est possible. La preuve, regarde ce qui est arrivé à ce pauvre O'Mailly. Je ne dis pas que c'est un type bien, mais c'est injuste de tomber par la négligence d'un autre. Toujours est-il que je saurai mourir. Pour Curmary, il n'y a que toi qui puisses nous sauver la mise. Si tu ne le fais pas pour moi, fais-le pour Jak et pour Clara. Tu ne veux pas qu'ils vivent dans un monde dirigé par ce despote renfrogné, si ?

Je ne peux pas te promettre que son remplaçant sera parfait. Mais la situation ne pourra pas se dégrader. Tu risques peu – cela ne peut pas être pire après sa mort – et tu peux gagner beaucoup – un monde meilleur pour ta femme et ton fils.

— Je n'ai jamais tué un homme qui n'y consentait pas. Il y a deux choses impossibles : tuer un immortel sans son consentement et tuer un chef d'État. Alors les deux à la fois...

— Ne te sous-estime pas. L'essentiel est de ne pas te faire prendre. C'est trop risqué d'avoir un coupable entre les mains de la justice. J'ai vu les volontés les plus fermes plier face à des interrogatoires bien menés. Si tu as besoin d'aide, je peux te fournir des renseignements. Nous continuerons de nous voir le vendredi soir. Changer nos habitudes serait une forme d'aveu. Mais nous ne parlerons plus de ce sujet, c'est trop dangereux. J'ai passé deux heures à traquer tous les microphones ici, et j'ai trouvé trois mouchards. Je ne pourrai pas vérifier à chaque fois, c'est trop long et trop aléatoire.

Je ne te demande pas ça de gaité de cœur. Je connais le risque. J'ai exploré toutes les solutions, je n'en vois pas d'autres. Pas de meilleure. Tu as un an devant toi, après il sera trop tard. »

Tomas resta une heure, le temps de boire un demi pour lui, quatre pour Hastings. Il avait envie d'assommer l'ivrogne qui lui faisait face et de partir sans se retourner. Mais Tomas Fischer n'était pas un homme impulsif. Il paya ses bières sans rien dire. Il continua de venir le vendredi soir au *Belvédère*. Il n'avait plus beaucoup d'amis.

Chapitre 31 – La chute

L'inspecteur principal Hastings se réveilla à treize heures, le crâne douloureux. C'était le premier dimanche du printemps et il décida de partir. Au sein de la police, ceux qui le critiquaient ne prenaient plus la peine de rester anonyme. On ne lui confiait plus d'enquête. L'arrestation de Pat O'Mailly dans l'affaire de l'incendie des hangars avait encore affaibli son crédit. Il était devenu un sujet de moquerie. Il lui était insupportable d'être traité avec condescendance par des gamins sans expérience. Il vérifia dans ses manuels de droit qu'il avait le droit de démissionner à partir de cent ans de services. Une maigre pension lui serait versée. Pour bénéficier de la totalité de sa retraite, il devait patienter durant une durée indéterminée qui dépendait du rythme des naissances. Chaque fonctionnaire figurait sur une liste d'attente et son âge de départ à taux plein était déterminé par une commission d'experts en fonction de critères complexes – âge de début de carrière, pénibilité, période de chômage, maternité et démographie de la cité – qui évoluaient au fil du temps. Il n'attendrait pas jusque-là, c'était inutile.

Il se demanda comment serait sa vie sans travailler. Il ne pourrait pas rester à Lasciate. Il ne voyait plus Sören

Knauskart dont les refrains moralisateurs l'irritaient. Ils ressemblaient aux messages de prévention qui avaient envahi les chaînes de radio, de télévision et s'affichaient sur toutes les pages internet. Ces derniers s'étaient multipliés depuis l'arrivée au pouvoir de Curmary. Les films et les livres où des personnages buvaient et fumaient avaient été censurés et parfois même interdits sous le prétexte que ces œuvres étaient immorales. Knauskart défendait ces mesures au nom de l'« impératif de cohérence » du Gouvernement, tout en soutenant que cela n'était pas grave puisqu'il était possible de se procurer ces œuvres dans leurs versions originales au marché noir. Hastings ne prenait plus de plaisir à ces débats aussi théoriques qu'hypocrites. Son ami justifiait toutes ses contradictions avec une candeur qui confinait à la bêtise. Quant à Tomas, depuis qu'il lui avait parlé de Curmary, leurs conversations s'étaient éteintes. C'était le prix à payer pour faire le bien.

Il fallait partir loin, boire en regardant la vie qui l'entourait – les femmes surtout. Au début de leur amitié, quand Tomas lui parlait des terrasses européennes, Hastings se représentait le paradis terrestre. Il n'aurait plus à se cacher. Il pourrait tomber amoureux. Son visage avait perdu de l'énergie mais il paraissait encore jeune. En buvant une eau gazeuse pour combattre sa gueule de bois, Hastings avait besoin de penser à une vie agréable. La sienne lui était insupportable.

Le lundi, il démissionna après cent trente-sept ans de service. Il consacra sa journée à trier ses archives et à réaliser des copies. C'était interdit mais se priver de ces documents était plus dangereux encore. Il conserva tout ce qui avait trait à l'affaire du *Suicitueur* et à l'incendie des deux hangars. On organisa un goûter de départ. Son assistante avait commandé des jus de fruit et des gâteaux au yaourt. Une vingtaine de ses collègues étaient présents. Le directeur général de la police de Lasciate prononça un discours mais le ministre de l'Intérieur ne se montra pas. Hastings remercia en souriant, le regard vide. Il songeait aux pots de départ à la retraite qui, quand il était un jeune policier, un siècle plus tôt, se terminaient dans des bars enfumés à écouter les anecdotes des anciens jusqu'à ce que le jour se lève. Cela ne faisait pas d'eux des policiers plus efficaces ou des meilleures personnes, mais c'était plus amusant que ces réunions lugubres. Il aurait voulu raconter cela dans son discours, mais il valait mieux ne pas attirer l'attention. On lui avait recommandé de ne pas signaler son départ aux journalistes qu'il connaissait. Il n'avait pas enfreint la règle cette fois.

Sören Knauskart ne prit pas son départ au sérieux. Il était convaincu qu'il s'agissait de vacances. Knauskart n'imaginait pas que les autres puissent évoluer. Pour lui, le changement était un concept, un sujet de roman, mais il ne survenait jamais dans la vie, qui était ainsi privée d'événements autres que ceux – considérables mais socialement prévus, circonscrits et acceptés – du mariage, du choix de la vie professionnelle et de la naissance de ses enfants. Partir sans projet précis, seul, dans un pays inconnu, de façon définitive, lui paraissait trop extravagant pour être réel. C'était une fantasmagorie enfantine, un récit légendaire ou un coup de folie passagère. Au cours des derniers mois de sa vie, l'inspecteur principal Hastings repensa souvent à son ami Knauskart. Était-ce lui qui était devenu ennuyeux ou Hastings qui était plus intolérant que dans sa jeunesse ? Ou bien ne s'étaient-ils pas vraiment connus pendant les cent années d'amitié qu'ils avaient partagées ? Cette hypothèse, la plus terrifiante, lui paraissait la plus crédible.

La veille de son départ, il dîna avec son dernier fils, Richard, le seul avec lequel il avait conservé un lien. Richard était médecin. Richard avait une femme charmante, Camille, et un fils, André, qui réussissait bien à l'école. Sa vie était confortable, il paraissait heureux et, de fait, il l'était. Il n'avait aucun compte à régler avec son père. Richard était optimiste et, bien qu'il ait souffert du divorce de ses parents quand il avait quatorze ans, il avait toujours pensé que cet épisode l'avait incité à se concentrer sur ses études et lui avait permis de devenir médecin. Il connaissait peu son père qui restait pour lui un homme sympathique et lointain. Hastings s'était longtemps employé à combattre – en vain – l'hostilité de ses aînés plutôt que de susciter l'intérêt de son benjamin. On lui avait dit un jour qu'il valait mieux être haï que de susciter l'indifférence – ce devait être une phrase de Knauskart – et cela lui était resté en tête. Il en avait conclu que l'attitude de Richard, poli et distant, était la plus offensante. Au moment de commencer sa deuxième vie, l'ancien inspecteur principal Hastings revisitait les différentes erreurs de la première. À mesure qu'il en découvrait, celles-ci se multipliaient et formaient une constellation d'erreurs quasi-infinie qui aurait exigé des années pour être explorée.

Richard avait choisi un restaurant à la mode soixante ans plus tôt où il retrouvait son père quand il était étudiant. *Le Jardin suspendu* servait des spécialités de choux et de soja. Ils commandèrent tous les deux une choucroute végétarienne et de l'eau gazeuse. Hastings préférait ne pas boire devant son fils, et ce restaurant ne l'autorisait certainement pas. L'ancien inspecteur principal Hastings écouta Richard évoquer ses succès professionnels, sa vie de couple et les projets de son petit-fils André. Il posait des questions. La conversation était banale, balisée, cela le rassurait. Les nouvelles étaient bonnes, la scène était classique. Un père et son fils, qui se voient rarement, se retrouvent pour échanger des nouvelles. Hastings annonça qu'il prenait sa retraite plus tôt que prévu. Il disposait d'économies suffisantes pour voir venir. C'était l'occasion de voyager. Il reviendrait à Lasciate plus tard pour devenir consultant auprès de la police ou détective privé. Il verrait bien, il avait le temps. Richard lui sourit. C'était une excellente idée. On travaille trop, on s'autorise trop peu de temps pour soi. Lui-même aurait aimé découvrir des pays nouveaux. C'était dangereux mais avec les progrès de la médecine, il serait bientôt possible de quitter Lasciate sans mettre en péril sa santé. Ce n'était que l'affaire d'une décennie ou deux.

Après que John Hastings eut demandé l'addition, son fils l'observa avec un regard gêné.

« On ne se connaît pas bien, papa. J'espère que tu profiteras de ta retraite. Dépense ton argent, sois heureux autant que tu le peux. »

Il laissa planer un silence avant de reprendre.

« Il faut que je te dise. Tu le sais probablement. Enfin, j'espère. Tu vas mourir. Bientôt. Tu as le teint alcoolique. On soigne presque tout, mais pas ça. Je pense que tu peux l'accepter puisque tu es le seul artisan de ta mort. Tu l'as choisie. D'ici un an, maximum. Si tu n'as pas consulté de médecin, fais-le, ils t'aideront et te fourniront un diagnostic plus précis. Je voulais être sûr que tu le saches *vraiment* et pas seulement de manière inconsciente. On croise encore de nos jours, dans nos rues, des gens qui vont mourir et qui l'ignorent. Je trouve ça vraiment cruel. Mourir, c'est déjà si... *inhumain*. Sans même le savoir, c'est horrible. Tu imagines ? »

John Hastings ne dormit que deux heures cette nuit-là. Il songea à renoncer à son projet pour se rendre à l'hôpital Jonathan Moore. Cela ne servait à rien. On l'accuserait d'être responsable de son infortune, tout son argent passerait dans les traitements et il mourrait, comme prévu, en s'offrant dix semaines de sursis, dans le meilleur des cas, dans une chambre médicalisée sinistre. Mieux valait partir et oublier ce que lui avait dit Richard. Il ne disposait d'aucun élément pour poser son diagnostic. Il avait seulement voulu se venger de ce père trop distant et lui faire peur. Ce n'était pas gentil mais c'était de bonne guerre.

Il chercha un pays où les femmes étaient belles, la nourriture réputée et les appartements bon marché. Il choisit l'Italie plutôt que l'Angleterre. Il profita durant un an des terrasses de Trieste et coucha avec trois Italiennes, Maria, Rita et Speranza. Rita l'hébergea chez elle pendant six mois. Elle finit par se lasser de cet étranger prodigue mais toujours ivre. Pour Speranza, il dut payer, il devenait trop faible et son teint était trop livide pour séduire des femmes aux lèvres rouges.

Un matin, à la fin de l'été, *Il Piccolo*, le journal local, relata dans un entrefilet la mort brutale du Gouverneur-président de Lasciate, Charles Curmary, tué dans un attentat. Une bombe artisanale avait explosé dans le couloir de la société Kerouté à son passage. Les quatre policiers chargés d'assurer sa sécurité et trois civils étaient décédés eux aussi. La visite de ce spécialiste des objets de sécurité pour enfant (cache-prises, lit anti-mort-subite, sièges auto, etc.), seule société lascebberote à exporter 50 % de sa production, visait à mettre en valeur la puissance industrielle de Lasciate. L'attentat combinait les modes opératoires des terroristes islamistes et des fanatiques d'extrême-droite, à une exception près : l'auteur du crime n'avait pas souhaité mourir en même temps que ses victimes. Tous les policiers de la cité étaient mobilisés pour trouver les coupables. Les caméras de sécurité ne permettaient pas de distinguer quand, comment et par qui la bombe avait été déposée. Près de la moitié des habitants de la cité furent interrogés sans que l'enquête ne permette la moindre arrestation.

La semaine suivante, Hastings mourut, un peu soulagé.

Chapitre 32 – L'homme sans qualité

À quarante ans, alors que ses amis, sortant à peine de l'adolescence, commençaient de travailler et songeaient à fonder une famille, Jak Fischer dressa son *bilan de milieu de vie*. Il traça deux colonnes sur une feuille blanche.

Dans la colonne « + » figuraient le prénom de sa fille, Léa, et celui de sa femme, Teresa. Il avait hésité avant d'inscrire ce dernier. Teresa était ambitieuse, autoritaire et inquiète de la trajectoire de son mari. Elle avait épousé un futur écrivain issu d'une famille célèbre et aisée ; elle vivait avec un chômeur qui écrivait des livres dont personne ne parlait et qui quémandait régulièrement de l'argent à son père. Teresa était pragmatique et dirigeait avec efficacité leur foyer. Chargée de clientèle au sein de la Banque libérale de Lasciate, elle gagnait plus d'argent que Jak. Teresa aurait déçu le jeune homme qu'il était à vingt ans ; elle était moins belle et moins drôle que la femme qu'il espérait rencontrer. À quarante ans, c'est Jak qui la décevait. Et sans Teresa, Léa ne serait pas là. Jak nota aussi *trois romans publiés*. Puis, *enfance heureuse*.

Dans la colonne « - », il commença par *trois romans sans écho*. Il ajouta *père malade* et *manque d'argent*. Après réflexion, il nota *absence d'immunité* à cheval entre les deux colonnes.

Son père lui avait appris à se concentrer sur les problèmes qu'il avait le pouvoir de résoudre. Il souligna *sans écho* et *manque d'argent*. Il conclut qu'il devait se concentrer sur un objectif : vendre des livres.

Il avait adressé ses trois romans à Louis Bregos. En accompagnement du premier, il lui avait écrit qu'il constituait son modèle et que le hasard avait voulu qu'ils se croisent pendant des années au parc du Cœur d'argent où son père l'emmenait quand il était enfant, puis qu'il fasse sa connaissance en classe. Louis Bregos l'avait remercié chaleureusement dans une lettre qui contenait quelques conseils que Jak s'était efforcé de suivre religieusement – éviter les adverbes, soigner les descriptions, penser aux odeurs. Les réponses à ses romans suivants avaient été concises mais courtoises. Auprès de son éditeur et de ses confrères, Jak évoquait Louis Bregos avec une familiarité qui laissait croire qu'ils étaient intimes. Jak avait fini par se convaincre lui-même de cette proximité. C'est pourquoi il lui parut naturel de se tourner vers lui pour changer sa manière d'écrire ; il ne fut pas surpris que Louis Bregos l'appelle pour lui proposer de partager un déjeuner *Chez Suzy*.

Jak s'y rendit de bonne humeur. La veille au soir, en se retournant dans son lit, il avait imaginé leur dialogue. Il imaginait que Louis Bregos le féliciterait, louerait sa créativité et l'ambition de son travail. Jak resterait modeste, soulignant les failles qu'il avait lui-même repérées dans ses premiers livres et abordant la difficulté qu'il avait à toucher un public plus large. Louis Bregos essaierait de le convaincre de rester fidèle à son œuvre. Jak insisterait pour populariser ses romans. Louis Bregos accepterait alors de l'aider et de mettre à sa disposition ses réseaux dans le monde littéraire. Ils se donneraient l'accolade au moment de partir. Jak paierait la note, c'était la moindre des choses.

Jak se demanda si, pour convaincre Bregos de l'aider, il fallait partager son secret, lui dire qu'il était mortel. Il décida que non. Ni Teresa ni ses parents ne le savaient. Ils s'inquiétaient des marques de vieillissement sur son visage et sur son corps, mais il donnait le change. La médecine fait des miracles pour faire mûrir le corps tout en restant immunisé, disait-il, ce qui était vrai. C'était trop tôt pour le révéler, même au plus grand écrivain lascebberote. Il fallait attendre de rencontrer le succès pour l'annoncer dans une interview sur une pleine page des *Nouvelles de Lasciate*, ou même lors du *Journal télévisé* de dix-neuf heures.

Quand il pénétra dans la brasserie, Louis Bregos était déjà attablé, sa serviette à carreau rouge et blanche nouée autour de son cou. Il salua Jak avec chaleur. Pourtant, ses compliments furent plus brefs qu'espéré. Louis Bregos avait une voix nasillarde où l'ironie ne faisait pas l'effort de se dissimuler. Quand il montait dans les aigus, Jak avait l'impression que toutes les tables de *Chez Suzy* pouvaient l'entendre.

« Qu'est-ce que les gens vous disent à propos de vos livres ? Rien ? Même vos amis ? Vous êtes-vous demandé pourquoi ? Mais vous n'avez pas trouvé la réponse ? C'est simple : ils ne les lisent pas. Ils ont raison, ils sont ennuyeux comme la pluie. J'ai dû me forcer pour parvenir au bout de votre premier roman avant de venir. Pour les suivants, je me suis contenté des cinq premières pages et des cinq dernières. Est-ce que vous ne baillez pas quand vous vous relisez ? Non ? Vous vous relisez ?

Vous parlez de ce que vous ne connaissez pas, c'est assommant. Votre premier roman, sur la guerre ! Avez-vous déjà assisté à une bagarre ? Le deuxième raconte un amour de deux cents ans. Vous avez vécu cinq fois moins longtemps ! Le troisième, ce long voyage à travers le monde, vous n'avez jamais quitté Lasciate, j'imagine ! Les gens vous écouteront si vous partagez votre expérience, votre ressenti, vos émotions. Si vous leur dites des choses *vraies*. Là, vous inventez des histoires sans âme. Tout le monde s'en fiche et c'est normal.

Écrire un livre, c'est s'adresser au cœur des lecteurs. Pour cela, il faut accepter d'ouvrir le vôtre. Vous vous efforcez de ne vexer personne, de ne choquer personne. Rien non plus qui permette de connaître vos convictions, vos failles, vos espoirs. Vous construisez une muraille entre votre livre et vous. Résultat, personne ne peut percer votre texte. Sortez-vous la postérité de la tête. Elle ne pense pas à vous et vous pensez trop à elle. Vos livres seront oubliés avant même votre mort. Écrivez pour votre femme, votre fils, votre voisin. Pour tous ceux dont vous pouvez raisonnablement espérer qu'ils vous liront.

Vous avez vécu des choses que personne d'autres ne connaît – vous êtes le fils d'un *Kouffoy*, votre mère a perdu son premier fils et votre père ses deux premiers enfants – votre vie est un roman. Contentez-vous de ça. Après, il faudra travailler le style. Pas assez d'action et trop de mots. Et vous bâclez vos fins. On dirait que vous êtes pressé d'en terminer. Si cela vous embête, faites autre chose ! Dessinez, allez à l'usine ou dans une salle de classe, mais ne vous embêtez pas avec des romans si vous ne prenez pas de plaisir à les écrire ! »

Louis Bregos changea ensuite de sujet. Il interrogea Jak sur son père et sa mère et se montra chaleureux. Jak répondait par monosyllabe. Il avait compris que le prix Nobel était plus intéressé par son père que par lui. Il ignorait que l'on pouvait être humilié à ce point. Recroquevillé sur son siège, incapable de réagir, il portait machinalement sa fourchette à sa bouche. Louis Bregos insista pour régler l'addition

Jak Fischer sortit de *Chez Suzy* les larmes aux yeux. Sur le chemin du retour, il se redressa. Son travail était passionnant pour qui savait le lire et y découvrir ses pensées intimes et sa vision du monde. Le vieil écrivain ne connaissait plus rien à la littérature et il le lui prouverait. Mais les jours suivants, il échoua à échapper aux mots de Louis Bregos. Il avait raison : personne ne lui parlait de ses livres. Son éditeur, sa femme, son grand-père, tous ces gens aimaient la littérature et aimaient Jak, et pourtant les conversations autour de ses romans se résumaient à deux phrases convenues. « C'est intéressant » et « C'est encore meilleur que le précédent. » Soit ils n'aimaient pas ce qu'il faisait, soit ils ne le lisaient pas. C'était la pire des hypothèses, la plus probable aussi.

Jak Fischer cessa d'écrire. À défaut de résoudre la ligne *trois livres sans écho*, il s'efforça de s'attaquer à *manque d'argent*. Il fut embauché à l'office du tourisme où sa bonne connaissance des coutumes des *Kouffoys* fut un atout. L'office du tourisme était la plus pauvre des administrations lascebberotes mais il avait un salaire fixe et une activité quotidienne. Teresa lui reprocha d'avoir abandonné toute ambition. Il protesta. Cela n'était qu'une pause, le temps de retrouver l'inspiration et d'accumuler l'argent nécessaire pour se consacrer à l'écriture. Il savait qu'il mentait. Pourtant il ne parvenait pas à se résoudre à ce que sa vie se résumât à cet immense échec. « J'ai bien fait de rester mortel, pensait-il, au moins je suis sûr de vivre quelque chose d'extraordinaire. »

Chapitre 33 – Tant qu'il y aura des hommes

La relation de Clara et Tomas s'étiolait. Elle lui en voulait de ne pas s'être battu pour l'immunité et le tenait pour coupable de son futur veuvage. À cela s'ajoutaient les désagréments de la vieillesse : ils ne faisaient plus l'amour – lui ne pouvait plus et elle ne désirait plus ce corps déformé par les années –, elle devait l'attendre quand ils se promenaient, parler fort pour qu'il l'entende et répéter les mêmes choses tous les jours car sa mémoire se détériorait. Parfois, elle était prise de bouffées de tendresse pour cet homme *finissant* mais la colère et le dégoût dominaient le plus souvent. Face à l'hostilité de son épouse, Tomas se réfugiait dans le silence et dans la lecture. Il n'était pas parvenu à aimer les romans de Jak. Il reprenait les grands classiques, ceux que Louis Bregos lisait sur son banc du parc du Cœur d'argent. Deux fois par semaine, il rejoignait Jean Bayle à *L'Eldorado* pour une partie de Yam's. Tomas ne gagnait jamais. Ils restaient silencieux mais se voir leur suffisait à faire renaître des ersatz des bonheurs passés.

Tomas Fischer rendait aussi régulièrement visite à Hermann Hoering, son beau-père. Depuis que son corps était plus ridé et plus voûté que celui d'Hermann, celui-ci lui témoignait un respect nouveau, comme si la sagesse et l'expérience ne dépendaient pas du nombre d'années vécues – Hermann avait cent ans de plus que son gendre – mais du vieillissement du corps. Tomas aimait quand son beau-père évoquait sa jeunesse et une Lasciate qu'il n'avait jamais connue. « C'était une ville qui ne dormait jamais. Nous touchions du doigt l'éternité. Plus rien ne nous faisait peur, l'avenir était tellement immense qu'il nous fallait le remplir de notre activité perpétuelle. Le port regorgeait de bateaux, d'hommes et de bruits ; des quartiers émergeaient de terre tous les mois ; les maternités et les écoles débordaient ; des fêtes somptueuses étaient organisées chaque soir dans tous les immeubles de la ville. La mort tuée, la vie régnait en maître. Nous avons cru à la jeunesse infinie. Nous étions naïfs. Car si nos corps ne nous ont pas trahis, nous sommes vite devenus vieux, les uns après les autres. C'est cela qui est terrible, Lasciate voulait devenir une ville éternelle, nous sommes devenus un fossile. »

La mort fascinait Hermann. Il en parlait comme d'un rêve dangereux et inaccessible. Une allumette avec laquelle on risque de se brûler mais que l'on voudrait conserver dans la paume de sa main le plus longtemps possible. Tomas l'écoutait toujours avec intérêt. Il ne lui avait jamais avoué qu'il avait déjà tué.

Hermann Hoering fut en revanche le seul à qui Tomas révéla qu'il souffrait d'un cancer du pancréas et que les médecins ne lui donnaient qu'un mois à vivre. Il ne voulait pas faire de la peine à Jean Bayle ou à Clara. Hermann essaya de faire bonne figure.

« Aimerais-tu revivre après ta mort ? Je me pose souvent la question. Ce n'est pas la même chose de ressusciter que de ne jamais mourir. D'ailleurs, les ressuscités n'ont pas une espérance de vie très longue. Ni Jésus ni Lazare n'ont eu beaucoup de temps pour profiter de leur deuxième chance. Ici, ce serait différent, bien sûr.

Sais-tu pourquoi la résurrection n'est pas possible ? Ce n'est pas une difficulté scientifique : si nous avions cherché dans cette direction, nous aurions trouvé. Le problème, c'est l'expression du consentement. Recueillir l'accord éclairé et incontestable d'un vivant sur sa volonté de mourir, c'est difficile. Recueillir le consentement d'un mort sur sa volonté de vivre à nouveau, cela relève de la magie. Le problème est insoluble et c'est très bien ainsi. Qui sait comment réagiraient tous ceux que nous dérangerions ? Je crois que ce qui a freiné nos gouvernants, c'est la lâcheté. Ils ont craint la colère des morts. Ces gens ont peur de tout, surtout de la mort et de la violence. Alors la violence des morts... Et toi, tu as peur ? À quoi pense-t-on lorsque l'on va mourir ? Je suis désolé d'être aussi brutal, tu n'es pas obligé de répondre. Je n'ai jamais eu personne à qui poser cette question. J'aurais dû demander à mon épouse.

— Chez moi, on dit que l'on demeure vivant tant que quelqu'un continue de penser à vous, tant que quelqu'un qui vous a connu demeure sur terre. En venant à Lasciate, en épousant votre fille, je me suis offert une forme d'immortalité. C'est ce qui conduit les gens à vouloir se démarquer : conquérir le pouvoir, devenir un artiste reconnu ou être célèbre à tout prix. Cette activité effrénée que l'on déploie pour *marquer son époque*, c'est l'illusion que l'on ne mourra pas vraiment si l'Histoire conserve une trace de votre passage sur terre. Une note de bas de page dans un manuel scolaire, une mention dans les archives des journaux, une notice biographique dans une bibliothèque poussiéreuse, et peut-être un buste, ou une ruelle à votre nom dans le bourg qui a eu l'honneur d'accueillir votre naissance. Qu'importe le support, il faut que votre nom survive puisque votre corps vous abandonnera. C'est cela qui motive la « quête de gloire », la « soif d'immortalité » : une petite plaque bleue sur un mur, votre nom avec vos dates de naissance et de mort en dessous, et un mot pour vous décrire. *Écrivain* ou *jurisconsulte, ancien propriétaire d'une maison* ou *homme politique*. Une vie condensée en un mot. Un jour un étudiant en histoire en mal d'inspiration passera dans cette rue et, si votre nom lui revient, il vous choisira comme sujet de thèse. Mais c'est peu probable.

— Je vais vous dire, c'est une connerie. C'est humain, bien sûr. De notre point de vue, nous sommes à peu près tout ce qui existe, ce qui a existé, ce qui sera. Il est difficile d'admettre que ce tout subjectif ne soit qu'un rien objectif. C'est un travers révélateur. Qu'est-ce qu'une statue ou un nom dans un dictionnaire ? Une image. Or, de notre vivant, nous ne sommes que des images pour les autres. Des images animées, qui produisent du son et qui, parfois, nous distraient, mais qui n'existent pas vraiment. Seulement pour ceux qui nous aiment. Qui nous aiment profondément. Nos parents. Nos enfants. Une ou deux femmes, deux ou trois amis. Ils sont rares ceux qui se rendent compte que vous existez. Il y a ceux qui apprécient passer du temps avec vous, qui aiment votre conversation, qui rient de vos plaisanteries, ou que vous instruisez. Ce sont les amis les plus vertueux. Le plus souvent, vous n'êtes qu'un pâle reflet, un réceptacle qui leur permet de parler d'eux. Mais passons sur ceux-là. Même pour vos amis les plus dévoués, vous êtes un visage, des habitudes, des anecdotes. Vous n'existez pas vraiment. Ils ne se représentent jamais vos peines et vos joies, ils n'y pensent pas. Ils établissent une frontière claire entre vous, qui appartenez au reste du monde, et eux, qui sont tout.

Tout ça pour vous dire que nous ne sommes que des images, pas des êtres humains. Et c'est ainsi que nous rêvons notre immortalité : une image éternelle.

— Pourtant, l'immortalité, ce n'est pas cela. L'immortalité, c'est vivre sans que cela ne s'arrête jamais. C'est regarder la mer tous les jours, sentir les embruns et les fleurs de saison, observer les saisons se succéder, voir les enfants grandir, manger ce que l'on aime tous les jours, boire du vin ou de la bière. Écouter les histoires de ceux qui vous entourent, rire avec eux, jouer avec ces images et en ressentir du bonheur. Mais je crois que cette éternité-là n'existe pas, même à Lasciate.

— Alors je n'ai pas d'autre peur que celle d'avoir mal, et pas d'autre regret que celui de ne pas avoir pu empêcher les miens de mourir ou de connaître le malheur. Mais cela fait longtemps que j'ai compris que le monde ne se plie pas à ma volonté.Nous n'y avons pas tout à fait renoncé ici. C'est notre plus grande erreur. »

Au moment de se quitter, Hermann Hoering pleurait en serrant l'épaule de Tomas.

Chapitre 34 – Le bruit et la fureur

Tomas Fischer mourut à l'âge de quatre-vingt-sept ans. Clara était effondrée. Elle pleurait sur leurs dernières années gâchées par la rancœur, sans parvenir à se le pardonner ni à ne plus lui en vouloir.

Jak, lui, ne savait pas comment *faire son deuil*. Il avait grandi aux côtés de fantômes : ses grands-frères et sa grande-sœur, les premiers conjoints de ses parents. Il avait appris à cohabiter avec ces êtres de papier qui n'existaient qu'en photographie mais qui envahissaient son quotidien. Ils étaient présents dans tous les silences et dans tous les soupirs de ses parents. Jak ne parlait jamais d'eux et ne posait pas de question ; il ne s'autorisait pas à s'approprier ces cadavres inconnus. Avec son père, pour la première fois, le mort était le sien. C'était lui la victime, l'inconsolable. Teresa lui avait témoigné de la tendresse. Ils n'avaient pas été aussi proches depuis la publication du premier roman de Jak. Il avait dû expliquer la mort à Léa. Que son grand-père s'était endormi pour toujours. Jak pleurait plus qu'elle. Elle ne trouvait pas ça si grave : c'est agréable de dormir.

L'enterrement fut un événement. Les Lascebberotes se souvenaient de Tomas Fischer, le veuf venu d'Europe qui voulait se marier. Son décès provoqua un débat sur l'immunisation des *Kouffoys*. L'empathie que suscitait le destin de Tomas renforçait le camp des progressistes, qui accusait le nouveau Gouverneur-président Liam Conte d'avoir « tué les *Kouffoys* ».

Après les funérailles, Jak rangea le bureau de son père. Lorsqu'il était enfant, il n'avait pas le droit de pénétrer dans cette pièce située au dernier étage de la maison. Il était ému d'y accéder enfin. Les murs latéraux étaient occupés par une bibliothèque. Les auteurs portaient des noms qui lui étaient inconnus. Ils venaient d'Amérique, d'Afrique du Sud, d'Australie ou du Japon.

Un bureau en bois sombre était installé sous la seule fenêtre de la pièce. Ses tiroirs étaient remplis de vieux carnets. Il reconnut l'écriture de son père. Les textes étaient étranges : on aurait dit des nouvelles sans trame ni chute. Les personnages étaient très bien décrits. Jak les voyait se déplacer face à lui. Il apercevait leurs yeux tristes, leur air fatigué. Puis ils mouraient. Chaque texte était daté. Ils étaient situés dans une période ancienne, avant la naissance de Jak. Au bout du troisième texte, Jak comprit que le narrateur tuait ses personnages. Il parcourut les cinq cahiers du tiroir. C'étaient bien des portraits de femmes et d'hommes auxquels le narrateur donnait la mort, avec leur accord, semblait-il. Jak était fasciné. Son estomac était noué, il pleura plusieurs fois, ému par ces destins boiteux et ces âmes en peine. Il comprit ce que Bregos avait voulu lui dire. C'était ça qu'il fallait écrire. C'était ça qui était vrai.

Pourquoi son père avait-il écrit ça ? Pourquoi ne l'avait-il pas publié ? Existait-il d'autres textes ? Jak hésitait sur l'attitude à adopter vis-à-vis de sa mère. Évoquer Tomas devant elle déclenchait des larmes intarissables. Il ignorait si son père lui avait déjà parlé de ce travail. Dans les jours suivants, il y fit quelques allusions mais elle ne réagit pas. Il en conclut que si Clara avait su que son mari écrivait, elle l'avait oublié.

Son père, seul mortel dans un pays d'immortels, avait développé une fascination à l'égard de la mort et du moment où elle survenait. De l'*agonie*. Les textes étaient bien meilleurs que ce que Jak avait jamais écrit, mais ils ressemblaient à un brouillon. Peut-être n'avait-il pas eu le temps de finir son projet. Jak reprit le manuscrit durant un an. Il construisit une trame pour renforcer la cohérence de l'ensemble. Il avait d'abord imaginé *la Fraternité*, une société secrète réunie par le goût du suicide. Il avait travaillé plusieurs mois dans cette direction avant de renoncer. Le roman se trouvait envahi par les détails censés donner corps à *la Fraternité* qui altéraient la fluidité du texte original. Il fallait faire plus simple. Il inventa un pays où des entreprises étaient rémunérées pour tuer ceux qui le réclamaient. Le narrateur était l'un de leurs salariés. Cela suffisait à tirer un fil entre les portraits sans les abîmer. Pour développer la figure du narrateur, il imagina un père idéal : doux, sensible, franc, loyal et courageux. Il pensait aux héros des westerns qu'il regardait à la télévision quand il était enfant.

Le dernier carnet s'achevait sur un homme dont le corps était plongé dans la mer. « Et personne ne retrouva jamais le cadavre d'E. Q. » était la dernière phrase. Jak jugea qu'il n'y avait pas besoin d'autre chute.

Il hésita sur le nom de l'auteur. Attribuer l'ouvrage à son père serait trop facile. Sa notoriété garantissait le succès des ventes. Jak avait beaucoup travaillé sur ce texte : il devait l'assumer et le publier en son nom. Il mentionnerait son père dans les remerciements, comme un dernier hommage.

Il n'avait jamais vu son éditeur, Boris Pain, aussi enthousiaste. « C'est ce que tu as fait de mieux. De loin, si tu me le permets. C'est puissant et audacieux. C'est un livre qui va faire réagir. Et qui va se vendre, je te le promets ! » Jak ne comprit que plus tard le sens de ces mots.

Aussi étonnant que cela puisse paraître – et bien que personne ne le crût – Jak n'avait jamais eu connaissance de l'affaire du *Suicitueur* qui avait sévi quelques années avant sa naissance. On n'en parlait pas à l'école et, chez lui, on avait toujours veillé à ne pas aborder le sujet. Ce n'est qu'en lisant les critiques de son livre évoquant « la chronique de la plus célèbre affaire criminelle du siècle à travers les yeux de l'assassin » qu'il commença de soupçonner que le sens de son roman lui échappait. Alors qu'il estimait que la puissance du texte résidait dans le portrait de ceux qui allaient mourir, les commentaires ne portaient que sur la figure de l'assassin.

Trois jours après la publication de *Sans remord* (le titre avait été suggéré par Boris Pain), Les *Nouvelles de Lasciate* écrivirent : « Il s'agit de littérature – et de la meilleure ! –, un univers où l'imaginaire règne en maître. Mais le lecteur ne peut pas s'empêcher de laisser ses pensées courir jusque dans le monde réel. Les personnages ressemblent à des personnes et la fiction à la réalité. On envisage les hypothèses les plus incroyables : "et si tout était vrai ?" Ce serait tellement... romanesque ! »

À cette date, Jak avait déjà lu tous les articles en ligne qu'il avait trouvés sur le *Suicitueur*. Il était encore plus troublé que ses lecteurs. Il devait se rendre à l'évidence : son père s'était inspiré de cette saga meurtrière pour remplir ses carnets. À l'exception du dernier mort, chaque portrait correspondait à l'une des victimes du *Suicitueur*. En reprenant ses notes, Jak constata que la chronologie y était respectée. Il avait modifié l'ordre des portraits dans la version publiée en pensant améliorer la cohérence de l'œuvre de son père ; il s'était éloigné de la vérité sans le savoir. Les critiques évoquaient une « coquetterie ».

La publication de *Sans remord* avait fait naître chez l'inspecteur principal Pozzi les mêmes doutes que ceux qu'exprimaient *Les Nouvelles de Lasciate*. Il relut les archives du dossier ainsi que l'intégralité des articles et des livres qui y étaient consacrés. Un grand nombre de détails qui figuraient dans le roman n'avaient jamais été dévoilés au public. L'inspecteur principal avait le choix entre deux hypothèses : soit l'auteur du roman avait eu accès aux archives policières, soit l'auteur du roman était le *Suicitueur*.

Il convoqua Jak Fischer. Celui-ci nia toute intervention extérieure – il prétendait avoir écrit le livre seul, sans documentation. Il reconnut qu'il avait connu l'inspecteur principal Hastings, qui était un ami de son père. L'inspecteur principal Pozzi le savait depuis les filatures qu'il avait mises en place à l'époque de l'incendie des hangars et il était satisfait de voir son intuition se confirmer : Hastings n'était pas étranger à cette affaire.

À la suite de la mort du Gouverneur-président Curmary, l'inspecteur principal Pozzi avait connu des années pénibles. Dans les couloirs du ministère de l'Intérieur, il se murmurait que « l'inspecteur-principal Hastings, lui, aurait résolu l'énigme », ce qui exaspérait Pozzi. Il soupçonnait Hastings d'être lié à l'attentat. La concomitance des faits était frappante : l'attaque avait eu lieu un an après son départ de la police – et son départ de Lasciate, ce qui le rendait encore plus suspect. Sans pouvoir affirmer qu'il était l'auteur du crime, Pozzi pensait que son prédécesseur avait été informé du projet d'attentat et qu'il avait quitté la police pour éviter les ennuis. Pozzi avait missionné deux lieutenants pour le retrouver mais ils étaient revenus bredouille. Alors que le corps d'Hastings reposait depuis longtemps au *Cimitero Monumentale di Sant' Anna* de Trieste, Pozzi l'imaginait sur une plage, riant de l'enlisement de l'enquête en savourant ces boissons alcoolisées qu'il affectionnait tant. Pozzi ne buvait pas. C'était aussi pour cela qu'on lui avait confié le poste. La police devait être exemplaire en toutes circonstances.

Après son interrogatoire, Jak ne parvenait plus à faire taire la voix qui lui répétait « *ton père était un tueur en série.* » Tous les articles de presse condamnaient sans réserve l'assassin. Le consentement des victimes n'était qu'une hypothèse, souvent contestée. Elle renforçait le mystère qui l'entourait mais n'était jamais avancée comme une circonstance atténuante. Le suicide étant un crime aussi grave que le meurtre, commettre l'un pour permettre l'autre ne suscitait aucune indulgence, hormis dans des tribunes d'universitaires lascebberotes dont le public ne lisait que les titres pour s'en indigner.

Jak repensa à la conversation qu'il avait eue avec sa mère. Le livre l'avait sortie de sa torpeur. Il ne l'avait jamais vue dans un tel état d'hystérie. Elle pleurait, mais de colère cette fois. Elle lui reprochait d'avoir publié le livre sans la prévenir et de « salir la mémoire de son père ». Elle disait qu'il serait la cause de grands malheurs. Jak avait l'impression d'être grondé par un inquiétant oracle. À elle aussi, il mentit et prétendit avoir tout inventé. Elle ne le crut pas.

Il brûla tous les carnets. Il dut se faire violence. Il se répétait comme un mantra « être adulte, c'est faire ce qui nous répugne parce que c'est notre devoir. » Quand Teresa était rentrée, l'appartement était enfumé et il était trop fatigué pour inventer une explication. « J'ai brûlé des trucs », avait-il dit. Teresa s'en était contentée. Elle était de meilleure humeur que d'habitude. Elle était heureuse que le livre se vende bien. Elle ne craignait pas le scandale, au contraire, elle aimait la publicité. Pour la première fois elle se sentait payée de la promesse de son mariage avec un écrivain. Elle regrettait que les articles omettent de la mentionner, mais cela viendrait. Les biographies ne m'oublieront pas, se répétait-elle.

Le lendemain de son entretien avec l'inspecteur principal Pozzi, Jak se rendit à *L'Eldorado*. Il n'y avait pas mis les pieds depuis vingt ans. Il y accompagnait autrefois son père qui venait y jouer aux dés le dimanche. Il buvait une grenadine à l'eau et mangeait une confiserie en faisant des réussites. Il attendait la fin de la partie de Yam's. En dépit de l'ennui, il avait conservé un bon souvenir de ces journées alanguies. Les chaises de Pat O'Mailly et de son père étaient désormais vides. Elles encadraient Jean Bayle, qui n'avait pas bougé. Il lui parut vieilli. Il commençait à porter ses deux cent cinquante ans. C'était le poids de la solitude. Jean Bayle sourit à Jak qui s'assit à sa table.

« Je ne sais pas si je t'aurais reconnu. Cela fait si longtemps. Mais on te voit partout en ce moment : dans les journaux, à la télévision. Les ventes doivent être bonnes. J'ai lu ton livre. C'est une étrange idée que tu as eue. Tu ressembles à ton père. On n'aurait pas dit de lui qu'il était téméraire, mais rien ne lui faisait peur. Plus une initiative paraissait bizarre, plus elle avait de chance de le séduire.

— Merci.

— Pourquoi as-tu fait ça ? C'est lui qui te l'avait demandé ?

— Non. Enfin, pas directement.

— Je pense que cela lui aurait plu. Mais il aurait circonscrit les risques au maximum. T'es-tu rendu compte du danger de ce livre ?

— Je ne crois pas. La vérité, c'est que je me suis inspiré de notes rédigées par mon père. Je les ai découvertes dans un tiroir de son bureau et j'ai travaillé le texte pour le rendre publiable. Mais le mérite lui revient, si c'est le bon terme.

— C'est ton père qui a écrit ça ? Je comprends mieux. Cela explique bien des choses. »

Jean Bayle examina Jak en silence. Il réfléchissait aussi vite qu'il le pouvait.

« Tu ne savais pas que tout était vrai ?

— Non.

— Je comprends. C'est difficile à croire. Tu as dû être surpris. Peut-être même t'es-tu senti trahi. Tu peux être fier de lui. Ton père était un héros. Il y avait trop de gens malheureux. Il l'a fait par bonté et par pitié. Il a pris des risques énormes pour aider des inconnus.

— Ma mère était au courant ?

— Ce ne sont pas des choses que l'on peut cacher à sa femme.

— Mais à son fils, oui !

— Pour le protéger. Tu as une fille, je crois ? Tu comprendras un jour.

— J'espère n'avoir aucun crime à lui dissimuler.

— Appelle-ça comme tu veux. Nous avons tous des secrets. Ton père nous manque beaucoup, tu sais. À moi, et à ta mère. À cette ville aussi.

— Pour moi, il est trop présent. Je ne savais pas que les morts pouvaient prendre autant de place. »

Les larmes montèrent aux yeux de Jean Bayle puis, par contagion, à ceux de Jak. Il se leva brusquement, serra la main de son parrain et sortit.

L'inspecteur principal Hastings avait longtemps lutté contre la généralisation des méthodes de surveillance modernes, au nom de la défense de certaines valeurs. « Il faut préserver précieusement nos principes, disait-il. Ils sont usés et contraignants, ils radotent et nous frustrent, mais il est toujours bon de s'appuyer sur plus vieux que soi pour éviter de répéter de graves erreurs déjà expérimentées. »

L'inspecteur principal Pozzi n'avait pas les mêmes réticences. Il était jeune et pragmatique. « Soyons efficaces et cohérents. Si ce que vous faites est moins grave que l'objet de votre enquête, vous avez ma bénédiction. Ne commettez pas un crime pour retrouver l'auteur d'un délit ; ce serait une erreur. Mais ne m'opposez pas votre morale pour résoudre un crime ; ce serait une faute. »

Tous les lieux publics de Lasciate – cafés, restaurants, bibliothèques, musées, université – avaient été mis sur écoute depuis sa prise de fonction. La filature mise en place auprès de Jak Fischer conduisit Pozzi à analyser les conversations de *L'Eldorado*. Trois jours après la rencontre entre Jak et Jean Bayle, ses agents résistèrent à la furie d'Ernestine Bayle et procédèrent à l'arrestation de son mari. Jak fut placé sous le statut de témoin assisté. Il fut convoqué lors du procès dont le principal accusé était son père, et les deux co-accusés Pat O'Mailly et Jean Bayle.

Teresa l'avait quitté dès l'arrestation de Jean Bayle. Les

journalistes qu'elle avait si longtemps attendus en vain campaient devant sa porte. Ce n'était pas cette gloire-là qu'elle espérait, et elle décida d'en finir avec cette union si décevante. Elle interdit à Jak de voir sa fille, ce qu'il accepta sans protester. Jak avait toujours détesté le conflit. Avec la publication de son livre, il avait attisé la haine de son épouse, la colère de sa mère et la tristesse de sa fille. Il recevait beaucoup de lettres d'insultes. On l'accusait de profaner la mémoire des morts et de faire l'apologie d'un assassin ; d'être un salaud. Il aurait préféré être traité d'imbécile : cela lui aurait permis de répondre qu'il était d'accord.

Le procureur chercha à déterminer les responsabilités extérieures. Clara fut convoquée. Les assassinats avaient eu lieu avant sa rencontre avec Tomas mais les enquêteurs lui demandèrent quelle était sa connaissance de l'ancienne activité de son mari. « Aucune, répondit-elle ». Jean Bayle démentit le sous-entendu qu'il avait émis devant Jak. On parla aussi d'Hastings, appelé comme témoin, mais qui ne s'était pas présenté à l'audience. C'était lui qui avait mis fin à l'activité criminelle du *Suicitueur*. Les rapports de l'inspecteur principal Pozzi établissaient qu'il connaissait bien le coupable. Hastings avait donc joué un rôle dans l'impunité dont avait bénéficié Tomas Fischer toute sa vie durant. Il fut aussi question de l'ancien Gouverneur-président Curmary. En tant que ministre de l'Intérieur, il avait été l'un des grands bénéficiaires de l'affaire. Les journaux s'interrogeaient : connaissait-il l'identité du *Suicitueur*, ce qui en faisait son complice ? Ou bien l'ignorait-il, ce qui en faisait une cible ? Dans les deux hypothèses, Tomas Fischer avait un mobile pour tuer Curmary. La découverte d'un assassin prolifique échauffait toutes les imaginations. Aucun élément de preuve ne fut apporté au sujet de l'attaque dont avait été victime le Gouverneur-président, mais l'attentat plana au-dessus des quatre semaines de procès. Ce climat ne fut pas étranger à la sévérité des réquisitoires.

Jean Bayle et Pat O'Mailly écopèrent de cinq cents ans de prison. La justice lascebberote était pragmatique et les morts ne pouvaient pas être envoyés en prison, aussi Tomas Fischer fut condamné à ce que sa sépulture soit expulsée de la cité et que sa descendance soit privée d'immunité. L'avocat de Jak l'avait prévenu qu'il fallait s'attendre au pire. Il ne comprit pourtant qu'au moment où le juge prononça sa sentence, en le fixant avec un regard où dégoût et pitié se mêlaient, que les actes de son père et la publication de son livre avaient aussi condamné sa fille, Léa, et tous ses futurs petits-enfants et arrière-petits-enfants à la mort. « Jusqu'à l'extinction de la descendance du coupable », précisa la juge.

Chapitre 35 – Remise de peine

Léa serra Lys dans ses bras, l'enveloppant de tout son corps. Ses larmes s'écrasaient sur le visage de sa fille, qui la regardait sans rien dire. Depuis trois jours, elle dormait le moins possible pour regarder son enfant et graver son image au fond de son cerveau. Elle savait que ces trois journées seraient les seules qu'elles passeraient ensemble. Ils en avaient discuté avec Gil ; c'était la seule solution pour eux et, surtout, pour Lys. Il fallait rompre la malédiction – et la condamnation.

Ils pourraient déterminer que Lys avait un lien de famille avec Tomas Fischer mais, à la quatrième génération, ils ne pourraient pas prouver que c'était sa descendante directe. Des associations de soutien aux orphelins monteraient au créneau pour la défendre. Ils la confieraient à une famille d'accueil et, plus tard, elle serait immunisée. L'arrière-petite-fille de Tomas Fischer survivrait.

Gil entra dans la chambre. Il observa sa femme et sa fille. Il tremblait. Il était épuisé et il avait peur. Léa lui tendit Lys, emmitouflée dans une couverture. Elle se rallongea et ferma les yeux. Elle continuait de pleurer. Gil resta immobile, l'enfant dans les bras, observant sa femme qui s'était retournée vers le mur, le corps secoué de sanglot. Il ne pouvait plus hésiter. Il sortit de la maison où Léa avait accouché soixante-dix heures plus tôt. Il avait accroché Lys au moyen d'une écharpe qu'il dissimulait sous son manteau. Le ciel était couvert, il faisait doux. Il marcha une trentaine de minutes en effectuant une série de détours afin de vérifier qu'il n'était pas suivi. La silhouette de l'hôpital Jonathan Moore se découpa dans l'aube. Les alentours étaient déserts. Il déposa Lys dans la tour d'abandon de la maternité sans lui jeter un dernier regard. Ils avaient choisi un pyjama aux motifs de lys roses et avaient placé le dessin d'un lys dans la couverture, dans l'espoir qu'elle soit baptisée du prénom qu'ils avaient choisi.

Gil enfila une casquette, changea de manteau et de chaussures et repartit dans la direction opposée. Il marcherait toute la journée avant de regagner la maison où Léa l'attendait. Enfermée dans l'urne de l'hôpital, Lys attendait qu'on vienne la chercher, les yeux grand ouverts.

Déjà parus aux éditions Intervalles

LITTÉRATURE

Parano, de Jan Lars Jensen
Douze histoires cul sec, d'Anthony James Perry
D'amour et d'Amazone, d'Anthony Smith
À la recherche d'Hassan, de Terence Ward
Le roman que je n'ai pas écrit, de Linda Grant
Nos années folles, de Linda Grant
1421, l'année où la Chine a découvert l'Amérique, de Gavin Menzies
Twelve Bar Blues, de Patrick Neate
Jérusalem, de Patrick Neate
Les Mots pour jouir, de Martin Melkonian
Cent un jours à Bagdad, de Åsne Seierstad
Les Ailes de Sarajevo, de Bill Carter
Boom, Bust, Boom, de Bill Carter
Le Sang des âmes, de Theo Hakola
Rakia, de Theo Hakola
La fin est mon commencement, de Tiziano Terzani
Un devin m'a dit, de Tiziano Terzani
Un autre tour de manège, de Tiziano Terzani
Lettres contre la guerre, de Tiziano Terzani
Soname ou la bonne fortune, de Soname Yangchen
La Demoiselle de Sing Sing, d'Idanna Pucci
Collection irraisonnée de préfaces à des livres fétiches, de M. Page et T. B. Reverdy (dir.)
Les Petites Fées de New York, de Martin Millar
Kalix, la loup-garou solitaire, de Martin Millar
Kalix, la malédiction de la loup-garou, de Martin Millar
La Déesse des marguerites et des boutons d'or, de Martin Millar
Nos mots croisés, de Daphné Kauffmann
Un personnage en Italie, de Daphné Kauffmann
Le Sens de l'équilibre, de Daphné Kauffmann et Clément Leroy
Les Tribulations d'un opiomane (1895-1915), de James S. Lee
Softcore, de Tirdad Zolghadr
Raga Mala, de Ravi Shankar
Voyage au pays des juges, de Jean-Claude Boulard
Le Cartographe, de Guillaume Jan
Traîne-Savane, de Guillaume Jan
Marie et les Autres, d'Axel Léotard
18 % gris, de Zachary Karabashliev
Détrompez-vous !, de Jean Szlamowicz
Les Meilleures Intentions du monde, de Gabriel Malika
Qatarina, de Gabriel Malika
Au nom d'Alexandre, d'Olivier Auroy
L'Amour propre, d'Olivier Auroy
Le Dicorona, d'Olivier Auroy
Christiania ou les enfants de l'utopie, de Laurène Champalle
Comme sur un lit de roses, de Millard Kaufman
Des bambous dans la surface de réparation, de Rowan Simons

Petit journal de bord des frontières, de Gazmend Kapllani
Je m'appelle Europe, de Gazmend Kapllani
La Dernière Page, de Gazmend Kapllani
Le Pays des pas perdus, de Gazmend Kapllani
Voyages sur Chesterfield, de Philippe Coussin-Grudzinski
Là-Batz, le roman d'une île, de Guénaëlle Baily-Daujon
Les Enfants de l'exil, de D. Guelar, V. Jarach, B. Ruiz
Doris Darling, de Ben Elton
Les Menteurs, d'Anthony Neilson
Absolut Barbarian trip, d'Elias Jabre
Comic Strip, d'Arnaud Modat
Bye Bye Leningrad, de Ludmila Shtern
Un psychopathe et demi, d'Elias Jabre
Zeus, de Sébastien Gendron
La Nuit des secrets, de David Doma
Le Monde selon Cheng, de Stéphane Reynaud
Avec les hommes, de Mikaël Hirsch
Notre-Dame des Vents, de Mikaël Hirsch
Libertalia, de Mikaël Hirsch
Quand nous étions des ombres, de Mikaël Hirsch
Les Heures pâles, de Gabriel Robinson
Découvrez Mykonos hors saison, de Richard Gaitet
L'Aimant, de Richard Gaitet
Sotchi inventaire, de Jean-Claude Taki
La Paix à l'œuvre, de Menahem Begin et Anouar el-Sadate
L'argent a été viré sur votre compte, de Dimitris Sotakis
Comment devenir propriétaire d'un supermarché sur une île déserte, de Dimitris Sotakis
Une famille presque parfaite, de Dimitris Sotakis
Une bien modeste famille, de Da Ngân
Ça pourrait bien être votre jour de chance, de Mileta Prodanović
Baby Baby, de Marianne Groves
Dans la peau d'un monstre (gentil), d'Yves Brunier
Hôtel international, de Rachel Vanier
Écosystème, de Rachel Vanier
Physique de la mélancolie, de Guéorgui Gospodinov
Un roman naturel, de Guéorgui Gospodinov
Tous nos corps, de Guéorgui Gospodinov
La Belle Affaire, de Sonia Ristić
Des fleurs dans le vent, de Sonia Ristić
Saisons en friche, de Sonia Ristić
Pornification, de Jean-Luc Marret
Explorations sur le terrain du sexe ukrainien, d'Oksana Zaboujko
Weiwei-ismes, d'Ai Weiwei
Notre humanité, d'Ai Weiwei
Le Muscle du silence, de Rouja Lazarova
À la trace, de Carole Zalberg
La Bataille de Penang, de John Robertson
Ping-Pong, de Park Min-kyu
Les Bonnes Mœurs, de Timothée Gaget
Tante Rosa, de Sevgi Soysal
La Porte de la mer, de Youcef Zirem
Nouvelles nouvelles d'Azerbaïdjan, de Michka Assayas (dir.)

Le Peintre et la Voyageuse, de Patricia Almarcegui
L'homme qui ne voulait pas devenir président, de Julien Leclercq
Bouddha Boudoir, d'Elsa Levy
Le Sourire du chien, de Dimana Trankova
La Caverne vide, de Dimana Trankova
Dans l'ombre du viaduc, d'Alain Delmas
Xéno, d'Alain Delmas
Femme de seconde main, d'Uršul'a Kovalyk
L'Écuyère, d'Uršul'a Kovalyk
Petits Hommes, de Konrad Laghos
La Voix de Cabo, de Catherine Baldisserri
Le Merle bleu, de Vesna Maric
Les adultes n'existent pas, de Sylvia Hansel
Cannonball, de Sylvia Hansel
Les fruits encore verts, de Wioletta Greg
Une petite vie, de Khosraw Mani
Le Pélerinage, de Tiit Aleksejev
Deuxième mi-temps, d'Hugues Serraf
Le Dernier Juif de France, d'Hugues Serraf
Avenida Vladimir Lénine, de Constance Latourte
Le Ballet des retardataires, de Maïa Aboueleze
Dieu, le point médian et moi, d'Anne Robatel
Contrechants, d'Anne Robatel
La littérature n'est pas qu'un sport de combat, d'Anne Robatel
En haut de l'affiche, de Fabrice Châtelain
Cafard noir, de Stéphane Rose (dir.)
Le Chien, son maître et les parents proches, de Tagbumgyal
Ton fils Huckleberry Finn, de Bekim Sejranović
Sanatorium, de Barbara Klicka
La Correction, de Guillaume Lafond

PHOTOGRAPHIE, LIVRES ILLUSTRÉS

Idolâtrisme, de Jocelyn Bain Hogg
Les Enfants d'Abraham, d'Abbas
Tokyo Love Hello, de Chris Steele-Perkins
Toxi Food, de Sabine Pigalle
Festins libertins, de Sabine Pigalle
Protectors, de Sabine Pigalle
Coronabécédaire, de Sabine Pigalle
India notes, de Raghu Rai et Tiziano Terzani
Cinéma, de Xavier Lambours
Roland-Garros, fenêtre sur courts, de Stéphan Gladieu
De la guerre et de l'amour, de Fouad Elkoury
Lettres kazakhes, de Guillaume Reynard et Jean-Claude Taki
Sotchi pour mémoire, de Guillaume Reynard et Jean-Claude Taki
Quarante-cinq histoires d'automobiles, de Magnum Photos et Bruno Gibert
Georges Aperghis : Avis de tempête, de Célia Houdart

Le travail révélé, de Sophie Prunier-Poulmaire (dir.)
Êtres au travail, Sophie Prunier-Poulmaire (dir.)
California Dreaming, de Naomi Harris et Yann Perreau
Under Gods, de Liz Hingley
La lutte continue, de Tomas van Houtryve
Mortem, d'Éric Atlan
Le Chant du Monstre, revue (n°1, n°2, n°3)
Gueule d'Hexagone, du collectif Argos
S.A.P.E., d'Héctor Mediavilla
Terre de foot, d'Aurélien Abels Eber, Romain de La Bouvrie et Thomas de La Bouvrie
Les Bâtisseurs, de Jérôme Cabanel
It's not only Rock'n'Roll, de Catherine Viale et Mathias Moreau
Papa porte une robe, de Piotr Barsony
Éloge des arborinidés, de Julien Nouveau
Spektrum Berlin, de Matthias Heiderich
Flying Blues, d'Emmanuelle Han
Rhizome, de Geraldine Jacques
EuroBus, de Taylor Holland
Parisian Gentleman, d'Hugo Jacomet
Italian Gentleman, d'Hugo Jacomet
Angelo Mariani, le vin de coca et la naissance de la publicité moderne, d'Aymon de Lestrange
Terres à vendre, de Cécile Cazenave (dir.) et Terra Project
Tribus du monde, d'Anne de Vandière
La Faune parisienne, de Caroline Dartiailh et Laure Didry
Ici prochainement : Sarajevo, d'Alban Lécuyer
Regarde où tu marches, de S. Buitekant et J.-L. Soularue
Monstres médiévaux, de Damien et Maria Kempf
Chasseur de monstres médiévaux, de Damien Kempf
Utopia, de Carlo Bevilacqua
Personal Tattoo, de Sophie Le Berre
Bibliométéo, de Marthe Pequignot
Les Villes émotionnelles, de Julie Andrade et Audrey Zeilas

Achevé d'imprimer en août 2022
par IsiPrint à La Courneuve (93)
Dépôt légal : premier trimestre 2022
N° d'impression : 166175

Couverture : Catherine Piot
Composition : Alexia Hermantin
Révisions : Catherine Piot, Garance Marty

Éditions Intervalles

Direction éditoriale : Armand de Saint Sauveur

2 rue Bleue 75009 Paris France
Tel. : +33 1 53 43 83 30
www.editionsintervalles.com